" Rien d'in                                    t
jamais". (R. ...).
Expliquez comment cette ~~situation~~
citation illustre le message
de R. Gary dans EE.

Romain Gary

# Éducation européenne

Gallimard

Né en Russie en 1914, venu en France à l'âge de quatorze ans, Romain Gary a fait ses études secondaires à Nice et son droit à Paris.

Engagé dans l'aviation en 1938, il est instructeur de tir à l'École de l'air de Salon. En juin 1940, il rejoint la France libre. Capitaine à l'escadrille Lorraine, il prend part à la bataille d'Angleterre et aux campagnes d'Afrique, d'Abyssinie, de Libye et de Normandie de 1940 à 1944. Il est commandeur de la Légion d'honneur et Compagnon de la Libération. Il entre au ministère des Affaires étrangères en 1945 comme secrétaire et conseiller d'ambassade à Sofia, à Berne, puis à la Direction d'Europe au Quai d'Orsay. Porte-parole à l'O.N.U. de 1952 à 1956, il est ensuite nommé chargé d'affaires en Bolivie et consul général à Los Angeles. Quittant la carrière diplomatique en 1961, il parcourt le monde pendant dix ans pour des publications américaines et tourne comme auteur-réalisateur deux films, *Les oiseaux vont mourir au Pérou* (1968) et *Kill* (1972). Il a été marié à la comédienne Jean Seberg de 1962 à 1970.

Dès l'adolescence, la littérature va toujours tenir la première place dans la vie de Romain Gary. Pendant la guerre, entre deux missions, il écrivait *Éducation européenne* qui fut traduit en vingt-sept langues et obtint le prix des Critiques en 1945. *Les Racines du ciel* reçoivent le prix Goncourt en 1956. Depuis, l'œuvre de Gary s'est enrichie de plus de vingt-six romans, essais, souvenirs.

Romain Gary s'est donné la mort, à Paris, le 2 décembre 1980.

*A la mémoire de mon camarade,*
*le Français libre Robert Colcanap.*

La cachette fut terminée aux premières lueurs de l'aube. C'était une aube mauvaise de septembre, mouillée de pluie : les pins flottaient dans le brouillard, le regard n'arrivait pas jusqu'au ciel. Depuis un mois, ils travaillaient secrètement la nuit : les Allemands ne s'aventuraient guère hors des routes après le crépuscule, mais, de jour, leurs patrouilles exploraient souvent la forêt, à la recherche des rares partisans que la faim ou le désespoir n'avaient pas encore forcés à abandonner la lutte. Le trou avait trois mètres de profondeur, quatre de largeur. Dans un coin, ils avaient jeté un matelas et des couvertures; dix sacs de patates, de cinquante kilos chacun, s'entassaient le long des parois de terre. Dans une de ces parois, à côté du matelas, ils avaient creusé un foyer : le tuyau débouchait dehors, à plusieurs mètres de la cachette, dans un taillis. Le toit était solide : ils avaient utilisé la portière du train blindé que les partisans avaient fait sauter, il y avait de cela un an, sur la voie ferrée de Wilno à Molodeczno.

— N'oublie pas de changer les broussailles tous les jours, dit le docteur.

— Je n'oublierai pas.

— Fais attention à la fumée.

— Bien.

— Surtout, n'en parle jamais à personne.

— Je n'en parlerai pas, promit Janek.

La pelle à la main, le père et le fils contemplaient leur œuvre. C'était une bonne *kryjówka* [1], pensa Janek, bien cachée dans la broussaille. Même Stefek Podhorski, plus connu au collège de Wilno sous le surnom de « Winetoo, le noble chef des Apaches » — dans les milieux peaux rouges, Janek portait le nom glorieux de « Old Shatterhand » —, même Winetoo n'aurait pas flairé son existence.

— Combien de temps vivrai-je ainsi, père?

— Pas longtemps. Bientôt, les Allemands seront battus.

— Quand?

— ... Il ne faut pas désespérer.

— Je ne désespère pas. Mais je veux savoir... Quand?

— Dans quelques mois, peut-être...

Le docteur Twardowski regarda son fils.

— Reste caché.

— Bien.

— Ne prends pas froid.

Il sortit de sa poche un browning.

— Regarde.

Il expliqua le fonctionnement de l'arme.

— Garde-le précieusement. Il y a cinquante cartouches, dans cette sacoche.

— Merci.

1. Cachette.

— Je m'en vais, maintenant. Je reviendrai demain.
Cache-toi bien. Tes deux frères ont été tués... Tu es
tout ce qui nous reste, Old Shatterhand!

Il sourit.

— Prends patience. Le jour viendra où les Allemands partiront d'ici... Ceux qui seront encore
vivants. Pense à ta mère... Ne t'éloigne pas. Méfie-toi
des hommes.

— Bien.

— Méfie-toi des hommes.

Le docteur s'en alla dans le brouillard. Le
jour s'était levé, mais tout demeurait gris et flou :
les sapins flottaient toujours dans la brume, leurs
branches déployées comme des ailes trop lourdes
qu'aucun souffle ne vient animer. Janek se glissa
dans la broussaille, souleva la porte de fer. Il descendit l'échelle, se jeta sur le matelas. Il faisait noir,
dans la cachette. Il se leva, essaya de faire du feu :
le bois était humide. Il réussit à l'allumer enfin,
s'étendit et prit le gros volume « Winetoo, le Peau
Rouge gentleman ». Mais il ne put lire. Ses yeux se
fermaient, la fatigue engourdissait son corps, son
esprit... Il s'endormit profondément.

Il passa la journée suivante dans son trou. Il relut le chapitre du livre dans lequel Old Shatterhand, attaché au poteau de supplice, réussit à tromper la surveillance des Peaux Rouges et à s'échapper. C'était son passage préféré. Il fit rôtir des patates dans la braise et les mangea. La cheminée tirait mal, la fumée emplissait la cachette, lui mordait les yeux... Il n'osa pas sortir. Il savait que dehors, tout seul, il aurait peur. Dans son trou, il se sentait à l'abri des hommes.

Le docteur Twardowski arriva à la tombée de la nuit.

— Bonsoir, Old Shatterhand.

— Bonsoir, père.

— Tu n'es pas sorti?

— Non.

— Tu n'as pas eu peur?

— Je n'ai jamais peur.

Le docteur sourit tristement. Il avait l'air vieux et fatigué.

— Ta mère te dit de prier.

Janek pensa à ses deux frères... Sa mère avait beaucoup prié pour eux.

— A quoi ça sert de prier?

— A rien. Fais comme te dit ta mère.

— Bien.

Le docteur resta avec lui toute la nuit. Ils ne dormirent pas beaucoup. Ils ne se parlèrent pas beaucoup non plus. Janek demanda seulement :

— Pourquoi ne viens-tu pas te cacher, toi aussi?

— Il y a beaucoup de malades à Sucharki. Le typhus, tu sais... La famine favorise l'épidémie. Il faut que je reste avec eux, Old Shatterhand. Tu comprends cela, n'est-ce pas?

— Oui.

Toute la nuit, le docteur entretint le feu. Janek demeurait les yeux larges ouverts, regardant les bûches devenir rouges, puis noires.

— Tu ne dors pas, mon garçon?

— Non. Père...

— Oui?

— Combien de temps cela va-t-il durer?

— Je ne sais pas. Personne ne sait... Personne.

Il dit soudain :

— Une grande bataille se déroule à présent sur la Volga...

— Où cela?

— Sur la Volga. A Stalingrad... Des hommes se battent pour nous.

— Pour nous?

— Oui. Pour toi et pour moi, et pour des millions d'autres hommes.

Le bois brûlait, craquait, se transformait en cendres...

— Comment s'appelle cette bataille?

— La bataille de Stalingrad. Elle dure depuis plusieurs mois. Personne ne sait combien de temps elle va durer encore et qui va la gagner...

Avant de partir, à l'aube, le docteur dit :

— S'il nous arrive quelque chose, à ta mère et à moi, ne reviens surtout pas à Sucharki. Tu as des provisions pour plusieurs mois. Quand tu n'auras plus rien à manger ou si la solitude te pèse trop, va chez les partisans.

— Où se trouvent-ils?

— Je ne sais pas. Il n'en reste plus beaucoup. Ils se cachent dans la forêt. Cherche-les... mais ne leur montre jamais ta cachette. Si les choses vont mal, viens toujours te réfugier ici.

— Bien.

— Mais n'aie pas peur. Il ne m'arrivera rien.

Le docteur revint le surlendemain. Il ne resta pas longtemps.

— Je n'ose pas laisser ta mère seule.

— Pourquoi?

— On a tué un sous-officier allemand, à Sucharki. Ils prennent des otages.

— C'est comme chez les Peaux Rouges, dit Janek.

— Oui. Comme chez les Peaux Rouges.

Il se leva.

— Ne te laisse pas aller... Reste propre. Fais comme ta mère t'a appris.

— Bien.

— Ne gaspille pas les allumettes. Garde-les près du foyer, dans un endroit sec. Sans elles, tu mourrais de froid.

— J'en prendrai soin. Père...

— Mon petit?

— Cette bataille?

— Je n'ai pas de nouvelles. Il est difficile de savoir ce qui se passe là-bas... Bon courage, Old Shatterhand! A bientôt.

— A bientôt, père.

Le docteur s'en alla. Le lendemain, il ne revint pas.

## 3

La division S.S. « Das Reich » était déjà depuis cinq jours à Sucharki, se remettant péniblement des semaines passées sur le front de Stalingrad d'où les soins paternels du Führer venaient enfin de la rappeler.

C'était la première fois que la division allait au feu. Le haut commandement n'avait jeté cette unité d'élite dans la bataille meurtrière qu'à contrecœur; elle opérait, en général, à l'arrière, dans les territoires occupés, où on l'utilisait à des besognes spéciales et délicates dont les unités régulières de l'armée allemande répugnaient parfois à s'acquitter.

Vingt-quatre heures après l'entrée de la division à Sucharki, deux camions de S.S. s'engagèrent à toute allure dans les rues du village, dans le crépuscule gris et vaporeux où les branches dénudées des arbres, les clochers et les toits semblaient partager avec le ciel une immobilité sans fumée et sans voix.

Il y eut peu de résistance : presque tous les hommes valides étaient dans le maquis.

Quelques hurlements déchirants, quelques coups de feu, un bruit de vitres cassées et de portes enfoncées, et déjà les camions roulaient à nouveau à vive allure, emmenant une vingtaine de jeunes femmes affolées vers la résidence d'été des comtes Pulacki, à trois kilomètres au sud de Sucharki sur la route de Grodno.

La division « Das Reich » avait eu recours à cette ruse de guerre à plusieurs reprises, dans les territoires occupés, et presque toujours avec succès. Selon le mot historique du Gauleiter Koch, qui l'avait imaginée, c'était une manœuvre ingénieuse qui unissait « l'utile à l'agréable », et qui témoignait d'une « haute conception, d'une conception idéaliste » de la nature humaine [1].

En effet, dès que les maquisards apprenaient que leurs filles, sœurs, épouses, fiancées avaient été livrées au plaisir des soldats allemands, et malgré les efforts désespérés de leurs chefs pour les retenir, ils sortaient de la forêt et se jetaient au secours de leurs femmes, ce qui était exactement ce que l'ennemi escomptait. On n'avait qu'à fumer tranquillement une cigarette derrière sa mitrailleuse, en attendant que des hommes rendus à demi fous par le désespoir se ruent à l'assaut, se présentant dans la ligne de mire à l'endroit précis où tout était prêt pour les accueillir. Ce plan avait partout donné de bons résultats, mais avec les Polonais, qui avaient le sens de l'honneur masculin particulièrement chatouilleux, il était pour ainsi dire infaillible.

La villa des comtes Pulacki avait été bâtie à la fin du XIXe siècle par un architecte français visiblement

1. J'apprends que ces propos ont en réalité été tenus par un autre. Je les maintiens cependant dans la bouche du Gauleiter Koch, par fidélité à sa mémoire.

inspiré par le Trianon. C'était un palais d'été — une « folie » comme on disait encore à l'époque — avec des salons de réception, un théâtre, des fresques et des boiseries. Les combats de 1939 l'avaient à peine endommagé, mais l'abandon et le pillage avaient fait leur œuvre. Presque toutes les vitres avaient été cassées, et quelques « pensionnaires » avaient essayé de se couper les veines avec des éclats de verre; on avait dû placer des gardes à l'intérieur. Il y régnait un froid et une humidité tels qu'ils finissaient par engourdir les captives et les rendaient moins sensibles à leurs épreuves. Ce fut seulement deux jours après le début de l'opération « loup-du-bois [1] » — c'est sous ce nom qu'elle figurait dans le code opérationnel de la division — que les familles parvinrent à soudoyer les gardes et à faire parvenir des vêtements chauds et des couvertures aux jeunes femmes.

Un parc à la française s'étendait autour de la « folie » et finissait aux abords de la forêt. Dans les étangs artificiels, les branches et les feuilles mortes pourrissaient sur le ciment, d'où pointaient les tuyaux rouillés; des Cupidons, des Vénus et tout un fatras de statues de marbre du style 1900 bordaient les allées. Des soldats montaient la garde jour et nuit dans les exquises tonnelles où, jadis, les invités des comtes Pulacki venaient flirter, rêver au clair de lune, admirer les feux d'artifice, ou regarder distraitement les spectacles du théâtre de verdure où un nid de mitrailleuses était à présent installé.

Les S.S. avaient mis un poêle dans le palais, mais il

----

1. « Ce n'est pas seulement la faim, c'est aussi l'amour qui fait sortir le loup des bois. » Gauleiter Koch.

n'y avait jamais assez de charbon pour chauffer les pièces immenses; il n'y avait un peu de chaleur que dans la grande salle de bal, richement décorée de boiseries bleu et or, et dont le plafond était couvert d'anges et de déesses, peints à la manière de Tiepolo. Les femmes se tenaient dans cette salle et les soldats venaient y faire leur choix. Près de trois cents soldats avaient visité les lieux, dans les premières quarante-huit heures.

A l'aube du deuxième jour, un groupe de douze partisans sortit de la forêt et avança en ligne à travers le parc, en tirant; ils ne firent aucun dégât et furent fauchés par les mitrailleuses, perdant six hommes avant de se retirer.

Ce fut après cet incident que les S.S., satisfaits de voir que l'opération « loup-du-bois » réussissait une fois de plus, avaient installé un poêle dans la salle de bal, et amené une cuisine de campagne pour servir des aliments chauds aux « pensionnaires ».

Une fillette très blonde, qui ne devait pas avoir plus de seize ans, allait constamment d'une femme à l'autre, une cigarette aux lèvres, essayant de réconforter celles qui ne parvenaient pas à se résigner à leur sort, et ne savaient pas s'adapter aux circonstances. La petite avait un visage mince et pâle, couvert de taches de rousseur, et assez joli, malgré un excès de rouge à lèvres et des joues trop poudrées. Personne ne l'avait jamais vue à Sucharki; elle expliqua que les soldats l'avaient ramassée à Wilno; ses parents avaient été tués et, selon sa propre expression, elle « allait avec les soldats » depuis un an. Elle portait un béret, un manteau militaire beaucoup trop grand pour elle; des bas de laine noirs, tenus par des élastiques, glissaient constamment et tombaient sur ses chevilles; elle les relevait alors en pliant une jambe, sans se baisser, avec un geste enfantin.

Lorsqu'une des femmes devenait hystérique et se mettait à hurler, elle se précipitait vers elle, lui prenait la main, et la suppliait : « S'il vous plaît, ce n'est pas vraiment si grave que ça, vous savez. Ce n'est pas important. Ça ne peut pas vous faire grand-chose, si vous n'y pensez pas. C'est seulement mauvais lorsqu'on se fait des idées. » Elle s'occupait avec une affection et une gentillesse particulières d'une belle jeune femme âgée d'une trentaine d'années, aux cheveux légèrement grisonnants, et dont les grands yeux noirs avaient une fixité voisine de la folie — c'était la femme d'un médecin de Sucharki, le docteur Twardowski. La petite venait s'agenouiller souvent auprès d'elle, lui tapotait la main, lui caressait les cheveux et disait : « Il ne faut pas y penser, allez. Ils ne vont pas nous garder là tout le temps. Ils nous laisseront sortir bientôt. Tout ira bien, vous verrez. »

Il n'y avait pas de meubles dans la villa. Les femmes dormaient sur des matelas de paille par terre. Quelques portraits de famille des comtes Pulacki étaient demeurés accrochés aux murs, déchirés, ou troués par des balles perdues : des courtisans vêtus de soie bleue, la poitrine constellée de décorations, très dignes sous leurs perruques blanches, et des dames couvertes de bijoux ou tenant un petit chien frisé sur leurs genoux.

Lorsqu'un soldat choisissait la fillette blonde, qui s'appelait Zosia, elle éteignait soigneusement sa cigarette, la posait sur le rebord d'une fenêtre et montait avec lui. Lorsqu'elle revenait, elle reprenait sa cigarette et la rallumait. Elle donnait l'impression de penser davantage à sa cigarette qu'à ce qui lui arrivait. Elle donnait même l'impression qu'il ne lui arrivait rien, que tout cela n'avait vraiment pas beaucoup d'importance.

Lorsqu'elle remarquait un officier parmi les visiteurs, elle se précipitait immédiatement vers lui et le prenait à partie, d'une voix pleurnicharde et criarde, réclamant du charbon, plus de nourriture, de l'eau bouillante, des cigarettes, du savon. Elle s'accrochait à lui comme un chiot et finissait presque toujours par obtenir ce qu'elle voulait. Elle se calmait alors instantanément, souriait avec satisfaction et venait apporter la bonne nouvelle à ses compagnes.

« Avec les Allemands, c'est bien facile. Si vous voulez obtenir d'eux quelque chose, si vous voulez les impressionner, il faut leur dire : « *Schmutzig, schmutzig* » — ça veut dire « sale ». La saleté, c'est une chose qu'ils ne peuvent pas supporter. Avec ce mot-là, vous obtenez d'eux ce que vous voulez. »

Les S.S. avaient placé trois automitrailleuses dans le parc, face à la forêt, et ils se tenaient derrière leurs armes, attendant patiemment, descendant parfois pour se chauffer autour des braseros. A plusieurs reprises, des groupes de partisans sortirent de la forêt et engagèrent le combat. Presque tous furent tués après une brève fusillade. Mais ils continuèrent à venir, et souvent ils n'étaient que trois ou quatre, presque toujours des maris, des pères ou des fiancés.

Le quatrième jour, un homme de haute taille, vêtu d'un pardessus bien coupé et coiffé d'un chapeau de feutre, portant un foulard chaud autour du cou, un pince-nez, et tenant une sacoche de médecin à la main, se présenta à l'entrée principale de la villa, montra au poste de garde des papiers qui paraissaient en règle, et fut autorisé à pénétrer dans le parc. Il suivit l'allée, monta lentement les marches de la villa, ouvrit sa sacoche, en retira brusquement une mitraillette et fit feu presque à bout portant sur les soldats qui plaisantaient entre eux sur la terrasse, en attendant leur tour. La fillette blonde, qui avait observé avec satisfaction la scène à travers la fenêtre, en buvant du thé brûlant dans sa gamelle, raconta ensuite aux autres que l'homme avait vraiment fait du bon travail, avant de tomber. C'était un médecin de Sucharki, très connu et respecté — le docteur Twardowski.

## 4

Janek attendit patiemment plusieurs jours. De temps en temps, il sortait de sa cachette, écoutait : parmi tous les bruits de la forêt, il guettait le pas de son père. A chaque craquement d'arbre, à chaque murmure de feuille, l'espoir renaissait. Pendant huit jours, il vécut ainsi, dans l'espoir et l'attente. Pendant huit jours, il lutta farouchement contre la peur qui grandissait, contre la solitude et le silence, contre la certitude qui se glissait peu à peu dans son esprit, contre le désespoir qui commençait à lui glacer le cœur. Le neuvième jour, il se réveilla vaincu. Il ouvrit les yeux et, aussitôt, se mit à pleurer silencieusement. Il ne se leva même pas. Toute la journée, il resta sur son matelas, roulé en boule sous les couvertures, les poings serrés, tremblant. Vers minuit, il sortit de son trou et se mit à marcher dans la direction de Sucharki. Il marcha à travers la forêt, dans le noir. Les branches des sapins lui fouettaient la figure, les épines lui déchiraient les vêtements et la peau. Plusieurs fois, il se perdit. Il erra ainsi pendant toute la nuit et, à l'aube, déboucha sur une route. Il la reconnut. C'était la route de Wilno. Il la suivit jusqu'à Sucharki... Le village était enveloppé dans un épais brouillard. Mais ce brouillard piquait les yeux, comme dans la cachette, lorsque le poêle tirait mal. C'était de la fumée. Une partie du village avait brûlé. Il n'y avait plus de flammes, rien que de la fumée, une fumée lourde, immobile dans l'air calme, et une odeur mauvaise qui blessait la gorge. Un peu plus loin, sur la route, il y avait deux autos blindées. Elles étaient immobiles, pareilles à des carapaces abandonnées. Seules, à l'avant de chaque auto, les mitrailleuses bougeaient lentement, comme un dard. Un de ces dards était tourné vers Janek, braqué sur sa poitrine. Brusquement, la carapace s'ouvrit, un soldat allemand très blond, aux joues roses de jeune fille, se dressa à demi hors du trou et cria, en mauvais polonais :

— *Poszedl, poszedl... Wzbronione, verboten!* [1]

Janek lui tourna le dos. Il marcha d'abord, puis se mit à courir. Il ne fuyait pas : il avait hâte d'arriver. Il voulait rentrer sous terre, se blottir dans son trou, ne plus jamais ressortir. Il descendit dans la cachette, se jeta sur le grabat. Il ne se sentait pas fatigué. Il n'avait pas peur. Il n'avait ni soif, ni sommeil, ni faim. Il ne sentait rien, ne pensait à rien. Il demeurait couché sur le dos, le regard vide, dans le froid, dans les ténèbres. Vers le milieu de la nuit, seulement, il pensa qu'il allait mourir. Il ne savait pas comment on meurt. Sans doute un homme meurt-il lorsqu'il est prêt à mourir, et il est prêt lorsqu'il est trop malheureux. Ou bien, peut-être, un homme

1. « Va-t'en! Défendu! »

meurt-il lorsqu'il ne lui reste plus rien d'autre à faire. C'est un chemin qu'un homme prend lorsqu'il n'a plus où aller... Mais il ne mourut pas. Son cœur battait, battait toujours. Il n'était pas plus facile de mourir que de vivre.

*It wasn't any easier to die than it was to live.*

- waits 4 dad
- goes to Stochastis - confronted by soldier
- returns to old; thinks of dying but doesn't.

## 5

Le lendemain, il prit le revolver, quelques patates, du sel, le gros volume de « Winetoo, le Peau Rouge gentleman » et sortit du trou. Il partait à la recherche des partisans, ainsi que son père le lui avait dit. Il ne savait pas où aller. Il ne savait pas très bien, non plus, ce que cela voulait dire, « les partisans ». A quoi les reconnaissait-on? Portaient-ils des uniformes? Comment fallait-il leur parler? Où fallait-il les chercher? Il rôdait dans la forêt, au hasard, et, le soir, rentrait dans son trou. Pendant plusieurs jours, il ne rencontra personne. Mais un matin, alors qu'il traversait une clairière, deux hommes jaillirent des buissons et l'encadrèrent. Il s'arrêta. Il n'avait pas peur. Les deux hommes avaient l'air misérable, ils n'avaient pas l'air dangereux. Le plus jeune avait la tête enveloppée dans un châle, comme une paysanne. Un de ses yeux clignait nerveusement, sans arrêt. Le plus âgé avait une énorme moustache grise. Il paraissait plus méchant que l'autre. Il s'approcha de Janek et le fouilla. Il trouva tout de suite le revolver.

— D'où l'as-tu?

Janek ne comprit pas tout de suite. Il fallait faire un effort pour comprendre. Ce n'était pas du polonais. Ce n'était pas du russe, non plus. Janek ne savait pas du tout ce que cela pouvait bien être.

— Il te demande..., commença le plus jeune des deux hommes.

— Laissez-moi l'interroger! gronda l'aîné.

— Il ne comprend pas l'ukrainien.

— Je parle polonais! affirma le vieux avec colère. Il se tourna vers Janek.

— D'où l'as-tu?

— Mon père me l'a donné.

— Où est ton père?

— Je ne sais pas.

— Tu as entendu, Czerw? triompha le vieux. Il ne sait pas où est son père!

— J'ai entendu. Je ne suis pas sourd.

— Mais peut-être le sait-il, a? Peut-être simplement, ne veut-il pas nous le dire, a?

— Foutez-lui la paix, Savieli Lvovitch, protesta son compagnon, d'un air ennuyé. Je le connais. C'est le fils du docteur Twardowski, de Sucharki. Son père m'a soigné.

— Sucharki, a? répéta le vieux, Sucharki... Il regarda Janek de travers.

— Alors, je peux te dire ce qu'il est devenu, ton père...

— Qu'est-il devenu?

— Fermez votre gueule, Savieli Lvovitch! gronda soudain son compagnon. Fermez votre sale gueule, s'il vous plaît!

— A? s'étonna le vieux. Mais je n'ai rien dit! Il saisit le gros livre, regarda le titre.

— Winetoo, épela-t-il avec difficulté. Le... Peau
Rouge... gentleman... A?

Il ferma le volume, avec bruit. Il regarda Janek.
Il jura, avec une sorte de désespoir.

— *Kurwa ich mác! Kurwa ich mác!*

— Ne jurez pas comme ça, Savieli Lvovitch. Je
vous l'ai déjà dit : ce n'est pas joli, à votre âge!

— Qu'est-il devenu, mon père? répéta Janek.

— A? fit le vieux. Je ne sais pas ce qu'il est devenu,
ton père. Le choléra sait ce qu'il est devenu!

Il sanglota presque :

— Winetoo, le Peau Rouge gentleman... Oï-oï!

— Ne vous énervez pas, Savieli Lvovitch.

— Je ne m'énerve pas. Je ne m'énerve jamais!
Il rendit le livre à Janek.

— Que fais-tu dans la forêt, visage pâle?

— J'y habite.

— A?

— J'y habite.

— Tu entends, Czerw? Il y habite!

— Je cherche les partisans, dit Janek, timidement.

— Quoi? bondit le vieux. Sacré nom d'une... Tu
as entendu, Czerw? Il cherche les partisans!

— J'ai entendu.

— Quels partisans? se renseigna soudain le vieux,
avec intérêt.

— Je ne sais pas.

— Il ne sait pas! triompha le vieux. Tu as entendu,
Czerw, il ne...

— Fermez votre claquemerde, s'il vous plaît,
Savieli Lvovitch.

Il regarda un moment Janek, gravement.

— Tu peux venir avec nous, dit-il.

— Qui est-ce qui donne des ordres, ici? s'emporta le vieux.

— Personne. Personne ne donne d'ordres, ici. J'ai connu son père, et il peut venir avec nous. C'est tout.

— Ai-je jamais dit qu'il ne pouvait pas venir avec nous? Je n'ai pas de cœur, peut-être. Tout ce que j'ai, c'est une grande gueule, a?

— Vous avez sûrement une grande gueule, Savieli Lvovitch.

— Je sais, dit le vieux, fièrement. Tu peux venir avec nous, visage pâle! Sois le bienvenu dans notre igloo...

— Wigwam, murmura Janek.

— A?

— Wigwam chez les Peaux Rouges. Igloo, c'est chez les Esquimaux.

— Le choléra sait chez qui c'est! grommela le vieux.

Il leur tourna le dos et se mit à marcher rapidement. Ils le suivirent.

— Comment s'appelle-t-il? demanda Janek.

— Krylenko. C'est un Ukrainien. Il gueule beaucoup, mais il n'est pas méchant.

— Je sais, dit Janek.

*Janek meets up w. 2 Ukrainien resistance fighters + goes w. them*

Des hommes affamés et affaiblis vivaient tapis au cœur de la forêt. On les appelait « partisans » dans les villes; « verts » dans les campagnes. Depuis longtemps, ces hommes ne se battaient plus que contre la faim, le froid et le désespoir. Leur seul souci était de survivre. Ils vivotaient par petits groupes de six ou sept, dans les cachettes creusées dans la terre, dissimulées sous des broussailles, pareils à des bêtes traquées. Les vivres étaient difficiles, souvent impossibles à obtenir. Les « verts » qui avaient des parents ou des amis dans la région arrivaient seuls à se nourrir : les autres mouraient de faim ou bien sortaient de la forêt pour se faire tuer. Le groupe de Czerw et Krylenko était un des plus vivants, des moins résignés. Il était commandé par un jeune officier de cavalerie, le lieutenant Jablonski. C'était un grand garçon blond qui toussait beaucoup et crachait du sang : il avait reçu un éclat d'obus dans un poumon pendant la campagne de Pologne. Il avait conservé sa capote militaire et son képi carré de cavalerie; la longue visière mettait toujours une ombre sur son visage. Lorsqu'on lui présenta Janek, il demanda :

— Quel âge as-tu?

— Quatorze ans.

Le lieutenant le regarda longuement de ses yeux enfoncés, brûlants, torturés par la fièvre.

— Veux-tu faire quelque chose pour moi?

— Oui.

— Tu connais Wilno?

— Oui.

— Bien?

— Oui.

Le lieutenant hésita, parut lutter contre lui-même, regarda autour de lui...

— Viens dans le bois.

Il emmena Janek dans un taillis.

— Prends cette lettre. Porte-la à l'adresse. Elle est marquée sur l'enveloppe. Tu sais lire?

— Oui.

— Bien. Ne te fais pas prendre.

— Non.

— Attends la réponse.

— Bien.

Le lieutenant regarda soudain de côté. Il dit d'une voix sourde :

— N'en parle à personne, ici.

— Je n'en parlerai pas.

Janek mit la lettre dans sa poche et partit aussitôt. Il arriva à Wilno à la tombée de la nuit. Les rues étaient pleines de soldats allemands, les camions passaient avec fracas sur les gros pavés, projetaient la boue sur les trottoirs de bois. Il trouva sans peine la maison, dans la Pohulanka. Il traversa une cour et monta un escalier. Au premier étage, il s'arrêta et craqua une allumette. Il y avait une carte de visite,

31

sur la porte : « Jadwiga Malinowska, lut-il. Leçons de musique. » A l'intérieur, on jouait du piano. Il écouta un moment. Il aimait beaucoup la musique, mais en avait entendu très peu. Finalement, il frappa. La musique s'arrêta brusquement et une voix de femme demanda :

— Qui est là?

Il hésita.

— Janek, dit-il enfin, stupidement.

Il fut étonné de voir la porte s'ouvrir. La jeune femme l'examina attentivement. Elle tenait à la main une lampe : sur l'abat-jour jaune, il y avait des rizières, des pagodes et des oiseaux. Leurs ombres bougeaient sur le plafond et les murs. La jeune femme parut à Janek très belle. Il ôta sa casquette, poliment.

— C'est pour vous donner ceci, dit-il.

Il tendit la lettre. Elle la prit et l'ouvrit aussitôt. Pendant qu'elle lisait, il la regarda encore. Comme elle était belle! Pas étonnant, qu'elle sût jouer si bien du piano... Cette musique lui allait bien, lui ressemblait. La jeune femme finit de lire.

— Entre, dit-elle.

Elle ferma la porte.

— Tu dois avoir faim, après cette marche.

— Non.

— Tu ne veux pas de thé?

— Non, merci.

Elle regarda cet enfant au visage si terriblement sérieux.

— Comme tu voudras. Je vais préparer une réponse... Non. Il vaut mieux pas. Si on t'arrête...

— On ne m'arrêtera pas.

32

Elle le regarda encore.

— Quel âge as-tu?

— Quatorze ans.

— Dis-lui... Dis-lui que c'est de la folie. Dis-lui de ne pas venir... C'est très surveillé. Mais, s'il vient, dis-lui que je l'attendrai...

— Il viendra, dit Janek.

— Dis-lui bien de ne pas venir.

— Je dirai.

Elle alla à la cuisine et revint avec du pain et du sel, qu'elle enveloppa dans un journal. Il mit le paquet sous sa veste, contre sa poitrine. Il ne partait pas. Il la regardait... Elle attendait qu'il dise ce qu'il avait à dire.

— Jouez, demanda-t-il soudain.

Elle ne dit rien et alla au piano. Elle ne parut ni étonnée, ni curieuse. Elle se mit au piano et commença à jouer... Janek ne savait pas depuis combien de temps elle jouait. Il ne savait pas. Jamais il n'avait rien senti de pareil. A un moment, elle se retourna.

— C'est du Chopin, dit-elle. C'était un Polonais.

Elle vit alors qu'il pleurait. Cela non plus ne parut ni l'étonner, ni l'émouvoir. Comme si elle eût trouvé tout naturel qu'il pleurât, en écoutant cette musique... Lorsque enfin elle eut fini de jouer, la jeune femme vit que Janek était parti.

Il trouva Jablonski et Krylenko assis auprès du feu. Le vieil Ukrainien lisait, le nez chaussé de lunettes. A quelques pas de là, les hommes ronflaient dans leur trou : l'un d'eux gémissait.

— Toutes les deux! geignait-il. Toutes les deux!

Janek frissonna.

— C'est Stanczyck qui rêve, dit le lieutenant. Ne fais pas attention...

Il se leva, prit Janek par le bras et s'éloigna du feu.

— Alors?

— Elle vous demande de ne pas venir. Elle vous attendra...

— Merci, petit, dit Jablonski.

Il s'approcha de l'Ukrainien.

— Donne-lui à manger.

Krylenko ôta ses lunettes et laissa tomber le livre. Janek reconnut le gros volume rouge : c'était « Winetoo, le Peau Rouge gentleman ».

— *Ugh!* fit le vieux. Bonsoir, visage pâle. Le calumet de la paix est là, mais pour ce qui est de la boustifaille... *Ugh!* J'ai dit.

— Donne-lui ma part, dit Jablonski. Je n'ai pas faim.

Le vieux versa à Janek une gamelle de liquide jaunâtre et reprit son livre.

— Les Allemands n'ont rien inventé, commenta-t-il. Le système des otages était déjà connu et pratiqué par les Indiens Sioux...

Il regarda le lieutenant s'éloigner en toussant, puis cracher.

— Elle aura sa peau, grinça-t-il.

Le lendemain, Janek fit connaissance avec les autres membres du groupe. Ils étaient sept. Il y avait Stanczyck, un coiffeur de Wilno. Ses deux filles, âgées de dix-sept et quinze ans, avaient été violées par des soldats allemands. Pour étouffer l'affaire, les autorités d'occupation les envoyèrent « travailler » dans un bordel pour la troupe en Poméranie. Stanczyck avait reçu un simple avis : « Vos filles sont parties travailler en Allemagne. »

De temps en temps, le petit coiffeur — c'était un homme malingre, d'aspect inoffensif — avait des crises de folie. Il se mettait alors à errer dans la forêt, en hurlant : « Toutes les deux ! Toutes les deux ! » Puis il disparaissait. Personne ne savait où il allait. Mais, un jour, Czerw découvrit dans les affaires du malheureux d'horribles trophées. Il devint blanc, se jeta hors du trou et fut pris de vomissements... On disait que Stanczyck avait mutilé ainsi une dizaine de soldats allemands. On ne l'approuvait pas, mais on ne le blâmait pas, non plus. Toutes les fois que le cri plaintif : « Toutes les deux ! Toutes les deux ! » s'élevait dans la forêt, les hommes pâlissaient, crachaient, disaient : « *Tfou, sila nieczysta* [1] *!* » et s'évitaient du regard...

Il y avait les deux étudiants en droit de l'Université de Wilno, dont la tâche difficile et périlleuse était de maintenir le contact par radio avec le poste de commandement de l'armée « verte », qui se déplaçait constamment. Leur présence éveillait toujours la mauvaise humeur des partisans, car les Allemands étaient constamment aux écoutes et étaient, depuis quelques mois, passés maîtres dans l'art de déceler les postes émetteurs par des moyens techniques nouveaux; l'arrivée des deux jeunes gens signifiait donc partout un péril accru; les visages s'assombrissaient dès qu'ils apparaissaient, comme des oiseaux de mauvais augure; on les tolérait rarement plus de quelques heures au même endroit. Ils avaient dans leur sac un petit cahier, qui était leur code secret; ses pages étaient couvertes de phrases apparemment dépourvues de sens, et l'une d'elles avait particulièrement frappé Janek, alors qu'il se tenait accroupi dans la cachette de Czerw, lequel était en train d'attendre la transmission d'un message. La phrase disait : « *Nadejda chantera demain.* »

— Qu'est-ce que cela veut dire? demanda Janek.

— Exactement ce que ça dit, répondit Czerw.

Janek se sentit irrité. On le prenait pour un enfant, on ne lui faisait pas confiance entièrement.

— C'est sûrement un code, dit-il. La phrase a sûrement un sens secret.

Czerw parut sur le point de sourire. Mais il ne souriait jamais. Pendant quelques secondes, ce fut

1. « Force diabolique. »

simplement comme s'il n'y eut plus de lumière sur son visage, et ce fut tout.

— Il n'y a rien de secret, dit-il. C'est parfaitement clair. *Nadejda chantera demain.* Nadejda, c'est le nom de guerre de notre commandant en chef, et il a une très belle voix. Il chante tout le temps. Bientôt tu l'entendras toi-même. Il vient souvent nous donner des concerts dans cette forêt.

Janek entendait souvent le récit des exploits de ce partisan mystérieux, qui se faisait appeler « Partisan Nadejda ». Personne ne savait qui il était; personne ne l'avait jamais vu; mais, chaque fois qu'un pont sautait, que la voie ferrée était sabotée, un convoi allemand attaqué, ou, tout simplement, lorsque l'écho d'une explosion lointaine parvenait à leurs oreilles, les « verts » se regardaient, hochaient la tête, souriaient d'un air renseigné, et disaient : « Le Partisan Nadejda a encore fait des siennes. »

Les Allemands connaissaient son existence; une forte récompense était offerte à celui qui leur permettrait de mettre la main sur le « bandit » insaisissable. Il était devenu une véritable hantise pour la *Kommandantur* locale qui dépensait beaucoup de temps et d'énergie pour essayer de mettre la main sur cet ennemi insaisissable, mais n'était même jamais parvenue à découvrir son identité.

Janek demeurait souvent couché sur le dos dans sa cachette, au milieu de la nuit silencieuse, les yeux larges ouverts, pensant au Partisan Nadejda, essayant de l'imaginer. Il y avait quelque chose de rassurant dans l'idée de cette présence mystérieuse dans la forêt, dans les récits qu'il entendait de ses exploits, et dans le sourire tranquille des partisans lorsqu'ils parlaient de ce héros légendaire qui exaspérait les Allemands et leur glissait toujours entre les doigts. Souvent, lorsque les choses allaient mal, lorsque des camarades étaient tués ou arrêtés, et soumis à la torture, un des « verts » soupirait, hochait la tête, et demandait : « Et Nadejda, qu'est-ce qu'il fait? Il y a un moment qu'on n'en entend plus parler. »

Une nuit, alors qu'il rêvait ainsi, dans sa cachette, une idée, qui devint peu à peu une certitude, frappa soudain Janek avec une telle évidence qu'il se dressa sur son matelas, le sourire aux lèvres, et le cœur battant : le mystérieux Partisan Nadejda ne devait être autre que son père. Voilà pourquoi, chaque fois qu'il parlait de son père et cherchait à se renseigner sur son sort, les « verts » devenaient silencieux et le regardaient de cette façon étrange, avec une sympathie évidente, et même avec respect. Cet espoir, dont il ne parla jamais aux autres, demeura pendant longtemps en lui. Il était certain d'avoir raison, et lorsque le doute l'effleurait, il savait que c'était simplement parce qu'il avait froid, parce qu'il avait faim, ou parce qu'il était fatigué. Il savait déjà que la vérité était quelque chose qui se reconnaissait dans les élans chaleureux du cœur et rarement dans la froideur de la raison.

Il y avait Cukier, le boucher juif de Swieciany. C'était un *chasyd* pieux, bâti comme un lutteur forain. Le vendredi soir, il allait prier avec d'autres juifs réfugiés dans la forêt sur les ruines de la vieille poudrière détruite, à Antokol. Tous les soirs, il se jetait sur la tête le *talès* [1] de soie blanche et noire,

1. Châle de prière du rituel israélite.

38

se frappait la poitrine, pleurait. Les autres le regardaient en silence, avec respect. Il y avait aussi « pan mecenas [1] », un avocat de Wilno. Les partisans lui disaient toujours « *panié mecenasie* »; personne ne le tutoyait. C'était un homme âgé, grassouillet, aux sourcils de Pierrot triste, incapable de se faire à la vie de la forêt. Il s'appelait Stachiewicz. Une fois, alors qu'il se plaignait du froid et de la faim, Janek entendit Jablonski lui dire :

— Cessez de geindre. Personne ne vous retient, ici.

Pan mecenas hocha tristement la tête.

— Vous ne savez pas ce que c'est, Jablonski, aimer une jeune femme lorsqu'on a trente ans de plus qu'elle...

Plus tard, Janek apprit que pan mecenas était marié à une toute jeune femme dont le frère avait été, paraît-il, tué chez les partisans. « Personne ne s'en souvient, ici, mais, après tout, on ne peut connaître tout le monde, dans la forêt... » Pan mecenas avait pris le maquis pour venger l'adolescent. En regardant le pauvre homme trembler dans sa pelisse déchirée, Janek, souvent, avait envie de lui dire : « Allons, du courage... »

Il y avait Machorka, un paysan grec orthodoxe de Baranowicze. Il comparait la forêt aux catacombes, et les partisans aux premiers chrétiens. Il attendait la Résurrection. « Le moment approche! » disait-il. Il vivait dans l'attente. Chaque fois qu'une paysanne accouchait dans la région, il rôdait autour de la ferme, en marmonnant des prières. Il revenait ensuite le dos rond, hochait tristement la tête, et disait :

[1]. Maître, c'est-à-dire avocat.

— Il n'y a pas eu de signe.

Personne ne savait quel signe il espérait au juste; sans doute ne le savait-il pas lui-même. Mais il ne se décourageait jamais. Il était très habile à voler les rares poulets que des paysans des environs possédaient encore dans leurs basses-cours... Il demanda une fois à Janek :

— Tu crois en Dieu?

— Non.

— Tu n'as donc pas eu de mère? dit Machorka.

Il y avait enfin les trois frères Zborowski. Ils étaient taciturnes, décidés, méfiants. Ils ne se séparaient jamais, mangeaient, dormaient et se battaient ensemble. Ils étaient surtout chargés des relations du groupe avec le monde extérieur. Leurs parents avaient une ferme dans le village voisin de Piaski. De temps en temps, les trois frères disparaissaient, la nuit, et allaient voir leurs parents... Ils revenaient encore plus taciturnes, encore plus résolus et encore plus méfiants.

-Janek meets rest of grp of
partisans -7.
- Talk about 'Nadgeda'-mysterias
paysan
- Janek believes it's his dead
— Cukier - he Jew, introd'd

8

Souvent Jablonski envoyait Janek à Wilno demander un rendez-vous à sa maîtresse. Janek allait volontiers. Chaque fois qu'il venait, panna Jadwiga lui
donnait à manger et jouait du piano. Le thé refroidis-
sait sur la table, Janek demeurait immobile, la main
sur le morceau de pain auquel il n'avait pas touché.
La jeune femme ne lui disait jamais rien. Elle jouait.
Quelquefois, lorsqu'elle se retournait, elle s'apercevait
que Janek était parti. Quelquefois, au contraire, il
restait encore longtemps après qu'elle eut fini, figé,
les yeux noyés de brume... De plus en plus souvent,
Jablonski venait voir sa maîtresse. Sa santé empirait.
Ses joues creuses brûlaient d'une mauvaise rougeur,
et la nuit, dans la cachette, sa toux empêchait les
autres de dormir. Il savait qu'il était condamné
et discutait tranquillement du choix de son succes-
seur.

— Czerw, disait-il, tu prendras ma place.

Czerw clignait de l'œil, nerveusement.

— On verra.

Un soir, Jablonski alla à un rendez-vous avec
panna Jadwiga et ne revint pas. On l'attendit toute

la journée, anxieusement. Le lendemain Czerw prit Janek à part et lui demanda :

— Tu connais la maison?

— Oui.

— Va voir.

Janek arriva à Wilno à midi. Il pleuvait. Devant la maison de panna Jadwiga, deux gibets avaient été dressés : les gens passaient à côté, rapidement, sans regarder; quelques-uns se signaient. Jablonski et sa maîtresse pendaient au bout des cordes. Deux soldats montaient la garde : ils discutaient entre eux, riaient, l'un sortit une enveloppe de sa poche et montra à l'autre des photographies.

9

Avec les froids et les pluies d'octobre, la situation du petit groupe devint critique. Les paysans, saignés par les Allemands, refusaient d'aider. D'autant plus que quelques « verts », affolés par l'approche de l'hiver, attaquaient et pillaient des fermes... Les trois frères Zborowski s'emparèrent des coupables et les pendirent haut et court dans la cour d'une des fermes pillées, mais les paysans commençaient tout de même à regarder les partisans d'un mauvais œil. Difficilement, les frères Zborowski obtinrent quelques sacs de patates... Mais un événement se produisit qui leur permit d'envisager le début de l'hiver avec confiance. Un matin, le groupe de Czerw reçut une délégation des paysans de Piaski. Une charrette arriva dans la forêt, tirée par un cheval solide : six paysans étaient installés derrière le cocher. Ils avaient mis leurs vêtements de dimanche, leurs bottes, et leurs cheveux brillaient, et leurs moustaches étaient bien raides, soigneusement pommadées. Ils avaient l'air digne et même solennel : on reconnaissait tout de suite des gens importants venus pour traiter d'affaires importantes. A la tête de la délégation se trouvait pan [1] Jozef Konieczny. Pan Jozef Konieczny avait un *szynek* [2] à Piaski, qu'il dirigeait lui-même : il possédait du reste un *szynek* dans presque tous les villages de la région. Ces *szynki* étaient des caves enfumées et sombres, au décor sordide de tabourets, de tables branlantes et de servantes sales, où les paysans venaient boire les jours de marché et, à l'occasion, emprunter de l'argent à intérêt ou contre hypothèque. Pan Jozef faisait de très bonnes affaires. C'était un paysan d'âge mûr, d'aspect naïf, avec de gros yeux légèrement exorbités et un *czub* [3] joliment tourné au milieu du front. Il fut le dernier à descendre de la charrette. Ses compagnons l'attendaient avec respect, les casquettes à la main, crachant, de temps en temps, pour se donner une contenance.

— Ils lui doivent tous de l'argent, expliqua à Janek le plus jeune des Zborowski.

Pan Jozef s'avança et regarda chaque partisan dans les yeux, longuement, sincèrement.

— Alors, qu'est-ce que c'est, les gars? s'exclama-t-il ensuite. On n'a plus de sang dans les veines? On s'endort? Ça fait trois ans que l'Allemand occupe nos villages, et vous ne faites toujours rien pour le chasser? Qui donc doit défendre nos femmes et nos enfants?

— Il parle bien, observa un des paysans en crachant avec satisfaction.

— Qui donc doit défendre nos fiancées et nos mères? ajouta le cabaretier.

Le cocher, sur son siège, jouait avec le fouet. Il

1. Monsieur.
2. Cabaret.
3. Accroche-cœur, mèche.

44

avait l'air ennuyé. Il ne devait pas d'argent à pan Jozef; à vrai dire, le cabaretier lui devait un mois de gages. Il regardait le dos de pan Jozef et faisait claquer son fouet.

— Si seulement j'étais plus jeune, continua le cabaretier, si j'avais vingt ans de moins... je vous aurais fait voir, moi, comment on défend sa terre!

Il tendit les bras.

— Allons, les gars! Vengez l'honneur de nos filles violées, de nos fils déportés ou tués!

Sa voix larmoya légèrement. Il s'essuya les yeux, du poing. Il dit :

— Nous vous apportons des vivres.

— Mmm..., fit Czerw, en clignant de l'œil. Les nouvelles de la guerre sont bonnes, ces temps derniers... Mmm?

Pan Jozef regarda de côté.

— Très bonnes, reconnut-il tristement. Les Russes ont l'air de tenir le coup, à Stalingrad...

— Peut-être qu'ils vont se mettre à avancer bientôt... Mmm?

— Peut-être bien, opina le cabaretier.

Un paysan avoua, dans un éclat de désespoir :

— On ne sait pas du tout comment les choses vont tourner, *psia krew!*

Pan Jozef le foudroya du regard.

— Peut-être bien, continua Czerw, qu'ils vont venir jusqu'ici, un jour? Mmm?

— Bien possible, dit le cabaretier.

— Et qu'après avoir foutu les Allemands dehors...

— Nous le souhaitons tous, glissa pan Jozef, rapidement.

— Et qu'après avoir foutu les Allemands dehors,

peut-être qu'ils nous donneront un coup de main pour pendre les collaborateurs, les profiteurs et autre vermine... Mmm?

Pan Jozef dit, avec beaucoup de naturel :

— Si vous avez besoin de quelque chose, faites-nous signe!

— Pour sûr, pour sûr! grommelèrent les paysans.

Czerw fit décharger la charrette. Pan Jozef avait bien fait les choses : il y avait de quoi nourrir le groupe pendant au moins un mois... La délégation remonta dans la charrette, le cocher dit : « *Wio! Wio!* » et le cortège s'ébranla. Les paysans ne se parlaient pas. Ils évitaient même de se regarder. Pan Jozef était maussade. Ce Czerw ne lui disait rien qui vaille. Un faux jeton, manifestement, un hypocrite. On ne pouvait guère se fier à lui, deviner ses pensées secrètes. « Le genre d'homme, pensa sombrement pan Jozef, qui vous serrera la main, vous regardera dans les yeux et, le lendemain, enverra un partisan pour vous tuer, au coin d'une rue. » Il frissonna. La vie devenait difficile. Personne ne payait plus ses dettes, toutes les affaires devenaient dangereuses, le vainqueur d'aujourd'hui pouvait être le vaincu de demain. On ne savait plus à quel saint se fier. Pourtant, depuis des générations, ses ancêtres avaient su conserver leur peau et leurs auberges, contre vent et marée, Tartares et Suédois, Russes et Allemands. Ils ne les traitaient jamais en envahisseurs, mais en clients. Tout le monde est le bienvenu dans une auberge : telle était leur devise. Question de sang-froid, de flair, de pirouettes rapides, exécutées au bon moment... Pan Jozef soupira. Dans leurs communiqués, les Allemands prétendaient avoir

occupé enfin les faubourgs de Stalingrad : cela voulait
dire que la ville tenait bon. Il devenait de plus en plus
difficile de prévoir l'avenir... Les autres occupants de
la charrette ne pensaient à rien. Ils n'avaient pas
d'opinions : ils avaient des dettes. Ils suivaient
pan Jozef avec résignation.

— Rien get a visit from a rich
man, a peasan "Pan Jozef.
— he gives them same food.

## 10

La charrette s'approcha ainsi du village.

— Fais le tour! ordonna pan Jozef au cocher. Je ne veux pas qu'on nous voie venir de la forêt.

Ils entrèrent dans Piaski par la route de Wilno. La charrette s'arrêta devant l'ancienne mairie, sur laquelle, à présent, il y avait le drapeau à croix gammée et le mot : « Kommandantur », en grosses lettres gothiques.

Ils furent accueillis dans l'escalier par un jeune homme au poil blond et rare, à l'échine pliée. Il montrait perpétuellement ses dents dans un sourire empressé. C'était un Polonais qui avait accepté de servir d'indicateur aux autorités allemandes et, depuis, sortait rarement seul dans la rue après le coucher du soleil. Il fit quelques courbettes, en se frottant les mains.

— Nous vous attendions, panie Jozef, nous vous attendions!

Il tendit la main. Pan Jozef regarda autour de lui en louchant et ne prit pas la main. Il suivit le jeune homme blondasse dans le vestibule. Là, à l'abri des regards indiscrets, il lui serra la main, avec effusion.

— Je m'excuse, panie Romualdzie, de ne pas vous avoir serré la main en public...

— Pas un mot, panie Jozefie, je comprends très bien!

— Mais nous n'étions pas seuls, et, comprenez-vous, à l'heure actuelle...

Ils restaient debout, au milieu du vestibule, se serraient la main chaleureusement et se regardaient dans les yeux avec sincérité.

— Je comprends, je comprends, répétait pan Romuald, en montrant les dents.

Ils continuaient à se serrer la main et à se regarder dans les yeux.

— Ce n'est pas que j'aie la moindre objection à vous serrer la main, précisa pan Jozef. Au contraire, je me sens très honoré, très honoré...

— Mon cher ami! dit pan Romuald.

— Personne mieux que moi n'apprécie la délicatesse de votre position et la noblesse, le courage qu'il vous a fallu, pour jouer... pour accepter de jouer...

Il s'embrouillait légèrement.

— Merci, merci beaucoup! s'empressa pan Romuald.

— Je veux dire, pour avoir chargé sur vos épaules cette besogne ingrate, mais nécessaire...

Il toussa.

— Plus tard, nous saurons combien de vies vous avez réussi à sauver... Qui sait? Je vous dois peut-être la mienne!

— Pensez-vous, pensez-vous, fit modestement le jeune homme. Pani [1] Frania va-t-elle bien?

1. Madame.

Le cabaretier était marié à une des plus jolies femmes de la région : il en était fort jaloux.

— Très bien! fit-il sèchement.

Il se tourna vers les paysans.

— Panie Witku, ordonna-t-il, faites donc décharger ce sac de provisions que nous avons apporté pour pan Romuald...

— Herr Gauleiter vous attend! annonça alors le jeune homme.

La délégation fut introduite. Pan Jozef mit la main sur le cœur et ouvrit la bouche...

— Je sais, je sais! coupa avec impatience le fonctionnaire allemand. Ils disent tous la même chose... C'est le mari?

— *Jawohl*...

— Qu'est-ce qu'il apporte?

— Des œufs, du lard et du fromage blanc! dit pan Romuald, en montrant les canines.

— this Jozef, the man todi some to meet Romaald, a collaborateur, (I think).

Janek était assis auprès du feu — la pluie avait
cessé et ils en avaient profité pour sortir du trou —,
regardant pensivement le bois humide siffler et
fumer dans les flammes. Le plus jeune des Zborowski,
accroupi à la mode turque, jouait de l'harmonica,
avec plus de bonne volonté que de science.

— C'est laid, ce que tu joues, dit Janek. C'est
horrible!

Le jeune Zborowski fut vexé.

— C'est un sacré morceau, protesta-t-il, tu n'y
comprends rien. Les paroles sont jolies aussi.

Il chanta :

*Tango Milonga*
*Tango mych marzen i snow...* [1]

— Les paroles sont laides aussi! soupira Janek. Tu
sais jouer du Chopin?

Le jeune Zborowski hocha la tête.

— Qu'est-ce que c'est que ça?

1. Tango de Milonga. Tango des rêves et des frissons...

— C'était un Polonais, dit Janek. Un musicien.
Il tendit la main.
— Donne.
— Tu sais jouer?
— Non.
Il saisit l'harmonica et le jeta avec dégoût dans les
buissons. Le jeune Zborowski se répandit en injures,
ramassa l'instrument et recommença à souffler
dedans.
— Où sont tes frères?
— A Wilno.
Les frères Zborowski revinrent tard dans l'après-
midi. Ils n'étaient pas seuls; ils amenaient avec eux
une fillette. Elle pouvait avoir une quinzaine d'an-
nées. Son visage était couvert de taches de rousseur;
on les voyait très bien, bien qu'elle fût soigneusement
poudrée. Elle portait un manteau militaire, trop
grand pour elle, et un béret : le béret cachait mal
ses cheveux blonds, désordonnés. Janek la voyait
pour la première fois.
— Qui est-ce?
Le plus jeune des Zborowski regarda la fille.
— Méfie-toi, ricana-t-il. Elle te donnera la maladie.
— Quelle maladie?
— La maladie. Tu sais bien.
— Je ne sais pas du tout, dit Janek.
Il examina la fillette avec attention. Elle n'avait
pas l'air malade.
La petite dut comprendre qu'on parlait d'elle. Elle
regarda Janek de ses grands yeux noirs, tristement.
Puis elle lui sourit.
— Qui est-ce? répéta Janek, sourdement.
— C'est Zóska, voyons. Tout le monde la connaît,

ici. Elle travaille pour nous à Wilno. Elle couche avec les soldats, qui lui disent d'où ils viennent, où ils vont, par où vont passer leurs convois... Elle leur colle la maladie.

Il cria :

— Zóska!

La fille s'approcha. Elle regardait toujours Janek, souriait toujours. Son manteau lui arrivait aux chevilles. Janek n'osait plus la regarder. Son visage brûlait. Il tremblait. Il sentait un vide dans le creux de l'estomac. Il avait honte de lui-même, de la vague chaude qui montait en lui, de l'envie soudaine qu'il avait de prendre la fillette dans ses bras, de se serrer contre elle. Le plus jeune des Zborowski se leva, prit la fillette par la taille, lui toucha la poitrine.

— Elle a la maladie! dit-il rageusement. C'est dommage. Personne ne la touche ici. Pas vrai, Zoska, que tu as la maladie?

— Oui, dit la fillette, avec indifférence.

— On en meurt, déclara le plus jeune des Zborowski, avec conviction. Pas vrai, Zóska, qu'on en meurt?

— Oui.

Elle ne quittait pas Janek des yeux. Soudain, elle se pencha et lui effleura le visage, du bout des doigts.

— *Kocha, lubi, szanuje* [1]?...

— Laisse-le, dit le plus jeune des Zborowski. Il ne sait pas ce que c'est. Il ne l'a jamais fait. Pas vrai, Twardowski, que tu ne l'as jamais fait?

— Fais quoi? demanda Janek.


1. L'équivalent de notre : « Un peu, beaucoup, passionnément?... »

53

— Tu vois, dit triomphalement le plus jeune des Zborowski. Il ne sait pas ce que c'est!

— *Nie chce, nie dba, nie czuje* [1]*?* termina la fillette.

Janek se leva d'un bond, et plongea dans la forêt. Il entendit le plus jeune des Zborowski rire aux éclats... Il marcha un moment, puis s'arrêta derrière un sapin : la fillette l'avait suivi. Janek voulut bouger... mais ses jambes étaient molles.

— Pourquoi as-tu peur de moi?

— Je n'ai pas peur.

Elle lui prit la main. Il la retira.

— Tu es gentil. Tu n'es pas comme les autres. Je t'aime bien...

— Je n'ai rien fait pour ça.

— On ne peut rien faire, pour ça... Je t'aime bien. Tu n'as pas de parents?

— Si. Je ne sais pas où ils sont.

— Les miens ont été tués par une bombe, il y a trois ans. Mon père était ingénieur. Et le tien, qu'est-ce qu'il faisait?

— Il était médecin.

De nouveau, elle lui prit la main.

— Où vas-tu comme ça?

— J'ai une cachette à moi.

— C'est loin?

— Non.

— Est-ce que je peux venir?

Il s'entendit dire, malgré lui, d'une voix qu'il ne reconnut pas :

— Oui.

Ils marchèrent en silence. Il pensait à son père, à la

---

1. « Un peu, beaucoup, passionnément, pas du tout?... »

promesse qu'il lui avait faite de ne jamais montrer sa cachette à personne... Elle dut deviner ses pensées, car elle dit doucement :

— N'aie pas peur. Je ne dirai à personne.

— Je n'ai pas peur. Je n'ai peur de rien.

Elle sourit :

— Alors, donne-moi la main.

Il sentit sa petite main dans la sienne, froide, menue. Il la serra, malgré lui.

— Comment t'appelles-tu?

— Jan Twardowski.

— Janek, dit-elle, Janek... C'est joli. Je peux t'appeler comme ça?

— Oui.

Ils arrivaient. Il écarta les branches, l'aida à descendre. Elle s'assit sur le matelas, regarda autour d'elle.

— C'est une bonne cachette. Bien meilleure que celle de Czerw.

— C'est mon père et moi qui l'avons creusée.

Il s'assit près d'elle. Elle se serra contre lui, ne parla plus. Ils restèrent ainsi longtemps, silencieux... Puis elle soupira, défit un bouton de son manteau et dit, avec résignation :

— Tu veux?

— Non, non. Comme ça, seulement... Comme tout à l'heure.

De nouveau, elle se serra contre lui.

— Parce que, murmura-t-elle, si tu veux... Moi, ça m'est égal. Je suis habituée.

— Je ne veux pas!

— Comme tu voudras. Moi, je suis habituée. Au début, ça faisait très mal. Maintenant, je suis habituée, je ne sens plus rien.

## 12

A l'aube, elle le réveilla doucement.

— Je m'en vais.

— Reste.

— Non, j'ai promis à Czerw. Il faut que je retourne à la ville.

— C'est important?

— Czerw croit que les Allemands vont « nettoyer » la forêt.

— Alors?

— Il faut que j'aille voir des soldats...

— Ils ne diront rien.

— Si. Les hommes disent toujours tout, pourvu qu'on se laisse faire.

Sa voix était résignée et triste. Dans le noir, Janek ne voyait pas son visage.

— Tu reviendras?

— Oui.

— Tu trouveras le chemin?

— Bien sûr. N'aie pas peur...

Elle l'embrassa, demeura un long moment le visage caché dans son cou.

— Dors.

— Reviens vite.

— Dès que j'aurai fini.

Elle s'en alla. Il essaya de dormir, mais, chaque fois qu'il fermait les yeux, il entendait la voix de Zosia, dans les ténèbres. « Quand j'aurai fini... » Il s'habilla et sortit de la cachette. Il faisait beau, les nuages couraient très vite à travers le ciel bleu, on avait envie de jouer avec eux. Il marcha au hasard dans la forêt, les mains dans les poches, en sifflotant. Il se sentait chez lui : la forêt ne lui faisait plus peur. Au début, derrière chaque arbre, il imaginait une présence hostile; à présent, au contraire, il se sentait entouré d'une immense amitié. Le murmure des branches lui paraissait affectueux et presque paternel. Et il y avait aussi la phrase que l'aîné des Zborowski lui avait dite un jour : « La liberté est fille des forêts. C'est là qu'elle est née, c'est là qu'elle revient se cacher, quand ça va mal. »

Il lui arrivait souvent d'appuyer sa main contre l'écorce dure et rassurante d'un arbre et de lever les yeux vers lui avec gratitude, et il s'était même lié d'amitié avec un très vieux chêne, certainement le plus beau, le plus puissant de la forêt, dont les branches s'ouvraient au-dessus de Janek comme des ailes protectrices. Le vieux chêne murmurait et grommelait sans cesse et Janek essayait de comprendre ce qu'il cherchait à lui dire; il y avait même des moments de naïveté, dont il avait un peu honte, lorsqu'il attendait que le chêne lui parlât d'une voix humaine. Il savait bien que c'étaient là des enfantillages indignes d'un partisan, mais ne pouvait s'empêcher parfois de se serrer contre le vieil arbre, d'attendre, d'écouter, d'espérer.

Il sentait bien, pourtant, que son père était mort.
Les partisans évitaient ce sujet avec un embarras évident, et il comprenait. Il ne leur posait plus de questions. Les « verts » ne parlaient jamais de leurs
familles, et il essayait de faire comme eux. Il ne fallait
pas y penser. Il essayait de paraître impassible, dur,
viril : il essayait d'être un homme. Mais c'était très
difficile. Peut-être était-il trop jeune ou peut-être
était-ce parce qu'il n'avait pas encore tué. Il lui
arrivait encore de se dresser brusquement sur son
matelas, de guetter un bruit de pas, d'être soudain
certain que c'était son père qui revenait. Il se jetait
dehors, mais il n'y avait jamais personne, seulement
une branche qui craquait. Les frères Zborowski lui
avaient donné une fois des nouvelles de sa mère :
elle était en vie, elle était un peu souffrante, des
amis prenaient soin d'elle, il ne fallait pas s'inquiéter.
Il pensait souvent à ce que son père lui avait dit,
lorsqu'ils s'étaient vus pour la dernière fois, et la
phrase « rien d'important ne meurt » lui revenait
toujours à l'esprit, et il la retrouvait jusque dans le
murmure éternel de la forêt. C'était une phrase bien
étrange, alors que tant d'hommes étaient tués chaque
jour.

Il était arrivé près des ruines d'un vieux moulin, à
l'endroit dit « le Repos du Chevalier »; le moulin
datait du temps des rois lithuaniens; il n'en restait
pas grand-chose, à présent — quelques murs, les
débris moisis d'une roue dans le lit d'un ruisseau
depuis longtemps desséché, sous un enchevêtrement
de broussailles et de mûriers. Il s'apprêtait à pour-
suivre son chemin, lorsqu'il entendit soudain une
voix d'homme derrière les buissons. Il s'arrêta,

58

surpris : une voix jeune et claire récitait des vers.

> *J'attends dans ma cellule antique,*
> *Combien d'hommes ont attendu ainsi ?*
> *Que le dernier tract soit imprimé,*
> *Que la dernière grenade soit mordue et lancée...*

Janek toussa discrètement; aussitôt une grande silhouette d'adolescent émergea des buissons et vint à sa rencontre. Janek reconnut le jeune homme.

Il s'appelait Dobranski, Adam Dobranski. Il faisait partie d'un groupe d'étudiants de l'Université de Wilno, qui tenait le maquis depuis plus de trois ans.

Ils avaient, dès 1940, organisé un réseau de résistance et avaient réussi, pendant plus de deux ans, à imprimer et à diffuser un journal clandestin, qui portait le nom du réseau, *Liberté*. En 1942, la presse clandestine fut découverte par les Allemands; le chef du réseau, le grand poète et historien Lentowicz, et sa fille furent arrêtés et fusillés. Quelques étudiants, dont Dobranski, étaient parvenus à s'échapper et avaient rejoint les partisans dans la forêt de la Wilejka. Leur groupement gardait une grande indépendance et était très critiqué par les « verts », qui considéraient les étudiants comme enclins à prendre trop de risques et les traitaient volontiers de « romantiques ».

Janek avait souvent entendu Czerw et Krylenko parler d'eux avec irritation. On leur reprochait leur goût de l'improvisation, leurs actions héroïques, certes, mais inspirées plus souvent par les élans du cœur que par la raison; et Czerw résumait tout cela, en disant sombrement : « Ils ne sont pas réalistes. »

Ils avaient subi à plusieurs reprises des pertes
sérieuses que les partisans plus pondérés jugeaient
inutiles. Janek avait notamment entendu parler
d'un épisode tragique qui montrait bien le caractère
« sentimental », comme disait Czerw, de leur façon
d'opérer. L'incident avait eu lieu quelques jours à
peine après qu'il eut rejoint les maquisards. Il n'en
avait pas entendu parler à l'époque, mais avait
surpris, depuis, des allusions fréquentes et amères
à ce « coup de tête » des étudiants. Apparemment,
les S.S. s'étaient emparé d'une vingtaine de jeunes
femmes de la région et les avaient enfermées dans la
villa des comtes Pulacki, où elles furent livrées aux
soldats et traitées comme des prostituées. C'était
un vieux truc que tous les anciens connaissaient
bien, et qui permettait à l'ennemi de faire, pour
ainsi dire, d'une pierre deux coups : satisfaire le
besoin physique des soldats et, en même temps,
forcer les partisans à sortir de la forêt, en essayant
de se porter au secours de leurs femmes. Naturellement, les « romantiques » de Dobranski donnèrent
dans le panneau. Appuyés par quelques maris, frères
et fiancés des malheureuses, ils sortirent de la forêt
et effectuèrent plusieurs attaques contre la villa des
Pulacki, ne réussissant qu'à perdre les deux tiers
de leurs effectifs.

« C'est bien du sentiment, avait conclu Czerw, avec
indignation. Ce n'est pas comme ça qu'on doit se
battre. On doit se battre à froid, après avoir bien
calculé son coup. Il faut choisir son moment — il ne
s'agit pas de se laisser aller au désespoir, et de se faire
tuer héroïquement. Moi aussi, l'idée de ces pauvres
filles, ça me rendait fou, je n'ai pas fermé l'œil la nuit,

j'en crevais. Mais se faire tuer comme ça, c'est seulement se soulager. C'est presque se faire plaisir. Ce qu'il faut faire, c'est tenir et vaincre. Il faut gagner la guerre, pendre les salopards, et construire une société où des choses comme ça, ça ne se verra plus jamais. »

Mais Janek n'était pas tout à fait convaincu; il n'était pas sûr que Czerw avait raison; et, apparemment, Czerw n'avait pas réussi à se convaincre lui-même : après avoir beaucoup grogné et protesté, malgré toutes les excellentes raisons qu'il avait fait valoir, il avait pris lui-même part à l'attaque contre la villa des Pulacki.

Janek voyait l'étudiant pour la première fois. Il était tête nue. Sous des cheveux bouclés, très noirs, désordonnés, un grand front pâle, et des yeux sombres et gais en même temps, rieurs, brûlants, et tout le visage était empreint de cette sorte de gaieté, de confiance qui donnait à sa pâleur quelque chose de fiévreux, et à son sourire une impatiente avidité : on le sentait animé de quelque profonde certitude, comme s'il savait que rien ne pouvait lui arriver. Il avait des épaules étroites, serrées dans une vareuse militaire coupée d'un baudrier auquel un Lüger était accroché. Il vint au-devant de Janek, la main tendue.

— Je deviens imprudent, lui dit-il, en riant. Réciter des poèmes en plein jour, au milieu du XXe siècle, c'est vraiment demander à se faire fusiller. Tu es avec Czerw, n'est-ce pas? Je crois que je t'ai vu avec lui.

— Oui, je me bats avec eux, dit Janek.

— Tu t'intéresses à la poésie?

— Je n'y connais pas grand-chose, avoua Janek. Mais j'aime bien la musique.

Il soupira.

61

Le jeune homme le regardait avec amitié de ses yeux gais et brûlants.

— Eh bien, tant mieux! Tu vas me dire ce que tu penses de mon poème. Je viens de l'improviser, et c'est une occasion unique d'avoir l'opinion de quelqu'un qui n'a pas d'idées préconçues. Tu veux bien écouter?

Janek fit « oui » de la tête, gravement.

L'étudiant lui sourit, prit une feuille de papier dans la poche de sa vareuse, la déplia et lut :

*J'attends dans ma cellule antique,*
*Combien d'hommes ont attendu ainsi?*
*Que le dernier tract soit imprimé,*
*Que la dernière grenade soit mordue et lancée.*

*J'attends que la dernière victime tombe,*
*Pour avoir crié : « Vive la Liberté »,*
*Que le dernier État souverain*
*Croule sous les coups des patriotes européens.*

*J'attends que toutes les capitales*
*Deviennent les villes de province,*
*Que meure l'écho dans le monde*
*Du dernier chant national.*

*Que l'Europe se lève enfin en marche,*
*Ma bien-aimée prostrée et piétinée...*
*J'attends dans ma cellule antique.*
*Combien d'autres hommes attendent comme moi?*

Il se tut et regarda Janek ironiquement.

— Eh bien, qu'est-ce que tu en penses? N'est-ce pas que c'est formidable?

— Je préfère la musique, dit Janek, poliment.

Le jeune homme se mit à rire.

— Eh bien, voilà au moins qui est franc. La vérité est que la poésie n'est pas mon fort. Mais je suis un prosateur né. Cela dit, je m'appelle Adam Dobranski. Et toi?

— Jan Twardowski.

Le jeune homme se figea soudain et son visage perdit son air de gaieté.

— Tu es le fils du docteur Twardowski?

— Oui.

L'étudiant le regardait fixement. Il hésita, parut sur le point de dire quelque chose, puis sourit à nouveau.

— Ce vieil ours de Krylenko m'a parlé de toi.

— Qu'est-ce qu'il a dit? demanda Janek avec méfiance.

— Il m'a dit : « On a adopté un Peau Rouge. »

Janek sourit. Il pensa à Winetoo... comme tout cela paraissait loin!

— Si tu es libre ce soir, proposa Dobranski, viens nous voir dans notre trou. Nous lisons, discutons les nouvelles... Tu sais, Stalingrad tient toujours.

— Et les Américains?

— Ils vont bientôt ouvrir un second front en Europe.

— Je n'y crois pas, dit Janek, tranquillement. Ils ne vont pas venir ici. C'est trop loin. Ils ne savent même pas que nous existons, ou bien ils s'en fichent. Mon père aussi disait qu'ils allaient bientôt venir, et puis, il a disparu. Je ne sais pas ce qu'il est devenu.

Dobranski changea aussitôt de sujet.

— Alors, tu viens ce soir, c'est entendu. Si tu as de

la chance, on aura du lapin à dîner. Cela paraît
incroyable, mais il paraît qu'il reste encore un lapin
dans cette forêt.

Ils rirent.

— Nous t'attendrons ce soir. Entendu?

— Entendu. Où est-ce?

— Tu n'as qu'à venir ici, on viendra te cueillir. Il
y a toujours quelqu'un de garde.

— Je viendrai, promit Janek.

- J. meets a uni'y student fighter
  'Dobranski'?
- Poetry; culture.
- Arrages to meet that evening.
(- J. trying to be a man).

## 13

Le soir, il jeta quelques poignées de patates dans un sac vide, le chargea sur son épaule et se mit en route. La lune brillait. Il faisait froid, mais c'était un froid sec, qui purifiait. La dentelle noire des feuillages se détachait sur un ciel presque clair, les étoiles brillaient; la Grande Ourse jouait avec les nuages. Il marcha jusqu'à l'étang et suivit un sentier. Il pensait à Zosia. Il se demandait si la discipline militaire exigeait qu'il demandât l'autorisation des partisans avant de l'épouser. Ils allaient probablement se moquer de lui et lui dire qu'il était trop jeune pour se marier. Il semblait être trop jeune pour tout, excepté pour la faim, pour le froid, pour les balles.

— Par ici, dit une voix.

Janek sursauta.

— Oui, c'est une belle nuit, dit Dobranski, et il est permis de rêver.

— J'ai apporté des pommes de terre, dit Janek un peu gêné.

— Le Ciel soit loué! s'exclama l'étudiant. Nous n'avons pas eu de chance avec ce fameux lapin. Il court toujours. Je croyais déjà qu'il allait falloir nous contenter de nourriture spirituelle.

Ils firent une centaine de mètres à travers les buissons, puis Dobranski mit deux doigts dans la bouche et siffla. Une lumière filtra à travers la broussaille : la cachette était à leurs pieds. Ils descendirent.

Il y avait là au moins une vingtaine de partisans, tellement serrés les uns contre les autres que seuls leurs visages étaient visibles dans la lueur de la lampe à huile. Janek voyait certains de ces visages pour la première fois. D'autres lui étaient familiers : Puciata, l'ancien champion de lutte, qui commandait à présent un maquis particulièrement actif dans la région de Podbrodzie; Galina, dont on disait qu'il pouvait faire une bombe avec un vieux soulier, et qui marchait tellement chargé d'explosifs de toutes sortes que les partisans juraient et éteignaient leurs cigarettes dès qu'il s'approchait. C'était un homme aux cheveux blancs, mince, musclé, et agile malgré la soixantaine bien sonnée; un sourire étroit était toujours figé sur ses lèvres; il vivait tout seul dans sa cachette, faisant des expériences avec des engins explosifs de plus en plus sensibles et difficiles à détecter. Il riait toujours lorsque à son approche les gens se levaient et s'éloignaient prudemment.

Il y avait aussi une jeune femme, vêtue d'une vareuse militaire, coiffée d'un bonnet de ski, un lourd manteau de soldat allemand jeté sur ses épaules, et dont le visage frappa Janek par sa grande et pensive beauté. Elle tenait quelques disques sur ses genoux, et, à ses pieds, il y avait un vieux phono à manivelle posé parmi les livres et les journaux.

— Qu'est-ce que c'est? lança une voix moqueuse.

Un enfant en bas âge? Si je comprends bien, on a l'intention de transformer notre quartier général en un *kindergarten?*

Tout ce que Janek voyait de l'homme était une tête couverte de bandages, un nez d'aigle dans un visage émacié.

— Ça c'est Pech, déclara Dobranski. Personne ne fait attention à lui ici, tout le monde s'en fout!

— Tout le monde en crèvera! annonça l'intéressé.

— Ça suffit comme ça, Pech, dit Dobranski. C'est le fils du docteur Twardowski.

Il y eut un silence et Janek sentit que tous les regards étaient fixés sur lui. La jeune femme se poussa pour lui faire de la place et il s'assit entre elle et un jeune homme coiffé de la casquette blanche des étudiants polonais dont le port avait été interdit par les Allemands. Il pouvait avoir vingt-cinq ans et, sur ses pommettes, il y avait deux taches rouges que Janek reconnut tout de suite : il les avait déjà vues sur les joues du lieutenant Jablonski. Le jeune homme sourit et lui tendit la main.

— *Sèrvus, kolego*, salua-t-il, à la manière des étudiants. Je m'appelle Tadek Chmura.

La jeune femme plaça un disque sur le phono.

— La polonaise de Chopin, dit-elle.

Pendant plus d'une heure, les partisans, dont certains avaient marché plus de dix kilomètres pour venir, écoutèrent la voix, ce qu'il y a de meilleur dans l'homme, comme pour se rassurer — pendant plus d'une heure, des hommes fatigués, blessés, affamés, traqués, célébrèrent ainsi leur foi, confiants dans une dignité qu'aucune laideur, aucun crime, ne pouvaient entamer. Janek ne devait jamais oublier ce moment :

**67**

les visages durs et virils, le phonographe minuscule dans un trou de terre nue, les mitraillettes et les fusils sur leurs genoux, la jeune femme qui avait fermé ses yeux, l'étudiant à la casquette blanche et au regard fiévreux qui tenait sa main; l'étrangeté, l'espoir, la musique, l'infini.

Puis un partisan nommé Hromada saisit un accordéon et des voix humaines s'unirent une fois de plus, comme on se serre l'un contre l'autre pour se donner du courage — ou peut-être pour se bercer d'illusions.

Dobranski prit alors un cahier sous sa vareuse.

— Je commence! annonça-t-il.

Le partisan à la tête couverte de bandages dit gravement :

— Nous serons sévères, mais justes.

Dobranski ouvrit le cahier.

— Ça s'appelle : *Simple conte des collines*.

— Kipling! hurla le partisan Pech, avec triomphe.

— C'est un conte pour les gosses européens... Un conte de fées.

Il commença à lire :

Un chat miaula, un rat piaula, une chauve-souris vola... La lune grimpa au ciel. Les cinq collines de l'Europe sortirent lentement de l'ombre, s'étirèrent, bâillèrent et se souhaitèrent le bonsoir en langage des collines.

— Je dis, Grand-Père, s'étonna la plus jeune des collines, surnommée le Morveux, comment cela se fait-il que la lune choisit toujours ton vieux dos pour grimper au ciel et jamais le mien?

— C'est que, mon enfant, si la lune grimpait sur

ton dos, elle n'irait pas bien haut et ne verrait pas grand-chose!

— Hé! hé! rit de sa voix chevrotante la très vieille colline Grand-Mère Bossue. On appelait ainsi une colline dont les contours, usés par le vent et la pluie, cette grande souffrance des collines, rappelaient les formes d'une bonne femme en train de tricoter. Hé! hé!...

— Vieille bique, va! maugréa le Morveux, en lui montrant la langue.

— Hélas! soupira Grand-Mère Bossue, il est un temps pour toute chose : pour aimer et pour être aimée, un temps pour vivre et un temps pour mourir...

— Comment, chère amie, pouvez-vous parler de « mourir »? s'écria d'une voix gaillarde le vieux et toujours galant pan Wladyslaw.

C'était un monticule pierreux et rabougri, placé à droite de Grand-Mère Bossue et penché sur elle avec curiosité, comme s'il cherchait à découvrir ce qu'elle pouvait bien tricoter ainsi depuis des milliers d'années. Ses contours rappelaient le profil d'un bonhomme hilare et ridé, et les mauvaises langues parmi les collines — il y en a partout! — prétendent que les relations entre Grand-Mère Bossue et pan Wladyslaw ont un caractère moins platonique qu'on ne le croit généralement et que, certaines nuits de mai, la distance entre les deux collines... hé! hé!

— Comment pouvez-vous parler de mourir? Vous, la plus éternellement jeune des collines?

— Hé! hé! hé! chevrota Grand-Mère Bossue, agréablement flattée.

Elle fut soudain saisie d'une quinte de toux

effroyable, cracha la poussière, chassa deux corbeaux endormis sur son flanc, et le dernier chêne qui poussait sur son sommet dut s'accrocher de toutes ses racines pour ne pas perdre pied et se tourna avec inquiétude vers la colline des Mille Voix :

— Tu serais bien bonne de la calmer un peu, sœur colline! supplia-t-il, en langage des arbres, qui est le même que celui des collines. Mes vieilles racines ne tiennent plus que par un fil... Je ne suis plus ce que j'étais au temps de ma jeunesse, lorsque les plus fortes tempêtes d'Europe venaient se mesurer avec mes branches et repartaient la queue basse!

— Allons, Grand-Mère, intervint la colline des Mille Voix, calmez-vous et continuez à...

Mais ici une chose étrange se produisit. Sans aucune raison apparente, la colline des Mille Voix sembla perdre le fil de ses paroles et se mit à hurler, d'une voix enflammée :

— A moi, Russie! A moi, Angleterre! A l'ennemi, sus, sus! On les aura!

Il y eut un moment de confusion, et la colline des Mille Voix soutint avec elle-même un dialogue étrange :

— Tais-toi! dit-elle de sa voix normale. Silence! Tu veux ma mort?

— Je refuse de me taire! hurla-t-elle aussitôt après, d'une voix hystérique. Je suis la voix des peuples européens! Sus à l'ennemi, sus!

— Tais-toi! Ne vois-tu pas que les vieilles collines tremblent de peur au seul nom de Russie? Tu veux qu'elles tombent en poussière?

— Le plus tôt serait le mieux! se répondit-elle aussitôt d'une voix extrêmement vulgaire.

— G... g... ga... ga...! bégaya le pauvre Grand-Père indigné, en tremblant et en s'enveloppant dans une telle poussière que le Morveux éternua fortement trois fois. « Par la force qui me fit colline! A... atchoum! » éternua-t-il, irrité par sa propre poussière.

— Excusez-moi, fit rapidement la colline des Mille Voix. Je suis navrée... Mon écho s'est encore enivré!

— Il y a de quoi! hurla aussitôt l'écho, et une forte odeur de Pernod se répandit dans la nature. Il y a un salaud d'Allemand, ce matin, qui m'a fait répéter cent fois *Heil Hitler!* J'ai failli en crever... Ce n'est pas une vie, pour un écho européen... Hou! hou! hou! sanglota-t-il.

— Hou! hou! hou! sanglota aussi, à la surprise générale, la colline du Paysan.

On appelait ainsi une colline de taille moyenne, d'aspect commun, de dos rond, de ventre creux, de peau dure, de reins solides, de silence méfiant.

Elle se tenait toujours légèrement à l'écart des autres collines.

— Sus à l'ennemi! hurla aussitôt l'écho, se sentant soutenu.

— Sus à l'ennemi! proposa aussi, plus timidement, le Paysan.

Il regarda autour de lui et fit le dos rond.

— Je vous demande pardon! s'excusa-t-il.

Jadis, la colline des Mille Voix était très fière de son écho. De toute la terre européenne, les gens venaient à ses pieds et lui parlaient. Les amants incertains murmuraient : « Elle t'aime! », et l'écho répétait sans se lasser : « Elle t'aime, elle t'aime!... » Une fois même, dans un excès de sympathie, il avait ajouté : « Que dis-je, elle t'aime, mon vieux, elle t'adore! », et l'amant terrifié s'enfuit à toutes jambes. Un jour, un cavalier, en bonnet de fourrure, lui jeta en passant : « Vive l'empereur! » L'écho répéta le cri, et la colline apprit ainsi qu'un empereur était né. Plus tard, un petit homme, ridiculement vêtu, lui fit une visite. « Je serai le maître du monde! » cria le petit homme en allemand, et il leva le bras. L'écho garda le silence. « Je serai le maître du monde, hurla le petit homme, en tapant du pied, je serai le maître du monde, je serai... » « — Maître du monde, mon cul! » explosa enfin l'écho complètement hors de lui. « D'abord, qui est-ce qui est l'écho, ici? Vous ou moi? » Ce fut ainsi que l'écho leva l'étendard de la révolte. A présent, il hurlait :

— Tremble, terre européenne! Ensevelis l'envahisseur! Souffle, vent...

Un grand soupir passa dans les cimes des arbres.

— Je fais de mon mieux, murmura le vent. A force de souffler, mon visage est devenu tout bleu. Donne-moi encore un hiver... Pour bien faire, j'ai besoin de mon amie la neige!

— En avant, forêts d'Europe! supplia l'écho. Sus à l'ennemi, sus à l'ennemi!

— Ça sera difficile! mugirent les forêts. Mais nos arbres réclament chacun l'honneur d'avoir un soldat allemand pendu à leurs branches!

L'écho, quelque peu essoufflé, haleta lourdement. Grand-Père en profita pour glisser son mot.

— N'écoute pas ce qu'il dit, Morveux! ordonnat-il. Bouche-toi les oreilles. Nous autres, collines, nous laissons aux hommes le soin de régler eux-mêmes leurs querelles. Voyons plutôt si tu as appris ta leçon... Commençons par les langues vivantes. Sais-tu ta leçon d'anglais?

— Et comment! dit le Morveux, et il commença à réciter, sans se faire prier davantage : *We shall fight on the seas and oceans, we shall fight with growing confidence and growing strength in the air...*

— Quoi? Quoi? Quoi? bégaya Grand-Père, plus mort que vif.

Quelques grenouilles endormies répondirent, se croyant interpellées.

— *We shall defend our Island, whatever the cost may be*, continuait le Morveux. *We shall fight on the beaches, we shall... we shall...* hé?

— *We shall fight in the fields!* soufflèrent fièrement les champs.

— *We shall fight in the fields and in the streets, we shall fight in the hills...*

— *In the hills!* soufflèrent pieusement les collines.

— *We shall never surrender.*

Il y eut un bref silence. Puis l'écho poussa un sanglot — seul un écho européen apprit à sangloter ainsi — et il chanta le grand chant :

> *Allons, enfants de la patrie*
> *Le jour de gloire est arrivé.*
> *Contre nous de la tyrannie*
> *L'étendard sanglant est levé...*

Dobranski termina son récit. Il ferma le cahier, le cacha sous sa vareuse.

On applaudit, mais quelqu'un, parmi les partisans, dit d'une voix où l'amertume et la colère se dissimulaient mal sous la pudeur de l'ironie : « Les hommes se racontent de jolies histoires, et puis ils se font tuer pour elles — ils s'imaginent qu'ainsi le mythe se fera réalité. Liberté, dignité, fraternité... honneur d'être un homme. Nous aussi, dans cette forêt, on se fait tuer pour un conte de nourrice.

— Les enfants européens apprendront un jour ce conte par cœur dans les écoles! dit Tadek Chmura, avec conviction.

## 14

Tard dans la nuit, Janek reprit le chemin du retour.
Dobranski l'accompagna. Le vent soufflait dans la
forêt, les branches chantaient. Janek écoutait rêveu-
sement ce murmure; on pouvait lui faire dire n'importe quoi. Il suffisait d'un peu d'imagination. Il
faisait un grand froid sec, le froid des premières nuits
d'hiver.

— Ça sent la neige, dit Janek.

— Peut-être bien. Tu ne t'es pas ennuyé?

— Non.

Dobranski marcha un instant en silence.

— J'espère que je ne me ferai pas descendre avant
d'avoir fini mon livre.

— Ça doit être bien difficile d'écrire.

— Oh! tout est difficile, maintenant. C'est moins
difficile que de demeurer vivant, que de continuer
à croire...

— Quel est le sujet?

— Les hommes qui souffrent, luttent et se rapprochent les uns des autres...

— Les Allemands aussi?

Dobranski ne répondit pas.

— Pourquoi les Allemands nous font-ils ça?

— Par désespoir. Tu as entendu ce que Pech a dit, tout à l'heure? Que les hommes se racontent des jolies histoires, et puis ils se font tuer pour elles, ils s'imaginent qu'ainsi le mythe se fera réalité... Il est tout près du désespoir, lui aussi. Il n'y a pas que les Allemands. Ça rôde partout, depuis toujours, autour de l'humanité... Dès que ça se rapproche trop, dès que ça pénètre en vous, l'homme se fait allemand... même s'il est un patriote polonais. La question est de savoir si l'homme est allemand ou non... s'il lui arrive seulement de l'être parfois. C'est ce que j'essaie de mettre dans mon livre. Tu ne me demandes pas le titre?

— Dis-le-moi.

— Ça s'appelle *Éducation européenne*. C'est Tadek Chmura qui m'a suggéré ce titre. Il lui donnait évidemment un sens ironique... Éducation européenne, pour lui, ce sont les bombes, les massacres, les otages fusillés, les hommes obligés de vivre dans des trous, comme des bêtes... Mais moi, je relève le défi. On peut me dire tant qu'on voudra que la liberté, la dignité, l'honneur d'être un homme, tout ça, enfin, c'est seulement un conte de nourrice, un conte de fées pour lequel on se fait tuer. La vérité, c'est qu'il y a des moments dans l'histoire, des moments comme celui que nous vivons, où tout ce qui empêche l'homme de désespérer, tout ce qui lui permet de croire et de continuer à vivre, a besoin d'une cachette, d'un refuge. Ce refuge, parfois, c'est seulement une chanson, un poème, une musique, un livre. Je voudrais que mon livre soit un de ces refuges, qu'en l'ouvrant, après la guerre, quand tout sera fini, les

76

hommes retrouvent leur bien intact, qu'ils sachent qu'on a pu nous forcer à vivre comme des bêtes, mais qu'on n'a pas pu nous forcer à désespérer. Il n'y a pas d'art désespéré — le désespoir, c'est seulement un manque de talent.

Un loup hurla soudain du côté des marécages.

— Tadek Chmura est tuberculeux, dit Janek. Il va mourir ici.

— Il le sait. Nous avons souvent essayé de le faire partir. Il devrait aller vivre en Suisse, dans un sana... Il pourrait le faire : son père est très bien avec les Allemands. C'est pour ça...

— Qu'est-ce que tu veux dire?

— C'est pour ça qu'il reste avec nous, qu'il préfère crever parmi nous : parce que son père est bien avec les Allemands.

— Est-ce que la bataille de Stalingrad continue toujours?

— Oui. Tout dépend de cette bataille. Tout. Mais si les Allemands gagnent la guerre, tout ce que ça voudra dire, c'est qu'il leur faudra faire un jour un effort bien plus grand et bien plus terrible que s'ils la perdaient. Ils ne sont pas différents de nous, ils n'arriveront pas à désespérer vraiment. Ils réussiront. Les hommes échouent rarement, lorsqu'il s'agit de se rassembler.

Il hésita une seconde, et s'arrêta.

— Je vais te raconter quelque chose. Je vais te montrer à quel point on se ressemble, eux et nous. Il y a un an environ, la terreur allemande battait son plein. Les villages étaient brûlés les uns après les autres et les habitants... Bah! il vaut mieux ne pas insister sur ce qu'on faisait aux habitants.

— Je sais.

— Je me demandais alors : comment le peuple allemand peut-il accepter cela? Pourquoi ne se révolte-t-il pas? Pourquoi se soumet-il à ce rôle de bourreau? Sûrement des consciences allemandes, blessées, bafouées dans ce qu'elles ont de plus élémentairement humain, se rebellent et refusent d'obéir? Quand verrons-nous donc les signes de cette rébellion? Eh bien, là-dessus, un jeune soldat allemand est venu ici, dans la forêt. Il avait déserté. Il venait se joindre à nous, se mettre de notre côté, sincèrement, courageusement. Il n'y avait aucun doute là-dessus : c'était un pur. Ce n'était pas un membre du *Herrenvolk* : c'était un homme. Il avait suivi l'appel de ce qu'il y avait de plus simplement humain en lui, arrachant son étiquette de soldat allemand. Mais nous n'avions d'yeux que pour ça, pour l'étiquette. Nous savions tous que c'était un pur. On la sent la pureté, lorsqu'on la rencontre. Elle vous crève les yeux, dans toute cette nuit. Ce garçon était un des nôtres. Mais il y avait l'étiquette.

— Alors?

— Alors, nous l'avons fusillé. Parce qu'il avait cette étiquette sur le dos : Allemand. Parce que nous en avions une autre : Polonais. Et parce que la haine habitait nos cœurs... Quelqu'un lui avait dit, en matière d'explication ou d'excuse, je ne sais : « C'est trop tard. » Mais il avait tort. Ce n'était pas trop tard. C'était trop tôt...

Il dit :

— Je vais te quitter, maintenant. A bientôt!

Il s'éloigna dans la nuit.

## 15

Zosia revint le lendemain soir. Il avait passé la journée à rôder dans la forêt et ne retourna au groupe qu'après le coucher du soleil. Il trouva Zosia avec Czerw. Sans doute avait-elle apporté de bonnes nouvelles : Czerw, inquiet depuis quelques jours, paraissait à présent rassuré.

— Tu viendras, ce soir?

— Oui. Attends-moi.

Un peu plus tard, elle le retrouva dans la cachette. Elle avait un paquet sous le bras.

— Qu'est-ce que c'est?

Elle sourit.

— Tu verras.

Janek fit du feu. Le bois était sec : le feu prit rapidement. Il faisait presque bon. Le bois craquait gaiement. Zosia se déshabilla, se glissa sous les couvertures.

— Tu n'as pas faim? Je pourrais mettre des patates dans l'eau : elles vont bouillir rapidement.

— Ils m'ont donné à manger, en ville.

Janek soupira. Elle lui mit la main sur l'épaule.

— Ne pense pas à... Il ne faut pas. Ça n'a pas d'importance.

— Je les hais. Je voudrais les tuer tous.

— On ne peut pas les tuer tous.

— Je voudrais essayer. Je voudrais en tuer un, pour commencer.

— Ce n'est pas la peine. Ils finiront tous par mourir eux-mêmes.

— Oui, mais ils ne sauront pas pourquoi. Je voudrais qu'ils meurent en sachant pourquoi. Je leur dirais pourquoi ils meurent, avant de les tuer.

— Ne pense pas à ça. Déshabille-toi. Viens près de moi. Là... Es-tu bien?

— Oui.

— Tu as pensé à moi?

— Oui.

— Beaucoup?

— Beaucoup.

— Tout le temps?

— Tout le temps.

— J'ai pensé à toi aussi.

— Tout le temps?

— Non. Pas quand j'étais couchée avec eux. Je ne pensais pas à toi, alors. Je ne pensais à personne, je ne pensais à rien.

— Comment est-ce, Zosia?

— C'est comme avoir faim, comme avoir froid. C'est comme marcher dans la pluie et dans la boue, comme ne pas savoir où aller, quand on a faim et qu'on a froid... D'abord, je pleurais, et puis je me suis habituée.

— Est-ce qu'ils sont très méchants?

— Ils sont très pressés.

— Est-ce qu'ils te battent?

— Rarement. Quand ils sont ivres, seulement. Ou quand ils sont trop malheureux.

— Pourquoi?

— Je ne sais pas. Comment veux-tu que je sache?

— N'y pensons plus.

— N'y pensons plus. Janek...

— Oui?

— Je ne te dégoûte pas?

— Oh! non.

— Viens plus près.

— Aussi près que je peux...

— Plus près encore.

— Plus près encore...

— Comme ça.

— Zosia!

— N'aie pas peur.

— Je n'ai pas peur.

— Tu ne veux pas de moi, peut-être?

— Si. Si.

— Ne tremble pas.

— Je ne peux pas m'en empêcher.

— Laisse-moi te couvrir. Là...

— Je n'ai pas froid. Ce n'est pas le froid.

— Qu'est-ce que c'est, alors?

— Je ne sais pas.

— Je sais, moi...

— Dis-le moi, s'il te plaît.

— Non.

— Pourquoi?

— Tu n'es pas assez grand.

— Si.

— Quand tu seras plus grand.

— Je suis assez grand pour tout, maintenant.

— Non.

— Assez grand pour souffrir et pour me battre.

— Tu es un enfant.

— Je ne suis pas un enfant. Je suis un homme.

— C'est vrai. Ne te fâche pas.

— Pourquoi te moques-tu de moi?

— Je ne me moque pas de toi. Tu es un homme.
C'est pourquoi tu trembles.

— Explique.

— Je ne peux pas expliquer.

— Pourquoi?

— J'ai honte. A cause des mots. Ils sont vilains.

— Ça ne fait rien. Dis-le tout de même.

— J'ai honte. Mais tu comprendras. Reste comme
tu es, un moment. Près de moi. Tout près de moi.
Tu comprendras pourquoi tu tremblais... avant.

— Après, je ne tremblerai plus?

— Non. Tu seras calme et heureux. Très calme et
très heureux.

— Je suis heureux déjà.

— Mais tu trembles. Et ton cœur bat très fort.
Et tu as la gorge serrée : ta voix n'est pas la même,
Janek... Je crois que je peux te le dire. Je crois que
tu es assez grand. Je crois que je peux.

— Dis-le vite.

— Tu as envie de...

— Il ne faut pas dire ça. C'est un sale mot. Les
hommes jurent comme ça. S'il te plaît, ne le dis plus
jamais.

— Il n'y a pas d'autre mot.

— Si. Il y en a sûrement un. Je vais demander. Je
vais demander à Dobranski, demain. Il doit savoir.

82

— Tu es fâché, maintenant. Tu es malheureux. Tu ne m'aimes plus.

— Je t'aime. Je t'aime. Ne pleure pas, Zosia. Il ne faut pas. Nous avons le temps d'apprendre. Nous avons le temps d'oublier. Nous apprendrons les jolis mots, nous oublierons tous les vilains.

— Les hommes n'ont pas de joli mot, pour ça.

— J'en inventerai un. Nous en inventerons un, ensemble. Toi et moi. Nous serons les seuls à le connaître. Nous serons les seuls à le comprendre. Nous ne le dirons jamais à personne. Nous le garderons secret, pour nous. Ne pleure pas, Zosia. Un jour, il n'y aura plus d'Allemands. Un jour, il sera défendu d'avoir faim, d'avoir froid. Ne pleure pas. Je t'aime tellement.

— Dis-le encore.

— Autant de fois que tu le voudras. J'aime à le dire. Je t'aime. Je t'aime...

— C'est un joli mot.

— Alors, ne pleure plus.

— Je ne pleure plus. Le feu s'est éteint.

— Laisse-le s'éteindre.

— Janek...

— Je t'aime...

— Tu es agréable. Tu n'es pas comme les autres.

— Comme les autres?

— Ça ne me dégoûte pas, quand tu me touches. Au contraire. Touche-moi. Mets la main ici, sur ma poitrine. Garde-la comme ça, s'il te plaît.

— Je la garderai comme ça toute la nuit.

— Janek!

— Je la garderai comme ça toute la nuit...

— Janek, Janek...

— Viens plus près, Zosia.

— Voilà.

— Encore plus près. Aussi près que tu peux. Comme ça, oui, comme ça!

— Janek!

— Ne pleure pas, ne pleure...

— Oh! non, je ne pleure pas, oh! non, oh! non...

— Ne tremble pas.

— Je ne peux pas m'empêcher, je ne peux pas m'em...

— Zosia!

— Oh! mon petit, oh! mon petit, si tu savais combien...

— Zosia...

— Oh! ne t'en va pas, oh! reste comme ça, ne bouge plus... mon petit. Comme ça, reste tranquille, ne bouge plus. Laisse ton cœur battre, il est heureux comme ça.

— Ton cœur bat aussi.

— Il est heureux aussi.

— Ils battent ensemble. Ils se parlent.

— Ils sont heureux ensemble.

— Non, ils ne se parlent pas, ils chantent. Zosia, tu sais...

— Oui?

— C'est comme la musique.

— C'est plus beau que la musique.

— C'est aussi beau.

— Je ne connais rien d'aussi beau. Si tu savais comme je suis heureuse.

— Tu trembles toujours.

— Je crois que je ne m'arrêterai plus jamais de

84

trembler. Et toi, tu es si calme, maintenant, si détendu.

— Je suis heureux.

— Ne me quitte plus, Janek. Et pardonne-moi... la ville.

— Je te pardonne tout. Je te pardonnerai toujours tout.

— Je ne savais pas ce que c'était. Je ne savais pas ce que je faisais. Janek...

— Dis-le.

— Je ne veux plus le faire avec eux.

— Tu ne le feras plus.

— Je ne veux plus le faire avec personne d'autre que toi. Avec toi seulement. Promets-moi!

— Je te promets.

— Je ne connaissais que le vilain mot et la souffrance. Tu ne me laisseras plus aller chez eux?

— Je ne te laisserai plus.

— Tu diras à Czerw?

— Demain.

— Il comprendra.

— Ça m'est égal, qu'il comprenne ou qu'il ne comprenne pas.

— Il comprendra. Déjà avant, il n'osait pas me regarder dans les yeux. Je pourrais vivre ici avec toi?

— S'il te plaît, vis avec moi, Zosia.

— Et tu sais, je ne suis pas malade.

— Ça m'est égal.

— Les médecins allemands m'examinent souvent. Czerw a inventé ça, pour qu'on me laisse tranquille, ici.

— Il a bien fait.

— J'aurais dû te rencontrer plus tôt.

85

— Je ne t'en veux pas. C'est comme être tué, comme être battu, comme être affamé par eux. Ce n'est ni plus ni moins mal : c'est la même chose, c'est les Allemands.

— Ce n'est pas leur faute non plus. Ce n'est pas leur faute, s'ils sont des hommes. Leurs mains se tendent toutes seules.

— Ce n'est pas la faute des hommes. C'est la faute à Dieu.

— Ne dis pas ça.

— Il est dur avec nous.

— Il ne faut jamais dire ça.

— Il a fait brûler mon village par les Allemands.

— Peut-être que ce n'est pas de sa faute. Peut-être qu'il ne peut pas s'empêcher.

— Il nous a donné la faim et le froid, les Allemands et la guerre.

— Peut-être qu'il est très malheureux. Peut-être que ça ne dépend pas de lui. Peut-être qu'il est très faible, très vieux, très malade. Je ne sais pas.

— Personne ne sait.

— Peut-être qu'il voudrait bien nous aider, mais que quelqu'un l'en empêche. Peut-être qu'il essaie. Peut-être qu'il réussira un jour, si on l'aide un tout petit peu.

— Peut-être. Pourquoi soupires-tu?

— Je ne soupire pas. Je suis heureuse.

— Mets ta tête ici.

— Voilà.

— Ferme les yeux.

— Voilà.

— Dors.

— Je dors... Devine un peu ce que j'ai, dans ce papier.

— Un livre.

— Non.

— Quelque chose à manger.

— Non, regarde.

— C'est un ours en peluche. Il est gentil.

— N'est-ce pas?

— J'en avais un moi-même, quand j'étais petit. Je l'appelais Wladek.

— Le mien s'appelle Michas. Je l'ai depuis long-temps, tu sais. Je dormais toujours avec lui, quand j'étais petite. C'est tout ce que j'ai gardé de mes parents. Je dors toujours avec lui... N'est-ce pas, Michas?

Dans les ténèbres, sa voix à moitié endormie dit doucement :

— C'est mon porte-bonheur.

## 16

Ils étaient réunis dans la cachette des étudiants. Sur le feu, la bouillotte commençait à siffler gaiement : Pech s'était offert à leur faire du thé. Il était en train de le préparer, avec des gestes de magicien, suivant une formule enchantée qu'il tenait, prétendait-il, d'un vieux bouc expérimenté et revenu de tout, qui vivait dans la forêt. Du reste, Pech communiquait sa formule de bonne grâce. « Prenez une carotte, disait-il, séchez-la, râpez-la, faites-la revenir pendant trois ou quatre minutes dans de l'eau bouillante... — Et c'est bon? demandait-on. — Non, avouait Pech, sincèrement. Mais c'est chaud et la couleur y est! »

Tadek Chmura était étendu sur une couverture, son sac de couchage roulé sous la tête, regardant le feu. Son amie était assise près de lui, tenant sa main dans la sienne, les yeux fermés; Janek voyait son beau visage sur le fond des fusils et des mitraillettes appuyés contre la paroi de terre.

Il les connaissait bien, à présent. La jeune femme, Wanda, et Tadek Chmura s'étaient connus à l'Université, où ils avaient suivi des cours d'histoire; Pech, le jeune partisan blessé à la tête, était étudiant en droit.

L'Université, les examens, la carrière d'enseignement à laquelle ils se destinaient jadis, c'était un autre monde, un monde disparu, englouti, évanoui. Et cependant, leur tanière était pleine de livres, et Janek fut surpris d'apprendre qu'ils passaient de longues heures penchés sur leurs cours d'histoire et de droit, qu'ils continuaient encore à étudier. Janek prit un gros volume de droit constitutionnel, l'ouvrit à la page marquée « Déclaration des droits de l'homme — Révolution française de 1789 », puis referma le volume avec un petit sourire moqueur.

— Oui, je sais, dit Tadek Chmura, doucement. Il est très difficile de prendre cela au sérieux, n'est-ce pas ? L'Europe a toujours eu les meilleures et les plus belles Universités du monde. C'est là que sont nées nos plus belles idées, celles qui ont inspiré nos plus grandes œuvres : les notions de liberté, de dignité humaine, de fraternité. Les Universités européennes ont été le berceau de la civilisation. Mais il y a aussi une autre éducation européenne, celle que nous recevons en ce moment : les pelotons d'exécution, l'esclavage, la torture, le viol — la destruction de tout ce qui rend la vie belle. C'est l'heure des ténèbres. = darkness.

— Elle passera, dit Dobranski.

Il avait promis de leur lire un passage de son livre. Janek attendait avec impatience, la gamelle brûlante posée sur ses genoux. Il avait obtenu des étudiants une invitation pour Czerw, et, à présent, Czerw était modestement installé dans un coin, les genoux ramenés sous le menton, le dos contre la paroi de terre. Pour mieux entendre, il avait ôté son châle : pour la première fois, Janek le voyait nu-tête. Il avait des cheveux noirs, très bouclés et luisants; ils donnaient à son visage un air sauvage. Il ne disait rien, buvait son thé, clignait gravement de l'œil et paraissait content d'être là. Tadek Chmura toussait beaucoup : une petite toux légère, bénigne... Chaque fois, il mettait la main devant ses lèvres, avait l'air de s'excuser. Dobranski le regardait souvent avec inquiétude.

— Vas-y! demanda Tadek.

Dobranski fouilla sous sa vareuse et sortit l'épais cahier.

— Si ça vous ennuie, vous n'aurez qu'à m'arrêter.

On protesta. Mais Pech dit, grossièrement :

— Le camarade peut compter sur moi!

— Merci. Le passage que je vais vous lire se passe en France. Ça s'appelle : *Les Bourgeois de Paris.*

— Les bourgeois, observa Pech, sont pareils partout. A Paris, comme à Berlin, comme à Varsovie.

Il déclara, en se bouchant ostensiblement le nez :

— Ils ont la même odeur, dans tous les pays du monde!

— Ta gueule, Pech! le pria gentiment Tadek. Tu es communiste, très bien, continue, on verra ça après! Pour l'instant, fiche-nous la paix.

— Je commence, dit Dobranski.

Il se mit à lire :

M. Karl pénètre dans l'immeuble et s'essuie soigneusement les pieds, avec une pensée pieuse pour la concierge, M^me Laitue. « Les petites attentions font de grands amis... » Le visage empreint de cordialité, il frappe à la porte de la loge et entre avec un : « Bonjour, m'ssieurs-dames » bien français.

— Monsieur Karl! crie M^me Laitue. Vous voilà enfin... Pouvez-vous me traduire ce que disent ces messieurs?

M. Karl met posément ses lunettes et se tourne vers les deux jeunes gens en imperméable qui se tiennent debout, l'air morose, au milieu de la loge. « Des confrères! » reconnaît-il immédiatement. Un autre coup d'œil lui suffit pour réaliser que les deux visiteurs sont placés bien au-dessous de lui dans la hiérarchie de la Gestapo.

— *Meine Herren?*

Claquements de talons. Échange poli de sons gutturaux, brefs. « Dieu des Français, faites que ça réussisse! pense M^me Laitue. Faites que tout se passe bien! » Son cœur se conduit bizarrement dans sa poitrine, comme il y a deux ans lorsqu'elle reçut le premier mot de son mari. « Je suis prisonnier. Je pense à toi. Ne désespère pas. » Nouveaux claquements de talons.

— *Aber natürlich!* sourit M. Karl.

Il se tourne vers M^me Laitue, paternel.

— Une formalité, chère madame! Ces messieurs croient qu'un parachutiste ennemi s'est caché dans la maison.

Il prend sa clef sur le tableau.

— *Ausgeschlossen!* dit-il sèchement. Je sais tout ce qui se passe dans cet immeuble. *Aber, natürlich...* faites votre devoir.

Il répond à leur salut et sort. M. Karl est chargé par les autorités allemandes de veiller sur la « tranquillité » de l'arrondissement. C'est un poste de confiance. Sa méthode est simple. De la douceur, du tact, du doigté. Tout savoir, mais ne rien demander.

Se poser en ami, en allié fidèle. A dessein, il fait circuler sur lui-même de petites légendes. Comment, une fois, il avait caché chez lui un jeune étudiant coupable d'avoir distribué des tracts. Comment, une autre fois, il avait fait punir sévèrement un officier allemand trop entreprenant. Les bourgeois de Paris sont naïfs. Ils n'ont aucune notion de la lutte souterraine. Et gagner leur confiance est un jeu d'enfant.

— Monsieur Karl.

M<sup>me</sup> Laitue grimpe l'escalier quatre à quatre, malgré son cœur excentrique.

— J'ai complètement oublié... Pour cette fuite dans votre salle de bain... J'ai fait venir un plombier, il est en train de travailler.

— Je vous suis infiniment reconnaissant! dit M. Karl, en soulevant son chapeau.

Mais déjà M<sup>me</sup> Laitue court vers sa loge.

— Pourvu que tout se passe bien...

Elle bute contre une silhouette chétive, qui s'excuse timidement.

— Je viens vous dire adieu, murmure M. Lévy. « Qu'est-ce qu'il me veut? pense M<sup>me</sup> Laitue, avec effort. Ah! oui, il part. Hier soir M. Karl lui a donné l'ordre de débarrasser l'immeuble en vingt-quatre heures. Il faut lui dire quelque chose d'aimable... Le pauvre! Mais pas maintenant, pas maintenant! » Elle pousse la porte de sa loge et avance, un sourire aux lèvres, vers les deux jeunes gens moroses. M. Karl, dans l'escalier, rencontre Grillet. Grillet est toujours quelque part aux environs de M. Karl, à balancer ses bras de boxeur, comme une bonne bête fidèle, et M. Karl est très fier de ce muet dévouement. Il lui donne souvent des pourboires, des cigarettes.

« Les petites attentions font de grands amis! » Grillet est l'homme à tout faire de la maison. Il aide M^me Laitue et exécute de petits travaux pour les locataires. Il regarde M. Karl de ses bons yeux de chien dévoué. M. Karl lui donne une tape amicale sur l'épaule et continue à monter l'escalier, en sifflant le *Horst Wessel Lied*. De tout l'arrondissement, cette maison est celle qu'il préfère. Jamais d'ennuis, jamais d'histoires. Les rapports avec les locataires sont agréables et cordiaux. Un mutuel respect, une mutuelle compréhension. Politesse. Franchise complète. Entraide. Courtoisie. En un mot, collaboration! Dans d'autres immeubles, il a fallu menacer, emprisonner, quelquefois fusiller. Il y a eu des histoires de tracts, de presse clandestine, d'abri donné aux agents de l'Angleterre. Il y a eu même des attentats. Mais cette maison-là est une maison bien sage, bien obéissante, une maison bon enfant. A une ou deux exceptions près, naturellement. Il y a M. Honoré, vieillard de soixante-douze ans, qui ne répond jamais au salut de M. Karl, ne lui adresse pas la parole et ne paraît même pas se douter de son existence. Il y a aussi M. Brugnon, marchand de fromages. Chaque fois qu'il rencontre M. Karl, il lui tape grossièrement sur le ventre, en hurlant, entre deux quintes de fou rire : « Stalingrad, Stalingrad, morne plaine... ha! ha! ha! » M. Karl entend des pas et lève la tête : M. Honoré descend l'escalier. Il se tient droit, raide, sa canne sous le bras. Il ne regarde pas M. Karl, mais à travers lui. « Comme d'habitude! » Et, chaque fois, M. Karl se sent humilié; il veut bien être haï, mais il ne veut pas être ignoré. Il a l'impression de cesser d'exister pendant le passage de ce Français toqué. Et c'est bien

pour marquer son existence qu'il saisit son chapeau
et salue rapidement. Naturellement, M. Honoré ne
répond pas. Son regard continue à filtrer à travers
le visage de M. Karl, comme s'il se fût agi d'une vitre
un peu sale.

— Écoutez, dit soudain M. Karl, d'un ton enjoué.
Expliquons-nous une bonne fois. Je suis venu ici en
ami, en allié et non pas en vainqueur.

M. Honoré s'arrête. Il se tourne vers M. Karl. Il le
regarde. Oui, il le regarde. M. Karl a même l'impression non seulement d'être regardé, mais aussi d'être vu.

— Vive la Russie, monsieur! crie M. Honoré.
Vive la Russie!

Il attend un moment, le regard rivé sur M. Karl,
serre sa canne sous le bras et continue à descendre...
A l'étage au-dessous, Mme Laitue est reçue, flanquée
des deux jeunes gens moroses, par Mme de Melville.
Mme de Melville est une très vieille dame aux cheveux
blancs. Elle les reçoit dans l'antichambre, et tout de
suite commence à parler :

— Si j'ai quelqu'un chez moi? Non, je suis seule.
Mon mari a été tué pendant l'autre guerre — la
bonne! — et mon fils est en Angleterre. Oui, mes-
sieurs, il n'est pas ici, il est en Angleterre. En Angle-
terre. Vous connaissez ce pays, n'est-ce pas? C'est de
là que sont partis les avions qui ont détruit Berlin.
Mon fils est dans l'aviation. Il se bat contre vous.
Toutes les nuits, il jette des bombes sur vos villes.
Vous ne comprenez pas le français? C'est dommage.
Mon fils... Aéroplane... Bombes... Berlin... Comprenez?

Mme de Melville parle lentement, en souriant. Elle
ne s'énerve pas. Elle cherche simplement à gagner du
temps. « Pourvu que Grillet fasse vite! Pourvu qu'il

arrive à emporter le panier à temps! » Les deux jeunes gens regardent fixement M^me de Melville.

— C'est moi qui l'ai aidé à partir. Ça m'est égal de rester seule. Je suis heureuse. Je suis heureuse de savoir que mon fils se bat contre vous. Il vous apprend le malheur qui vous apprendra à être humains...

Les deux jeunes gens échangent des sons rauques et commencent à fouiller l'appartement. On frappe à la porte et M^me Laitue va ouvrir. Ce n'est que M. Lévy, le chapeau à la main.

— C'était pour faire mes adieux à M^me de Melville, dit-il timidement.

M^me de Melville suit les deux jeunes gens de pièce en pièce. Il faut les retenir. Il faut gagner du temps. Il faut donner à Grillet le temps d'emporter le panier hors de la maison.

— Fouillez. Regardez. Piétinez. Vous pouvez brûler aussi, et piller, et tuer, si cela vous chante. Ça m'est égal. Vous n'empêcherez pas les Anglais de bombarder vos villes, rue par rue. Cologne, Hambourg, Berlin... vous comprendrez. Les Anglais vous ouvriront les yeux. Vous nous comprendrez sur les ruines de vos villes, devant les tombes de vos enfants. Déjà, vous commencez à comprendre... Le jour est proche où vous direz :

« Jamais plus! » Mais alors il sera trop tard.

— *Die alte Schickse ist verrückt* [1]! dit enfin le plus nerveux des deux jeunes gens en haussant les épaules.

---

1. « La vieille est folle. »

Dobranski s'interrompit, se tourna vers Tadek.

— Qu'en penses-tu?

— C'est peut-être vrai. C'est sans doute vrai. Je n'en conclus rien et n'ai aucune admiration pour les bourgeois de Paris. Ils ont appris à l'école les fables de La Fontaine, ils ont réfléchi sur Montaigne, bâti Notre-Dame et donné au monde ce que le monde essaie maintenant de leur rendre : la Liberté. Ils veulent rester Français. Il n'y a pas de quoi les admirer, ni leur dire merci.

— Quant à moi..., commença Pech.

— Couche! couche!

— Image d'Épinal! grinça Pech quand même. Eau bénite! Bourrage de crâne!

Dobranski continua :

M. Karl est arrivé devant la porte de son appartement. Il met la clef dans la serrure... A ce moment, la porte d'en face s'ouvre, et M. et M^me Chevalier sortent sur le palier.

— Monsieur Karl!... Quelle heureuse surprise!

M. Chevalier bondit sur M. Karl et lui serre la main avec effusion, comme s'il retrouvait enfin un vieil ami. M. Karl se laisse faire, agréablement amusé. Les Chevalier sont ses amis les plus dévoués, ses brebis les plus soumises. M. Chevalier ne dit jamais « l'Allemagne », mais « notre noble et généreuse alliée d'outre-Rhin »; il ne dit jamais « le Führer », mais « le guide génial de l'Europe Nouvelle »; l'armée allemande est toujours dans sa bouche « l'armée de l'ordre », et, lorsqu'il parle de « collaboration », son visage prend un air de profonde émotion, sa voix

tremble légèrement et, quelquefois même, son œil se
mouille. M<sup>me</sup> Chevalier ne parle jamais, elle se
contente de joindre les mains comme devant une
image sainte et regarde M. Karl avec un air de muette
et quelque peu stupide adoration. Parfois, car il a
ses moments de doute, comme tout le monde, tout
cela paraît à M. Karl trop beau pour être vrai. Parfois,
il a l'impression d'être la victime d'une odieuse comédie, d'une soigneuse « mise en boîte », comme on dit en
français. Mais il met cela sur le compte de sa méfiance
naturelle et de ses nerfs surmenés par dix ans de services policiers. Il n'y a qu'à écouter le trémolo ému
dans la voix de M. Chevalier lorsqu'il parle du
« couple France-Allemagne ». Il n'y a qu'à regarder sa
tête pour être entièrement rassuré. M. Chevalier a une
petite moustache en brosse et il cultive sur le front
une mèche de cheveux rebelle dont il est très fier. « Je
ne vous rappelle personne? » semble dire son visage,
avec une exquise timidité.

— Monsieur Karl, dit M. Chevalier, nous sommes
toujours heureux de pouvoir vous serrer la main...

Il s'interrompt. Grillet vient d'arriver sur le palier,
les bras ballants, un mégot collé à la lèvre inférieure.
Les yeux éteints, il penche en avant son visage de
boxeur malmené.

— J'viens chercher le linge! grogne-t-il.

— Le linge? dit M. Chevalier. Le linge? Ah! oui...
naturellement, le linge sale... Dans la salle de bains,
mon vieux!

Il saisit la main de M. Karl et la lui secoue violemment, le visage mouillé de sueur. « Le linge », c'est le
dernier numéro de *Libération* que M. et M<sup>me</sup> Chevalier impriment sur une presse minuscule, dans leur

97

salle de bains, et que Grillet et ses amis distribuent la nuit dans le quartier. Pourvu que M<sup>me</sup> de Melville parvienne à retenir les policiers encore quelques minutes... Pourvu que Grillet arrive à passer. L'appartement de M<sup>me</sup> de Melville est à l'étage au-dessous. Tout à l'heure, les deux jeunes gens vont monter, et alors... la presse est bien cachée, mais il est impossible de dissimuler le gros panier. Il leur suffira de soulever le drap, et *Libération* cessera d'exister... ainsi que M. et M<sup>me</sup> Chevalier.

— Je vous remercie! dit solennellement M. Karl.

M<sup>me</sup> Chevalier, la tête légèrement penchée, la bouche entrouverte, les mains jointes, le regarde avec ravissement... Grillet sort de l'appartement. Il porte dans ses bras le panier recouvert d'un drap sale. Le mégot collé à la lèvre, le visage ahuri, il commence à descendre lentement l'escalier... M. Chevalier continue à secouer la main à M. Karl, comme un automate. « Un étage... deux... Il est passé! »

— Je vous remercie, dit M. Karl, et je vous prie de m'excuser. Un rapport à faire...

M. Chevalier met le doigt sur ses lèvres.

— Pas un mot! dit-il à voix basse. Nous avons compris!

Il secoue sa mèche, répète : « Chut, pas un mot! » et s'en va sur la pointe des pieds, suivi par sa femme. Il ferme la porte juste à temps pour recevoir dans ses bras sa femme qui s'évanouit silencieusement... Sur le palier, M. Karl attend avec résignation, les yeux fermés. M. Brugnon arrive sur lui, à toute allure, le visage réjoui. « Peut-être va-t-il changer ses façons, aujourd'hui? » pense M. Karl, le visage tordu, comme s'il avait mal aux dents. Mais, déjà, il entend le rire idiot de M. Brugnon. « Si seulement il pouvait ne pas me taper sur le ventre... » Mais, déjà, il a reçu la première bourrade.

— Stalingrad, Stalingrad... morne plaine! hurle M. Brugnon. Ha! ha! ha!

M. Karl tourne rageusement la clef dans la serrure et rentre chez lui. Sa bonne humeur a disparu, il se sent nerveux et mal à l'aise.

« Allons, allons... du tact! de la douceur! » Il entend un bruit d'eau. « Ah! oui... le plombier! » Il passe dans la salle de bains. Un jeune homme en combinaison bleue est penché sur la baignoire, ses outils éparpillés sur le parquet.

— Il y en a pour longtemps?

— Une demi-heure environ, monsieur.

On sonne. « Cette fois, c'est fini! » pense le jeune homme. Il n'a pas peur. Mais des renseignements importants ne parviendront pas à Londres, et la Résistance perdra un autre de ses agents de liaison précieux... M. Karl va ouvrir et se trouve nez à nez avec Mme Laitue et les deux jeunes gens moroses. Mme Laitue a l'air pâle et défaite. Mais M. Karl se moque bien de Mme Laitue.

— Que diable me voulez-vous? hurle-t-il en allemand. *Das ist aber unerhört, unerhört! Glauben Sie vielleicht, dass ich einen englischen Spion unter meinem Bett verstecke* [1] *?*

Claquements de talons. Excuses.

— Je leur ai bien dit que c'est votre appartement, explique Mme Laitue. Mais ils ne comprennent pas le français.

[1]. « C'est incroyable! Croyez-vous que je cache un agent anglais sous mon lit? »

Elle ferme les yeux. « Dieu des Français, faites qu'il nous claque la porte au nez! » Elle entend un claquement et ouvre les yeux : la porte est fermée.


Dobranski but une gorgée de thé. Pech en profita pour pousser une attaque.

— Le camarade travaille-t-il pour rien, s'enquit-il, ou bien cette prostitution lui rapporte-t-elle quelque chose?

— Pour rien! avoua Dobranski, tristement.

Il reprit son cahier :


C'est le soir. Tout est calme dans l'immeuble. Le jeune homme en blouse bleue est parti, ses outils sous le bras. Les deux jeunes gens moroses sont partis également, dans une autre direction. Dans sa mansarde, Grillet réfléchit à la journée de demain. Demain, il faudra changer de place le poste de radio clandestin... Demain, il faudra procurer des papiers à l'aviateur anglais qui se cache à Issy... Nouveaux périls, nouveaux efforts. Il allume une cigarette et sourit. Combien loin de lui sont maintenant Spinoza et Bergson, les cours de philo à préparer et les devoirs à corriger! Ses élèves sont dispersés. Il y en a en Angleterre... D'autres sont morts ou prisonniers. D'autres encore se cachent, comme lui, et travaillent... comme lui, avec lui. « Demain, pense-t-il, il faudra s'occuper des familles des deux ouvriers fusillés chez Renault! » Dans son appartement, confortablement installé, les pieds au chaud dans ses pantoufles, M. Karl travaille sur le rapport hebdomadaire à ses chefs. « Je puis affirmer, sans me vanter, écrit-il, que le calme le plus complet règne dans mon secteur. Les bourgeois de Paris sont gens commodes à mener. Un peu de tact, du doigté, de la finesse... Les prendre à la française, voilà ce qu'il faut. Il faut devenir leur ami, s'attirer leur estime, leur confiance. Un mot gentil, un petit service rendu... établir une atmosphère d'entente, de cordialité. Paris est une ville qui ne résiste guère à un doigt de cour... »

Satisfait de lui-même, il lève son stylo en l'air et rêve. Ses rapports seront sûrement appréciés et transmis plus haut... Plus haut et plus haut... toujours plus haut vont ses rapports. « Herr Lokalgauleiter Ober est un homme de valeur » commencera-t-on bientôt à murmurer. On lui confiera de nouveaux postes... Plus haut, toujours plus haut! La plume en l'air, les pieds dans ses pantoufles, M. Karl rêve... Dans sa chambre, M. Chevalier écrit son article pour le prochain numéro de *Libération*. Dans la salle de bains, sa femme se penche sur la presse minuscule. « Prenez patience, écrit M. Chevalier. Cachez votre jeu. Ne frappez que dans la nuit et à coup sûr. N'exposez pas vos familles, vos enfants. Jouez le jeu. Ne perdez pas la tête. Ne serrez pas les poings. Que vos bras soient détendus, vos visages calmes. Souriez. Ne doutez pas. Et sachez ceci : ils viendront, ils se préparent. Ils viendront aussi sûrement que le jour de demain. Alors vous jetterez le masque. Vous prendrez les armes. Vous laisserez gronder votre colère... Alors viendra la Libération! »

Une nouvelle et tragique épreuve s'abat sur Mme Laitue. Un peu calmée, elle monte chez M. Lévy pour lui dire adieu convenablement. Elle sonne.

M. Lévy ne répond pas. « Il est parti! » pense M^me Laitue. Elle prend son passe et ouvre la porte. Elle entre.
Oui, M. Lévy est parti. Son corps chétif pend au
bout d'une corde, au milieu du salon. Il est parti.
Sans permis, il a traversé la frontière. Il est passé
dans la zone libre. Il a mis sa carte d'identité sur la
table, en évidence, comme pour bien préciser qui il
est et pourquoi il est parti. Sans doute a-t-il hésité
quelque peu, avant de partir. Sans doute redoutait-il
quelque peu de trouver les portes de l'au-delà fermées
devant lui, avec, au-dessus, une pancarte : « Entrée
interdite aux juifs. »

Les pieds dans ses pantoufles, un sourire satisfait
aux lèvres, M. Karl continue son remarquable rapport.
« Se faire aimer, écrit-il, tel est le secret de mon
modeste succès et telle doit être notre devise dans ce
pays... Jouer avec les bébés. Céder sa place aux
dames dans le métro... Les petites attentions font
de grands amis. Du charme, de la bienveillance... Les
bourgeois de Paris n'ont pas l'habitude des luttes
souterraines. Ils ne nous aiment pas encore, mais
déjà ils nous admirent. Dans cinquante ans, les fils
oublieront que les pères parlaient français! »


Dobranski ferma son cahier, le cacha sous sa
vareuse.

— Alors?

Pech affecta la plus complète indifférence. Il avait
versé de l'eau bouillante dans un seau et, maintenant,
il trempait ses pieds dans l'eau chaude, avec délices.
Il avait fermé les yeux à demi, penché la tête de côté...
Il jouissait.

— J'ai quelques doutes, dit soudain Czerw. Je crois...

Il hésita et rougit violemment.

— Dis-le franchement, Czerw.

— Je crois que tu te trompes. Tu fais dans l'idéa-lisme... Je n'ai aucune confiance, moi, dans les bour-geois... qu'ils viennent de Paris ou d'ailleurs. Il y a gros à parier que M. Honoré a repris du service à Vichy, et j'ai bien peur que ton M. Brugnon ne vende tranquillement ses fromages aux Allemands, à bon prix. Quant à ton M. Lévy...

— Eh bien?

— C'est un âne. Quand on est juif, ces temps-ci, on ne se tue pas. On tue et on se fait tuer. A moins qu'on ne soit un sacré petit bourgeois de juif...

On entendit un gloussement d'approbation : c'était Pech. Il s'essuya les pieds, d'un geste biblique, les montra à l'assistance et dit, en braquant sur Dobranski un orteil démesuré :

— Voyez... Car je ne suis point responsable de la mort de ce juste!

Lorsque, tard dans la nuit, Janek retourna dans sa cachette, Zosia dormait. Elle ne l'entendit pas ren-trer. Dans la nuit, il écouta un moment sa respiration, régulière, calme. Il se déshabilla, se glissa auprès d'elle, posa sa tête sur sa poitrine. Elle ne se réveilla pas. Il écouta battre son cœur paisible... Il s'endormit ainsi, au calme murmure de son cœur. Au réveil, il lui dit :

— Tu sais, Dobranski écrit un livre.

— Il te l'a montré?

— Oui.

— Que dit-il dans ce livre?

Janek hésita. Puis il la serra contre lui, tristement :

— Que nous ne sommes pas seuls, dit-il.

# 17

Les deux ponts sur la Wilejka sautèrent un matin sous le nez des *feldgrau* qui les gardaient. Le même jour, le transformateur électrique d'Antokol fut partiellement détruit par une explosion, et de nouveau la rumeur courut à travers la forêt : « Le Partisan Nadejda a encore remis ça! »

Les Allemands fusillèrent une douzaine d'otages; rouèrent de coups leurs informateurs; annoncèrent leur intention de brûler la forêt l'été prochain, pour en finir avec les « verts ». Dans son rapport mensuel de novembre 1942, le Gauleiter Koch remarquait avec irritation que les efforts pour détecter l'homme qui se cachait sous le pseudonyme de Partisan Nadejda, l'énergie et le temps dépensés en vain pour mettre fin aux exploits de celui qui soutenait le courage et l'espoir de tout un peuple, coûtaient plus cher encore à l'armée allemande que l'action des partisans, qui allait pourtant en s'intensifiant.

Il y avait, à présent, dans le regard des hommes, des femmes et des enfants qui se posait sur l'occupant une lueur de gaieté un peu moqueuse, et il devenait évident aux services de guerre psychologique à Berlin qu'il était essentiel d'en finir avec celui dont le nom finissait par créer, dans un pays pourtant vaincu, un véritable mythe d'invincibilité.

Une manœuvre particulièrement habile fut tentée alors, sur ordre de Kaltenbrunner lui-même : les journaux allemands annoncèrent que le général Nadejda, de son vrai nom Malewski, commandant en chef des armées « vertes » polonaises, avait été arrêté avec tous ses adjoints. Sa photo, après l'arrestation — un homme fier, beau, de taille gigantesque, menottes aux poings —, fut distribuée à toutes les agences de presse, et les pays neutres annoncèrent que la résistance polonaise avait été décapitée. Mais les partisans regardaient la photo en riant et haussaient les épaules : ils savaient bien qu'il s'agissait d'une mise en scène, d'une pauvre tentative pour les forcer à désespérer. L'homme exhibé ainsi par les Allemands n'était qu'un simple figurant : il ne pouvait s'agir du Partisan Nadejda, car leur héros était insaisissable, invincible, protégé par tout un peuple, et aucune puissance au monde, aucune force matérielle, ne pouvaient l'empêcher de continuer et de triompher.

Dans la forêt de la Wilejka, Janek, comme tous les autres partisans, comme toute la Pologne, à cette époque, s'interrogeait sans cesse sur la véritable identité du commandant en chef de l'armée « verte ». Lorsqu'un nouvel écho de ses exploits retentissait à travers la forêt, lorsque les deux étudiants apparaissaient avec leur poste émetteur, concluant toujours leur message par les mots *Nadejda chantera demain*, dont il reconnaissait maintenant le son en morse, Janek se sentait pris d'une telle curiosité qu'il en perdait le sommeil et harcelait Czerw de questions.

— Je suis sûr que tu sais qui il est.

Czerw regardait Janek gravement et clignait de l'œil. Il n'y avait rien à en tirer. Et il devenait de plus en plus difficile de démêler ce qu'il y avait de vrai dans les exploits attribués à leur héros, et ce qui était dû à l'imagination populaire. Lorsque la rumeur s'éleva que le Partisan Nadejda se battait à Stalingrad, Janek redoubla d'efforts pour obtenir de Czerw quelques bribes d'informations, mais ce dernier avait seulement l'air de rigoler, c'est-à-dire qu'il se taisait, et que son œil droit clignait de plus en plus vite, et avec le plus grand sérieux, ce qui faisait paraître son visage encore plus moqueur. Et puis, finalement, un jour, il dit à Janek :

— Oui, je le connais.

Janek eut très peur. Brusquement, il ne voulait plus savoir. Peut-être le Partisan Nadejda n'était-il pas du tout son père, comme il le croyait encore secrètement, et alors, cela voudrait vraiment dire que son père était mort. Mais il n'était plus possible de reculer.

— Tu l'as vu?

— Bien sûr que je l'ai vu. Mais je l'ai surtout entendu.

— Mais qui est-il, enfin?

Czerw le regarda gravement, fixement.

— Tu me jures de ne pas en parler?

— Je te le jure, dit Janek.

— Eh bien, je vais te le dire. C'est un rossignol. C'est notre vieux rossignol polonais, qu'on entend depuis toujours dans la forêt. Il a une très belle voix.

Il fait bon l'écouter. Et puis, tu comprends, tant que ce rossignol-là continuera à chanter, il ne peut rien nous arriver. Toute la Pologne est dans sa voix.

Janek le regarda avec indignation, mais le visage de Czerw était très sérieux, et il lui clignait de l'œil avec tant d'amitié qu'il était difficile de lui en vouloir, et, après tout, la véritable identité du Partisan Nadejda était un secret militaire de la plus haute importance, il n'avait pas le droit de le dévoiler.

Un matin, Dobranski vint trouver Janek et lui parla longuement.

— Surtout, je voudrais qu'il vienne ici, dans la forêt. Qu'il le voie, qu'il lui parle.

— Ça ne servira à rien...

— Sans doute. Mais nous devons tout essayer.

— Bon. J'y vais tout de suite.

Il était midi lorsque Janek arriva à Wilno. L'hôtel particulier des Chmura se trouvait à côté du Grand Théâtre. Les colonnes du théâtre étaient constellées d'affiches en allemand : on y donnait *Lohengrin* pour les troupes d'occupation. Janek traversa le jardin de cyprès, s'essuya les pieds, sonna. Un vieux domestique vint ouvrir la porte. Il regarda le visiteur en haillons avec sévérité.

— Va-t'en. Nous ne donnons rien aux mendiants.

— Je viens voir pan Chmura de la part de son fils.

Le visage du vieux s'éclaira.

— Entre, mon petit, entre.

Il ferma la porte, mit la chaîne, s'approcha de Janek à petits pas.

— Et comment va pan Tadeusz ?

— Il est très malade.

— Jezus, Marja, Jezus, Marja...

Il s'essuya les yeux. Sa tête, aux longs cheveux blancs, se mit à trembler.

— Je l'ai vu naître, je l'ai vu grandir... Je les ai élevés tous les deux, le père et le fils... Jezus.

Il redressa un peu son dos voûté.

— Ne pourrais-je pas venir le voir?

— On verra.

— Demande-lui, petit, dis-lui que c'est moi, le vieux Walenty, qui veux venir le voir...

— Je lui dirai.

— Merci, merci bien, petit. Tu es un bon petit. J'ai vu ça tout de suite. Dès que j'ai ouvert la porte, je me suis dit : « Voilà un petit ange, avec un cœur d'or... » Oui, oui... Veux-tu venir à la cuisine manger quelque chose?

— Non. Je veux parler à pan Chmura.

— Bien, bien, comme tu voudras, mon petit... Ne te fâche pas, j'y vais, j'y vais...

Il s'en alla, en traînant la patte, le dos voûté. Janek regarda autour de lui. C'était une riche demeure. Les meubles étaient sculptés et dorés, ainsi que les cadres des tableaux et les poignées des portes et des fenêtres, un lustre magnifique pendait au plafond. Les tapis étaient épais et doux, aux dessins agréables à l'œil. Janek pensa au trou dans la terre froide, à l'étudiant qui grelottait sur un tas de chiffons... La porte s'ouvrit bruyamment et pan Chmura entra dans l'antichambre. C'était un homme corpulent, au visage congestionné et colérique.

— C'est mon fils qui t'envoie? Ça m'étonne... Parle!

— Ne criez pas, s'il vous plaît, dit Janek. Je n'ai pas besoin de vous, moi...

— Et j'ai besoin de toi, n'est-ce pas? Eh bien, parle! Tu veux de l'argent? La bande demande une rançon?

— Mon maître, supplia Walenty, mon maître, faites attention!

Chmura se mordit les lèvres.

— Alors, dit-il, d'une voix un peu rauque, comment va-t-il? Toujours aussi têtu?

— La tuberculose est une maladie têtue, dit Janek.

— *Rany boskie*, que dit-il? se lamenta Walenty. Est-ce possible?

— Il l'a voulu, dit Chmura. Il a tout fait pour en venir là. Il pouvait être soigné comme un prince, guéri. Il ne l'a pas voulu. Et pourquoi, pour quelle cause?

— Jezus, Marja, bégaya Walenty. *Co to bedzie? Co to bedzie* [1]?

— Je veux le voir, dit Chmura.

— Je suis venu vous chercher.

Chmura se tourna vers Walenty.

— Va chercher ma pelisse.

— C'est vite dit, va chercher ma pelisse, grommela le vieux. Mais peut-être que pan Tadeusz a froid, lui? Peut-être qu'il a faim?

— Assez, dit Chmura. Il l'a voulu. Nous n'y pouvons rien, ni toi, ni moi.

— Ça dépend, ça dépend! grinça le vieux. Ce n'est pas feu votre père qui se serait mis avec les Prussiens, que Dieu ait son âme!

— Va chercher ma pelisse.

Le vieux s'en alla en grommelant. Lorsqu'il revint,

1. Que va-t-il nous arriver?

la pelisse sur le bras, il était lui-même habillé pour la route.

— Je viens avec toi, grogna-t-il. Je vous connais, tous les deux. Vous aurez besoin de moi.

Il faisait nuit lorsqu'ils arrivèrent dans la forêt. Janek les mena jusqu'à l'étang du Vieux Moulin.

— Attendez ici.

Il les quitta. Dans la cachette des étudiants, il trouva Tadek et Dobranski penchés sur un jeu d'échecs. Le feu achevait de mourir dans son trou. Pech ronflait quelque part, invisible, enfoui sous un tas de chiffons sales.

— Le père du camarade est là, dit Janek. Il veut le voir. Je l'ai laissé près de l'étang.

— Il n'y a qu'à le pousser dedans, dit Tadek. Si je roque, je perds mon cavalier. Mais si je ne roque pas... Alors, naturellement, je roque.

— Ton cavalier ne perdra rien à attendre. Du reste, il ne m'intéresse pas. Échec au roi et à la reine.

— *Psia noga!* jura tristement Tadek. Je n'ai pas de chance au jeu.

Il tourna vers Janek son regard fiévreux.

— Le camarade a été imprudent. La prochaine fois, mon père amènera les Allemands avec lui... Je crois, Adam, qu'il va falloir changer de forêt!

— Va le voir, dit Dobranski, en rangeant les échecs. Après tout, c'est le mari de ta mère... Pech, eh! Pech?

— Quoi? Allez au diable!

— On y va. Occupe-toi du feu.

La lune brillait. Il faisait une nuit bleue et pure.

De loin, ils virent les deux silhouettes, au bord de l'étang. Chmura vint tout près de son fils et le regarda. Puis il ôta sa pelisse d'un geste brusque.

— Mets ça.

— Gardez-la avec le reste. Je ne veux rien de vous. Vous avez les mains sales.

— Panie Tadku, tenta d'intervenir Walenty, est-ce qu'on peut ainsi...

— Écoute, petit, coupa Chmura, je ne suis pas venu ici pour présenter ma défense. Mais je te dirai tout de même ceci : le paysan polonais est de mon côté, non du tien. Qu'avez-vous fait pour lui? Rien. Vos prouesses lui ont valu d'être fusillé, d'avoir sa récolte confisquée, son village rasé. Ce qu'il a pu garder de son blé ou de ses patates, ce n'est pas à vous, c'est à moi qu'il le doit. Car je ne fais pas sauter les ponts, moi : je veille simplement à ce que mes paysans ne crèvent pas de faim. Je me suis mis entre eux et les Allemands, je leur épargne d'être affamés ou d'être chassés vers l'ouest, comme un bétail pouilleux. Il n'y aura pas d'État polonais? Et puis après? Ça vaut mieux qu'un État polonais peuplé de cadavres où chaque citoyen aurait l'air d'un survivant. C'est très beau, la lutte sans espoir, mais le destin d'une race est de survivre et non point de mourir en beauté...

Il tapa du pied.

— Si on me montrait dix enfants polonais et que, pour les sauver, il m'eût fallu lécher les bottes à dix soldats allemands, je dirais : « Votre serviteur! »

— C'est à peu près comme si je voulais me faire copain avec la tuberculose, dit Tadek. Comme si vous me disiez : « Ne lutte pas contre la tuberculose, Tadek! Sois malin! Mets-toi bien avec elle! Tâche de gagner son amitié! Vous voulez mes poumons, ma chère? Mais comment donc, prenez-les, ils sont à vous, bonne amie! Entrez, installez-vous donc, faites comme chez vous. » Après quoi, sans doute, pourrai-je dormir tranquille : la tuberculose aura la délicatesse de m'épargner.

— *Rany boskie!* s'effraya Walenty. Des propos comme ça...

Chmura se tourna vers Dobranski.

— Vous avez ruiné la vie de mon fils, dit-il. Vous vivez planqués dans la forêt, en attendant que ça se passe : vous ne savez même pas ce que c'est, un regard d'Allemand. Il vous est facile de jouer les Robin Hood. Mais mon fils est tuberculeux. Il y laissera sa vie, tout simplement, tout bêtement. Ce qu'il lui faut, c'est la montagne, le soleil. Vous reprochez aux Allemands de faire des otages, mais qu'avez-vous donc fait d'autre que de me prendre mon fils pour otage? Renoncez à aider les Allemands, suggérez-vous, on vous rendra votre fils. Je veux sauver mon fils. Je veux le sauver. Sans doute est-il déjà trop tard...

— Mon maître! hurla Walenty, effrayé. Des mots comme ça... Tfou! tfou! tfou! cracha-t-il. *Sila nie-czysta* [1]!

Chmura regarda un instant son fils.

— Reviens, dit-il.

— Combien avez-vous touché pour vos fournitures de blé à l'armée allemande?

— Panie Tadek! gémit Walenty.

— Si je ne l'avais pas vendu aux Allemands, ils me l'auraient pris, et mes paysans n'auraient pas touché un sou...

— Vous pouviez brûler la récolte!

1. Force diabolique.

— Alors, dit froidement Chmura, mes paysans auraient été fusillés et leur village brûlé... Vive la révolte, monsieur mon fils!

Il baissa un peu la voix.

— Je ne veux plus, sur mes terres, de villages rasés, de misère sans nom. Toi, fais comme tu veux.

Il dit avec amertume :

— Tel père, tel fils... *Nie daleko pada jablko ed jabloni* [1]. Si tu as le courage de te laisser mourir pour tes idées, je peux bien accepter de perdre un fils pour les miennes.

— Mon maître! hurla Walenty, et le cœur, le cœur, qu'est-ce qu'il dit?

— Fais comme tu l'entends, Tadek. Rappelle-toi que, dans chaque pays européen, à l'heure qu'il est, les hommes mûrs pensent comme moi, tandis que leurs fils se font fusiller pour le plaisir d'écrire « Vive la Liberté! » sur les murs des cabinets. Dans chacun de ces pays, les vieilles gens défendent leur race. Ils savent mieux. Ce qui compte, c'est la chair et le sang, la sueur et le sein maternel, et non pas un drapeau, une frontière, un gouvernement. Souviens-toi : les cadavres ne chantent pas *Jeszcze Polska nie zginela* [2] !

Il jeta :

— Je m'en vais, maintenant. Veux-tu me suivre? Je t'enverrai en Suisse demain.

— Janek, montre-lui le chemin!

Chmura lui tourna le dos et se mit à marcher rapidement, sans se retourner une fois. Le vieux Walenty courait après lui à petits pas et s'arrêtait

1. « La pomme ne tombe jamais loin du pommier. »
2. Hymne polonais.

à tout moment, se tournait vers Tadek, faisait de grands gestes désespérés.

— Mon maître, vous ne pouvez pas le laisser là... Jezus, le petit est malade. Ça crève les yeux!

Chmura s'arrêta.

— Assez! ordonna-t-il. Il n'y a rien à faire. Tu penses que je suis un chien, que je ne sens rien? Seulement, je te dis : il n'y a rien à faire. Il sait ce qu'il veut. Il est têtu. Il est de ma chair et de mon sang. Il ira jusqu'au bout. Et, après tout, je te dis, il vaut mieux avoir un fils mort, mais de votre chair et de votre sang, qu'une nichée de bâtards vivants...

La patience du vieux domestique parut s'épuiser d'un seul coup.

— Assassin! se mit-il à crier soudain, d'une voix toute mince. Tu n'as pas honte? Ton père, s'il vivait, te cracherait à la figure. Ta mère a dû t'avoir d'un palefrenier ivre!

— Tu peux rester avec lui, dit Chmura entre les dents.

— *Zeby ci sie krew zalalà!* Que le sang t'inonde! Crois-tu que je ne serais pas resté avec lui, si j'avais cinquante ans de moins? Il y a longtemps que j'aurais craché à tes pieds... Oser me parler ainsi! Il y a trop longtemps que je ne t'ai pas battu, *paskudo* [1].

Ils entendirent longtemps sa voix crier des injures en s'éloignant dans la nuit.

1. Saleté.

## 18

AUT/WINTER

Avec les premières neiges, vinrent les grands froids. Janek et Zosia ne sortaient presque plus de la cachette. Leur vie, désormais, était réduite à peu de choses : le bois, le feu, l'eau chaude, quelques patates, le sommeil. Janek avait déclaré à Czerw :

— Zosia n'ira plus à Wilno.

Czerw était en train de réparer une botte. Il dit, sans lever la tête :

— Je sais.

— Elle reste avec moi.

— Bon.

Ce fut tout. Il ne parut ni surpris ni contrarié. Dobranski avait prêté à Janek quelques livres : Gogol, Selma Lagerlöf. Souvent Janek lisait à Zosia des passages à haute voix. Il lui demandait après :

— Comment aimes-tu cela?

— J'aime ta voix.

Ils se couchaient tôt. Quelquefois, lorsque la provision de bois était faite pour plusieurs jours, ils ne se levaient que pour entretenir le feu. Le jour, pour eux, était pareil à la nuit et le temps avait cessé d'exister. Parfois, au réveil, en mettant le nez dehors, ils découvraient qu'il faisait nuit noire.

— Quelle heure peut-il être?

— Je ne sais. Viens. Rentrons nous coucher.

Il leur restait encore quatre gros sacs de patates :
de quoi passer l'hiver. Leur seul souci était le feu. Les
mains enveloppées dans des chiffons, ils allaient
ramasser le bois mort, le portaient dans la cachette,
recommençaient. Sur la neige immaculée, les deux
fourmis noires allaient et venaient, traînant leurs
brindilles ridicules... Ils rentraient ensuite dans leur
trou, allumaient le feu, se chauffaient. Ils parlaient
peu. Serrés l'un contre l'autre, sous les couvertures
entassées, leurs corps exprimaient bien mieux que
les mots tout ce qu'ils avaient à se dire. Zosia lui
demandait parfois :

— Crois-tu que tout cela finisse un jour?

— Je ne sais pas. Mon père disait que cela dépend
de la bataille.

— Quelle bataille?

— La bataille de Stalingrad.

— Tout le monde parle de cette bataille. Même les
Allemands, à Wilno.

— Tout le monde.

— Est-ce qu'elle dure toujours?

— Jour et nuit.

— Et que feront-ils, nos amis, quand ils auront
gagné la bataille?

— Ils feront un monde nouveau.

— Nous ne pourrons pas les aider. Nous sommes
trop petits. C'est dommage.

— Ce n'est pas la taille qui compte, c'est le courage.

— Comment sera-t-il, ce monde nouveau?

— Il sera sans haine.

— Il faudra tuer beaucoup de gens, alors...

— Il faudra tuer beaucoup de gens.

— Et la haine sera toujours là... Il y en aura encore plus qu'avant...

— On ne les tuera pas, alors. On les guérira. On leur donnera à manger. On leur construira des maisons. On leur donnera de la musique et des livres. On leur apprendra la bonté. Ils ont appris la haine, ils peuvent bien apprendre la bonté.

— La haine ne se désapprend pas. Elle est comme l'amour.

— Je connais la haine. Les Allemands me l'ont enseignée. Je l'ai apprise en perdant mes parents, en ayant faim et froid et en vivant sous terre et en sachant que, si un Allemand me rencontrait sur sa route, il ne m'offrirait pas sa gamelle, il ne me ferait pas une place auprès de son feu, tout ce qu'il aurait pour moi, c'est une balle dans la peau. Car les Allemands ont une balle pour toute chose. Une balle pour la poitrine et une balle pour l'espoir, une balle pour la beauté et une balle pour l'amour... Je les hais!

— Il ne faut pas. Quand nous aurons des enfants, nous leur apprendrons à aimer et non à haïr.

— Nous leur apprendrons à haïr aussi. Nous leur apprendrons à haïr la laideur, l'envie, la force, le fascisme...

— Qu'est-ce que c'est, le fascisme?

— Je ne sais pas exactement. C'est une façon de haïr.

— Nos enfants n'auront jamais faim. Ils n'auront jamais froid.

— Ni faim, ni froid.

— Promets-le-moi.

— Je te le promets. Je ferai de mon mieux.

La nuit, ils étaient souvent réveillés par des hurlements sans fin : les loups affamés rôdaient dans la forêt, et, le matin, Janek trouvait leur trace tout autour de la cachette. La forêt devint nue, nue et blanche. Les corbeaux erraient dans la neige, croassaient longuement. La neige avait pris possession de la forêt, et, sur son fond blanc, les hommes ressemblaient de plus en plus à des fourmis noires, traînant vers leurs trous des brindilles ridicules, obstinées et chancelantes, abruties par le froid, et leur vie désormais était tendue vers un seul but : construire un feu. Dans les villes, les conquérants attendaient l'été pour repartir vers de nouvelles conquêtes, et, dans les forêts, l'espoir humain, plus faible que le soleil d'hiver, refusait de mourir. Les hommes ne s'intéressaient plus aux rumeurs des villes, ne se parlaient plus, et leurs visages grimaçaient sous la morsure du froid, plus ridés que l'écorce des vieux arbres. De temps en temps, seulement, les frères Zborowski revenaient du village, approchaient du feu leurs mains aux doigts durs comme des cailloux et disaient brièvement :

— Ils tiennent toujours.

## 19

C'est au cours d'une de ces heures froides, où le cœur des hommes et des bêtes se glace peu à peu et la vie n'attend qu'un signe mystérieux pour s'arrêter, que mourut Tadek. Il mourut la nuit, dans son sommeil, couché près du feu, et même la jeune femme qui le serrait dans ses bras ne s'aperçut pas de son départ. La veille, il s'était senti mieux. Il avait cessé de tousser et sa fièvre était tombée. Il avait demandé à Dobranski de lui lire un passage du livre.

— Il n'en vaut pas la peine, dit Dobranski. Essaie de dormir un peu.

— Je me sens bien, ce soir. Qui sait, Adam, peut-être pourrai-je bientôt faire des sorties sur les routes?

— Peut-être bien.

— Au printemps, on fera des coups de main sur les convois allemands... N'est-ce pas?

— Oui. Au printemps.

— Il faudra aider les hommes de Stalingrad de toutes nos forces.

— De toutes nos forces. Ne bouge pas, Tadek.

— Je suis bien. Adam, lis-moi quelque chose.

— Que veux-tu que je te lise?

— Un conte.

— Bien. Ne parle pas trop. Tu vas te mettre à tousser.

— Un conte dont je serais le héros. Un conte de fées où je mourrais à la fin, mais au combat et non de tuberculose.

— Je veux bien. Reste tranquille. Mets ta tête ici... là. Je vais te raconter une histoire.

— Commence...

— Voilà, voilà...


Le pilote de chasse polonais Tadek Chmura est en train de mourir. Il repose sur le dos, dans l'herbe, au cœur d'une forêt anglaise petite et touffue. Son avion fracassé gît à quelques pas de lui, les ailes rompues, l'hélice furieusement plantée dans le sol, comme une épée. De sa colonne vertébrale brisée ne monte aucune souffrance et son corps lui est devenu étranger. « C'était un sacré corps! » pense-t-il tristement, avec toute l'affection du maître pour son bon chien. Sa vue commence à se brouiller...


— C'est ce qu'on appelle, murmure Tadek, une minute pathétique.


Mais, soudain, il voit les buissons bouger devant lui, et le visage stupide de Pech apparaît au-dessus d'un mûrier. Pech regarde Tadek avec dégoût, pousse un croassement sardonique et sort des buissons, une bouteille de whisky à la main...

— Si seulement ça pouvait être vrai! bredouilla
Pech.

— Tais-toi...


Il y a quelque chose de surprenant dans cette
apparition. Tadek le sent bien, mais dans son état
présent il est incapable de se concentrer et de préciser
quoi. Après tout, l'aérodrome n'est qu'à quelques
milles de là et ils ont dû voir son avion s'écraser dans
la forêt. Pech se penche sur Tadek et approche le
goulot de la bouteille de ses lèvres. Tadek boit et
constate que, comme avant, l'effet est agréable. Il
voit alors émerger des broussailles son camarade
d'escadrille, Adam Dobranski. Dobranski se conduit
d'une manière particulièrement odieuse. Il regarde
le corps ficelé dans le harnais de parachute avec un
profond dégoût.

— On dirait un saucisson! constate-t-il, en s'as-
seyant dans l'herbe. Passez-moi le whisky. Alors, ils
t'ont eu?

Tadek lui maugrée quelque chose de désagréable
et, à son tour, réclame la bouteille. Il trouve que l'on
ne s'occupe pas assez de lui. Il est en train de mourir.


— Tais-toi! souffla Pech. Il dort.
Tadek ouvrit les yeux.
— Je ne dors pas. Continue.


Il est en train de mourir, son corps gît là, pathétique et abandonné, et ses meilleurs amis ont l'air de

considérer tout cela comme une excellente plaisanterie. Il ne leur demande pas de s'arracher les cheveux
en sanglotant, mais enfin ce n'est tout de même pas
qu'une occasion de se soûler.

— Vous pourriez au moins vous découvrir, suggère-
t-il, avec dignité. Pech, ne te gêne pas. Si tu es fatigué de boire debout, tu peux t'asseoir sur mon corps,
ajoute-t-il, tragique.

A sa grande surprise, Pech s'installe immédiatement sur son ventre, la bouteille à la main. Mais
Tadek ne sent aucun poids. Au contraire, il a l'impression de regarder tout cela de l'extérieur, comme si
ce corps harnaché ne fût pas le sien.

— Oh! ça va encore plus mal que je ne le pensais,
dit-il avec abattement. Ne cherchez pas à me remon-
ter le moral! crâne-t-il. Je sais où j'en suis!

— Mon joli, dit Pech, si tu crois que nous avons
la moindre illusion. *Cheers!*

Il boit.

— Si tu peux voir détruit l'ouvrage de ta vie...
déclame-t-il ensuite.

— Moi? gémit Pech. Du Kipling?

— Oui. Si tu peux voir détruit l'ouvrage de ta
vie... Ce bon vieux Kipling! On te fera lire ses poèmes
sur Stalingrad... De son propre aveu, c'est ce qu'il a
fait de mieux. Quel feu! Quelle verve! Enfoncé,
*Gunga Din! Cheers...*

— *Cheers*, dit Tadek, ce whisky est vraiment excellent. Il vous redonne du goût à la vie...

Cette déclaration a pour effet immédiat de plonger
ses compagnons dans la joie. La bouteille fait rapidement encore quelques tours.

— Comment va Jablonski? demande Tadek.

— Il est comme nous, dit Pech. Il a quitté l'escadrille.

Il vide son verre.

— Nous sommes dans le vol à voile, maintenant, déclare-t-il.

— Et Czerw? Je l'ai vu rentrer dans un Boche, au-dessus de la mer du Nord... J'étais à deux cents mètres derrière et j'ai vu les deux avions piquer vers l'eau.

— Oui, confirme Pech, et Czerw se trouva bel et bien dans l'eau glacée, flottant comme un bouchon. « Brr... » grelottait-il, en bon Polonais. « Brr... brr... », entend-il soudain, derrière une vague. Czerw tourne la tête et aperçoit le Boche qui flotte tout près de lui, en le regardant de ses yeux stupides. Ils commencent à échanger des injures, pour se réchauffer : T... t... tu vas y passer, mon... m... mon bon! souffle triomphalement Czerw en allemand. L... l... la ceinture de sauvetage ne tiendra pas éternellement. T... t... tu es f... foutu. — Brr..., lui répond tristement le Boche. — T... tu... tu claques d... d... des d... d... dents, hein? jubile Czerw. — M... m... moi? grince le Boche. J... j... j'aime ça! Il f... fait b... bon! — T... t... très bon! reconnaît Czerw. P... p... pour r... r... rien au monde j... je n... ne v... voudrais être a... a... ailleurs! — Brr..., grelottent-ils de concert, chacun surveillant l'autre du coin de l'œil. — J... j'ai bombardé V... Varsovie v... vingt fois! grince le Boche joyeusement. — Co... c... co..., lui répond tranquillement Czerw. — Q... quoi? fait l'autre, méfiant. — Co... Cologne, termine Czerw. Ha! ha! ha!... — Brr..., grelotte sombrement le Boche. » Au bout d'une heure, il commence à défaillir. « V... vas-y, souffle-t-il.

Coule... Qu'on en finisse... — A... a... après toi, souffle Czerw. — P... pas question! » proteste le Boche, et aussitôt commence à boire. Czerw, immédiatement, marque un point. « T... tu bois! jubile-t-il. Quant à moi, r... regarde... Je... Je plonge p... pour mon... plaisir. » Il disparaît un moment sous l'eau et parvient à revenir à la surface. « Hein? râle-t-il, plus mort que vif. Q... qu'est-ce que tu en d... d... dis? » Le Boche le regarde avec désespoir, serre les dents et plonge. « Il avait une vraie tête de cochon, me disait plus tard Czerw avec admiration. Je comptai jusqu'à dix et le déclarai battu. Après quoi, je m'évanouis... » Lorsque nous le récupérâmes, il était aussi imbu d'eau qu'une éponge. Passe-moi la bouteille.

Tadek poussa un soupir de bien-être. Il est heureux. Il a trop bu et sa tête tourne légèrement, mais il a retrouvé ses camarades, et, comme jadis, ils vont repartir au combat ensemble.

— On les aura! déclare-t-il.

Il se met soudain à chanter à pleine voix :

> *Jak to na wojence ladnie*
> *Kiedy pilot z'nieba spadnie* [1]...

— Regardez-moi cet ivrogne! grogne Pech avec dégoût. Ma parole, il va falloir le porter jusque là-haut...

Ils le prennent chacun par un bras, le soulèvent...

> *Koledzy go nie zaluja*
> *Jeszcze butem potraktuja...*

chante Tadek.

---

1. Chanson de route polonaise.

Il bute soudain contre un obstacle... Il se penche. Le corps inerte d'un pilote est étendu dans l'herbe, harnaché, le casque sur la tête. A côté, les débris d'un avion.

— Qu'est-ce que c'est? s'étonne Tadek.

— Rien, dit Pech, ne fais pas attention. Il n'y a qu'à sauter par-dessus...

... Ils l'entraînèrent.


Dobranski se tut. Les partisans demeuraient immobiles, baissant la tête. Seul, Pech jura entre les dents, et, plus tard, en quittant la cachette, dit à Janek :

— Ils nous racontent des contes de fées quand nous commençons à vivre, et des contes de fées quand nous commençons à mourir. On en est encore là, c'est tout ce qu'ils savent faire pour nous, après des milliers d'années...

Tadek Chmura souriait, et la jeune femme qui caressait doucement sa tête, les yeux fermés, les cheveux sombres tombant en masse sur ses épaules, les traits sereins, malgré la trace de larmes, demeura à jamais dans la mémoire de Janek, comme une figure de proue qu'aucune nuit, aucune tempête ne pouvaient obscurcir ou couler.

Plus tard, bien plus tard, lorsque les tanières des partisans dans la forêt polonaise devinrent des lieux de pèlerinage où tout un peuple venait célébrer la mémoire de ses héros, et lorsqu'il ne resta plus de Wanda Zalewska, torturée et exécutée par les Allemands, qu'un nom gravé sur une plaque de bronze, à côté de celui de Tadek Chmura, à l'entrée du lieu sacré, ce visage demeura aussi vivant, pour Janek, que les paroles de son père, « rien d'important ne meurt », et chaque fois qu'il y pensait, c'était un peu comme si son père lui avait menti.

Tadek Chmura fut enterré dans la forêt, sous la neige. Ils ne marquèrent pas l'endroit. L'étudiant leur avait répété souvent :

— Souvenez-vous, aucune marque, aucun nom.

— Pourquoi?

— A cause de mon père.

Ils le regardaient en silence.

— Je ne veux pas qu'il me trouve.

## 20

De temps en temps, Czerw envoyait Janek à Wilno,
chez un vieux cordonnier qui travaillait dans un
sous-sol de la Zawalna. C'était un homme grand et
morose, avec la longue moustache des *szlachcic* [1] des
temps passés.

— Tu lui diras que je vais bien, disait Czerw.

Chaque fois qu'il entrait dans le sous-sol, le cordonnier jetait à Janek un regard rapide et se remettait à
travailler aussitôt. Au début, Janek se sentait mal à
l'aise devant cet accueil, mais il finit par s'y habituer.
Il descendait dans la boutique, ôtait sa casquette,
disait :

— Il va bien.

Le cordonnier ne répondait rien, et Janek partait.
Il finit tout de même par demander à Czerw :

— Qui est-ce?

— C'est mon père.

Au retour d'une de ces visites étranges, Janek vint
à passer par la Pohulanka. Devant la maison où
habitait jadis panna Jadwiga, il s'arrêta. Il regarda
un instant la porte cochère et, sans réfléchir, entra,
traversa la cour, monta au premier étage... Il eut

1. Nobles.

peur. Son cœur battit violemment. Il eut envie de fuir. Derrière la porte on jouait du piano. Janek reconnut l'air. C'était du Chopin : le morceau même que panna Jadwiga lui avait joué si souvent... Il se calma et écouta longtemps, caché dans l'ombre, mais, dès que la musique s'arrêta, la peur revint et il s'enfuit. Dans la forêt, il ne dit rien à personne, mais fut mal à l'aise, inquiet.

— Qu'y a-t-il? demanda Zosia.

— Rien.

Le lendemain, il retourna à Wilno, à la même heure. Il écouta... Ce n'était pas du Chopin, cette fois, mais c'était une belle mélodie, très belle... Il n'avait plus peur. Depuis lors, chaque fois qu'il allait voir le vieux cordonnier, il prit l'habitude de passer par la Pohulanka, au retour, et d'écouter le musicien invisible, dans l'escalier noir.

— Il joue bien, sais-tu, confiait-il souvent à Zosia, en soupirant. J'aime tellement la musique...

— Plus que moi?

Il l'embrassait.

— Non.

Le lendemain matin, Zosia disparut et revint dans la soirée, toute souriante.

— J'ai un joli cadeau pour toi.

— Qu'est-ce que c'est?

— Tu seras content.

Elle rit.

— Ferme les yeux.

Il obéit. Il entendit d'abord un grincement, un craquement horrible, puis une voix éraillée et vulgaire hurla :

*Czy pani Marta.*
*Jest grzechu warta* [1]...

Les craquements, les grincements et les hurlements se succédaient sans fin.

— De la musique! dit Zosia fièrement. Pour toi!

Il ouvrit les yeux. Elle souriait, heureuse de lui faire plaisir.

— C'est Yankel qui me l'a trouvé chez un juif de la forêt...

Janek voulut se ruer sur le phono, briser le disque... Mais il se domina. Il ne voulait pas faire de la peine à Zosia. Il souffrit en silence.

— C'est joli, n'est-ce pas?

Elle remonta le phono.

*Czy pani Marta...*

Doucement, il arrêta l'appareil. Puis il prit son revolver, le fourra sous sa vareuse. Il dit :

— Viens.

Elle se leva. Elle ne demanda rien. Elle le suivit. Ils sortirent de la cachette. Le crépuscule descendait sur la forêt, l'air était calme et glacé, la neige craquait sous leurs pas. Ils ne se parlaient pas. Une fois seulement elle demanda :

— On va à Wilno?

— Oui.

Ils arrivèrent à la nuit. Les rues étaient désertes. Janek traversa la cour, monta l'escalier... Zosia le suivait. Il lui prit la main, la serra dans la sienne...

— Écoute.

1. La belle madame Marthe vaut bien un péché!

A l'intérieur, on entendait le piano. Il sortit le revolver de sa poche. Zosia dit seulement :

— C'est imprudent.

Il frappa à la porte. La musique se tut. On entendit un bruit de savates, la clef tourna dans la serrure et la porte s'ouvrit. L'homme tenait à la main la lampe à l'abat-jour jaune. Janek regarda une seconde, une seule, les rizières, les pagodes et les oiseaux noirs... Puis son regard devenu haineux glissa vers le visage de l'homme. C'était un personnage âgé, grisonnant. Il avait un nez long et rouge et des lunettes de nickel s'accrochaient au nez, sur le point de tomber. Il regardait Janek par-dessus ses lunettes, la tête légèrement penchée de côté. Il portait une vieille robe de chambre d'un vert déteint et un épais cache-nez autour du cou. Il avait l'air enrhumé. Il dit en polonais, avec un fort accent :

— Que vou...

Son regard s'arrêta sur le revolver. Il leva une main et assura les lunettes sur son nez. Il ne paraissait pas effrayé, ni même étonné. Il ouvrit la porte largement. Il dit :

— Entrez.

Zosia ferma la porte. Le vieil homme éternua, s'essuya bruyamment le nez. Il soupira et dit :

— Pauvres enfants!

Janek tenait le revolver d'une main ferme. Il n'avait pas peur. Il savait qu'il n'aurait aucune pitié pour le vieil homme. Il se souvenait de panna Jadwiga... Il n'aurait aucune pitié.

— L'argent est dans ma veste. Tu arrives au bon moment, petit. Je viens de toucher ma solde de capitaine.

**Il rit.**

— Elle est à toi.

Janek regardait les pagodes, les rizières et les oiseaux sur l'abat-jour jaune... Son cœur se serrait.

— Je ne dirai rien à personne, dit le vieil homme amicalement. Je ne veux pas qu'on te fusille, petit. Ils fusillent déjà assez de gens comme ça.

Il prit le portefeuille dans la poche de sa veste, le tendit. Janek ne le prit pas. L'homme parut stupéfait.

— Tu as faim peut-être? A la cuisine, il reste...

— Je n'ai pas faim.

Le visage de l'homme pâlit visiblement. Il dit d'une voix un peu rauque :

— Je comprends. Tu habitais ici, avant? Je comprends. Mais je n'y suis pour rien. On m'a affecté ce logement, je ne l'ai pas demandé. J'étais content, naturellement, à cause du piano. Mais je n'ai pas chassé tes parents d'ici, petit.

La lampe tremblait dans sa main. Les pagodes, les oiseaux et les rizières rôdaient sur les murs, ombres immenses.

— Peut-être ont-ils été tués? Je ne savais pas. Je n'aurais pas accepté ce logement...

— Jouez! ordonna Janek.

L'homme ne comprit pas.

— Allez au piano et jouez!

L'homme posa la lampe sur le piano, s'assit. Ses mains tremblaient.

— Que faut-il que je joue? J'ai du Schubert, ici...

— Jouez.

L'homme commença à jouer. Mais ses mains tremblaient trop.

— Jouez mieux que ça! cria Janek.

— Baisse ton revolver, petit. Ce n'est pas encourageant de le sentir derrière son dos.

Il se mit à jouer. Il jouait bien. Oui, pensait Janek, avec tristesse, il savait jouer. Il prit Zosia par la main.

— Écoute. Ça c'est de la musique.

Zosia se serra contre lui...

— Du Chopin maintenant, dit Janek.

... Lorsqu'il revint sur terre, il vit l'homme debout devant le piano, qui le regardait.

— J'aurais pu te désarmer, petit. Tu avais oublié tout.

Janek fronça les sourcils.

— Va, dit-il à Zosia.

— Et toi?

— Je resterai ici pour qu'il n'appelle pas...

— Je n'appellerai personne, dit l'homme.

— Va. N'aie pas peur. Je te retrouverai dans la forêt.

Elle obéit.

— Veux-tu que je te joue encore? demanda l'Allemand.

— Oui.

Le vieil homme joua du Mozart. Il joua près d'une heure, de mémoire. Lorsqu'il eut fini, il demanda :

— Tu aimes beaucoup la musique?

— Oui.

— Tu peux revenir souvent. Tu n'as pas besoin d'avoir peur. Je serais heureux de jouer pour toi, mon petit. Veux-tu souper avec moi?

— Non.

— Comme tu voudras. Je m'appelle Schröder, Augustus Schröder. Je fabrique des jouets musicaux, dans le civil.

Il soupira.

— J'aime beaucoup mes jouets musicaux. Je les préfère aux hommes. J'aime beaucoup les enfants aussi. Je n'aime pas la guerre. Mais mon fils, qui a ton âge, aime beaucoup la guerre, lui...

Il haussa les épaules.

— Alors, il me fallut partir ou perdre mon enfant. Mais je sers dans l'intendance et je ne possède même pas un fusil. Nous pouvons être amis, petit.

— Non, dit Janek.

Il hésita.

— Mais je reviendrai.

— Je serai toujours content de jouer pour toi.

Janek s'en alla. Zosia l'attendait dans la cachette.

— J'avais si peur pour toi!

— Alors? demanda Janek. C'était beau, n'est-ce pas?

Elle baissa la tête d'un air coupable. Soudain, elle se mit à pleurer.

— Zosia!

Elle sanglotait lourdement, comme un gosse battu.

— Zosia! suppliait-il. Zosienka... Qu'y a-t-il?

— Je n'ai pas trouvé ça beau, sanglota-t-elle. Pas du tout, du tout!

— Zosia...

Il l'entoura de ses bras. Il la serra contre sa poitrine.

— Maintenant que je l'ai dit, tu ne m'aimeras plus!

— Oh! si, je t'aime, oh! si... Ne pleure pas, Zosienka!

— Et tu aimes cette musique plus que moi... Mon Dieu! que je suis malheureuse!

Il ne savait quoi répondre. Il la serrait contre lui. Il caressait ses cheveux. Il répétait :

— Zosia, Zosienka.

## 21

Plusieurs fois, Janek revint voir Augustus Schröder.
Il le faisait en cachette, honteusement : chaque fois, il
souffrait comme s'il trahissait. Au début, il demeurait
sur ses gardes, serrant le revolver dans sa poche, suivant les gestes de l'Allemand avec suspicion. Mais
Augustus Schröder sut lui inspirer confiance. Il
montra à Janek la photo de son fils : un jeune homme
au visage sombre, en uniforme hitlérien.

— Il a ton âge, dit-il tristement. Mais il n'aime pas
la musique. Il n'aime pas mes jouets.

Il lui montra ses jouets : des figurines de gnomes et
de bourgeois allemands des temps passés, travaillés
avec un art délicat.

— J'ai fait presque tous les personnages des contes
d'Hoffmann et de Grimm, expliqua-t-il, avec une
fierté enfantine. J'aime le passé... J'aime l'Allemagne
des joueurs de flûte et de pipeau, des bonnets de nuit
et des priseurs de tabac, des longues redingotes et
des perruques blanches...

Il sourit.

— En ce temps-là, les ogres vivaient seulement
dans les contes de fées, étaient bons bougres et ne

dévoraient jamais personne; ils aimaient par-dessus tout leurs pantoufles, une pipe au coin du feu, une chope de bière et une bonne partie d'échecs...

Chaque jouet avait un mécanisme : il suffisait de presser un bouton, et la figurine s'animait, esquissait un salut ou un pas de danse, au son clair d'un accord mélodieux.

— Je n'ai jamais fait de soldats de plomb, pas même pour mon fils! disait Augustus Schröder.

Il s'asseyait au piano et jouait. Il aimait surtout les « lieder » et les jouait admirablement. Janek sentait que ces airs correspondaient le mieux à l'âme du vieil homme, à ses rêves, à ses amours passées... Il écoutait avec plaisir cette musique douce et triste. Il demanda une fois :

— Vous êtes vraiment Allemand?

— Oui. Plus que ceux-là...

Il fit un geste vers la fenêtre : dans la rue, des chars passaient avec fracas.

— Je suis le dernier Allemand.

Il avait vécu longtemps à Cracovie et connaissait bien la Pologne. Il n'avait jamais osé parler à Janek de ses parents.

Un jour, il demanda timidement :

— Où vis-tu?

— Dans la forêt.

— Voudrais-tu venir vivre ici, avec moi?

— Non.

Augustus Schröder voûta un peu les épaules et n'insista pas. Il fit cadeau à Janek d'un de ses jouets. C'était un bourgeois bavarois en bonnet de nuit, qui souriait, prisait, éternuait et hochait la tête avec satisfaction, au son de : « *Ach, mein lieber Augustin.* »

Janek garda toujours la figurine sur lui. Il la montra à Zosia. Souvent, dans leur cachette, ils riaient tous les deux aux éclats en regardant le vieux bonhomme priser, éternuer...

« *Ach, mein lieber Augustin, Augustin, Augustin...* » jouait quelque chose dans ses entrailles. Le bonhomme hochait la tête d'un air profondément satisfait.

- J. visiting the Germ. in Wilno.

## 22

*Jewish*

Un vendredi soir, Yankel Cukier nettoya ses bottes,
se lava la barbe, enroula le *talès* de soie autour de son
livre de prières et s'en alla. Les partisans le regardèrent s'éloigner, avec bienveillance. Seul, Machorka
grommela :

— Un juif n'aime pas prier seul. Il a peur de rester
seul avec son Dieu.

Yankel marchait rapidement : il était en retard.
Tous les vendredis soir, il s'aventurait ainsi jusqu'au
faubourg de Wilno, Antokol, se glissait dans les
ruines de la vieille poudrière... Cette poudrière servait
de synagogue de fortune et de lieu de réunion aux
juifs cachés dans la forêt : les troupes russes l'avaient
fait sauter lors de leur retraite, en quarante et un,
mais plusieurs souterrains demeuraient à peu près
intacts. Leur accès était difficile, et personne n'y
venait jamais, à part les fidèles que les pogroms
avaient épargnés. Ils n'étaient pas nombreux, et
leur mot d'ordre était : prudence. D'abord, Cymès,
le vaurien, se glissait parmi les ruines, examinait
les lieux — généralement il n'y avait que des chauves-
souris et des rats faméliques —, puis émettait un
sifflet strident : les fidèles se glissaient alors dans la

poudrière, un à un, silencieux et craintifs... Yankel
arriva un peu en retard. Dans le souterrain, Cymès
avait triomphalement installé une lampe tempête,
volée la veille à la gare principale de Wilno. Il y
avait déjà une dizaine d'hommes, maigres et nerveux, aux gestes saccadés, aux longues mains tra-
giques. Sioma Kapelusznik, le vieux marchand de
casquettes de la rue Niemiecka, faisait fonction de
chantre. Le chapeau sur les yeux, il se frappait la
poitrine, se balançait; ses lèvres bougeaient, de
temps en temps sa voix montait en une longue
plainte chantée, puis baissait de nouveau, et seules
ses lèvres continuaient à bouger, silencieusement...
Ses yeux ne regardaient jamais le livre de prières,
posé devant lui, ils couraient furtivement partout,
pleins de terreur : sur les visages des fidèles, dans
les coins sombres, sur les murs pierreux. Au moindre
bruit, il sursautait, puis se figeait brusquement et
écoutait : seules, ses lèvres, devenues blanches,
continuaient à murmurer, et son poing, un instant
suspendu dans l'air, venait frapper la poitrine creuse,
avec un geste d'automate. Les juifs priaient : un
long murmure soutenu, d'un timbre égal, et puis,
soudain, un long sanglot s'arrachait d'une poitrine,
une longue plainte, moitié chantée, moitié parlée,
une sorte de question désespérée, condamnée éternellement à demeurer sans réponse. Les autres fidèles
élevaient alors la voix, faisant entendre cette question
tragique, ce sanglot vibrant, puis les voix baissaient
et redevenaient un murmure.

— *Lchou nraouno ladonaïnorïo itsour echeïnou* [1]!

1. Prière hébraïque.

sanglota Sioma. *Chma izraël adonaï...* Qui, qui est resté dehors, pour faire le guet?

— Cymès, dit rapidement un fidèle, les yeux rivés au Livre, en se frappant la poitrine. Cymès est resté... *Chma izraël adonaïeloheïnou adonaïecho* [1]!

— *Boruch, chein, kweit, malchuze, loeilem, boet...,* psalmodia pieusement la voix de Cymès. Je suis ici, rebé. Je veux prier, comme tout le monde!

— *Arboïm chono okout bdoïr vooïmar* [1]! psalmodia le chantre, en se balançant. Alors qui, qui est resté dehors, pour faire le guet?

— *Arboïm chono okout bdoïr vooïmar* [1]! se lamenta aussi Cymès, sans se compromettre.

— *Adonaïechot* [1]! hurla le chantre, en baisant le bout de son *talès* et en se frappant sauvagement la poitrine. Personne n'est resté faire le guet dehors. *Arboïm chono okout* [1]... Je dis que ce n'est pas bien; il faut que quelqu'un aille dehors, pour faire le guet! *Arboïm chono okout* [1]...

— Vous l'avez déjà chanté trois fois, rebé! intervint grossièrement le jeune Cymès.

— *Bdoïr vooïmar* [1]! termina Sioma. Je n'ai pas besoin qu'on me dise ce que je fais!

— Est-ce que nous sommes venus ici pour prier ou pour discuter? intervint un petit juif rouquin, l'air furieux.

— Je n'ai pas besoin qu'on me rappelle pourquoi nous sommes venus! glapit le chantre. *Chiroum ladonaïchir chadoch* [1]!

— *Chirou ladonaï* [1].

— *Oï, chirou ladonaï* [1]! Chantez, chantez le nou-

1. Prière hébraïque.

veau cantique devant le Seigneur! Kaminski, va
monter la garde dehors.

— *Oï, chirou ladonaï* [1]! reprit fidèlement Kaminski,
les yeux en extase.

C'était un juif gigantesque, barbu, ancien cocher de
fiacre de Wilno.

— *Ladonaïchir chodoch* [1]! psalmodia le chantre.
Kaminski, j'ai dit quelque chose! J'ai dit : va monter
la garde dehors!

— *La...a...adonaïchir chidoch* [1]!

— Kaminski, j'ai dit...

— Ne m'emmerdez pas! mugit soudain le géant,
les yeux injectés. Je me fâche, quand on m'emmerde!
Et quand je me fâche... *Chirou ladonaïchir chodoch* [1]!

— *Boruch chein kweit malchuse loeilem boet!* psalmodia rapidement le chantre. Quand nous serons tous
massacrés par une patrouille, je rirai!

— *Adonaïechot* [1]!

— Je rirai, quand nous serons tous massacrés par
une patrouille, *oï*, comme je rirai! *Chma izraël
adonaï* [1]!

— Je rirai, je rirai, quand nous... tffou! cracha
Kaminski, avec colère. Tu m'embrouilles, Kapelusznik! Tu ne peux pas dire ta prière tranquillement,
tu ne peux pas?

— Comment voulez-vous que je dise tranquillement ma prière quand les assassins rôdent autour,
prêts à nous égorger, et qu'il n'y a personne pour faire
le guet, dehors? *Lefneï adonaïki vo michpoït gooret* [1]!
Comment voulez-vous?

— *Vo michpoït gooretz!* Tu vois les assassins par-

1. **Prière hébraïque.**

tout! *Kivo, kivo, adonaïkivo...* Debout, debout devant le Seigneur!

— *Adonaïkivo; chma izraël adonaï...* Qu'est-ce que j'ai entendu?

— Rebé, tu n'as rien entendu du tout!

— J'ai entendu quelque chose. *Chma izraël adonaïeloheinou...*

— *Adonaïechot... Oï...* Qu'est-ce que c'était? Ne me faites pas peur, rebé... J'ai une femme qui est dans son sixième mois, c'est mauvais, la peur, pour la grossesse. *Molchem booïlem boït!* Ça peut faire accoucher avant terme. → premature birth

— Ça peut faire ac... tffou, tffou, tffou! se trompa encore Kaminski. Je vais devenir fou! *Molchem booïlem boït!*

Après les prières, les juifs se glissèrent dans la nuit, se dispersèrent dans la forêt. Yankel vint trouver Kaminski à la sortie.

— Alors?

— Le camion passe tous les jours sur la route le long de la Wilejka. Il approvisionne les postes isolés. J'ai vu des munitions, des armes...

— Bien gardé?

— Trois hommes, généralement, en plus du conducteur. Un devant et les deux autres à l'intérieur... Ils ne se méfient pas.

— A quelle heure?

— A quatre heures, le camion passe au grand coude de la Wilejka : la route y suit une forte pente de cinq cents mètres environ. C'est la meilleure place.

Ils se séparèrent. Yankel s'enfonça dans la nuit.

- Jews meet on Fri. night.
Lots of hassle becoz there isn't a watcher

## 23

— Mmm...

Czerw examina son petit groupe d'un œil critique.

— En route!

Ils s'ébranlèrent. Ils marchaient en file indienne, Czerw en tête. Il avait une façon bizarre de porter son fusil : la bandoulière sur la nuque, le fusil en travers de la poitrine. Il appuyait les deux bras dessus. Vu de dos, avec le châle enroulé autour de sa tête, il ressemblait à une bonne femme portant un bébé dans ses bras. Krylenko marchait péniblement, en traînant la patte. Il avait le visage tordu par la souffrance...

— Des rhumatismes! avait-il expliqué à Janek tristement.

Machorka était absent : une femme acouchait à Piaski, et, depuis deux jours, il rôdait autour de la ferme, en marmonnant des prières. Yankel avait une ceinture de grenades autour de la taille. Stanczyk portait un couteau dans sa manche : c'était sa seule arme... Les trois frères Zborowski étaient les mieux équipés : ils avaient chacun un fusil allemand, une baïonnette, un mauser et des cartouchières pleines.

Pan mecenas, sans armes, trottait devant Janek. Il
avait l'air inutile et ridicule, dans son énorme pelisse
qui sentait toujours le chien mouillé. A tout bout de
champ, il s'arrêtait et courait vers les buissons : il
avait les intestins malades. Il les rattrapait ensuite,
exténué, et balbutiait des excuses. Il fit ainsi la moitié
du chemin et, finalement, resta derrière, épuisé et
geignant, quelque part dans la broussaille. Janek
fermait la colonne. Ils arrivèrent au coude de la
Wilejka bien avant l'heure et se disposèrent de chaque
côté de la route. Les deux aînés des Zborowski se
placèrent au sommet de la crête juste avant l'endroit
où le conducteur du camion allait changer de vitesse
pour descendre. Le soleil se couchait de l'autre côté
de la Wilejka, la neige était dure et lisse, fondue en
une masse compacte par le soleil bref. Ils attendirent
près d'une demi-heure, allongés. Krylenko, las de
sentir la neige lui glacer peu à peu les entrailles,
se leva avec un juron.

— Reste couché! ordonna Czerw.

Krylenko protesta.

— Tu veux que je me gèle les...

Czerw cligna de l'œil.

— Il m'insulte! s'indigna le vieux.

— Je n'ai pas fait exprès, dit Czerw. C'est nerveux,
chez moi. Ta gueule.

Ils entendirent le camion. Ils entendirent le conducteur changer de vitesse, le camion apparut au tournant et commença à grimper. Il peinait. Sans doute
était-il lourdement chargé. Janek vit le visage
du conducteur, pâle, ahuri : sans doute était-il
fatigué par le froid et le bruit. Un autre soldat allemand rêvassait à côté de lui. C'était un camion de

trois tonnes, recouvert d'une bâche. Une voix commença à chanter à l'intérieur :

> *Ich hatt' einen Kameraden* [1]...

Et un chœur de voix reprit :

> *Ich hatt' einen Kameraden*
> *Einen besseren find'st du nicht...*

Czerw demeura collé contre la neige, le dos rond. Krylenko souffla :

— Si les Zborowski attaquent, nous sommes foutus.

Le camion arrivait au sommet du coteau : ils voyaient maintenant deux rangées de soldats allemands, assis face à face, leurs fusils entre les genoux.

> *Ich hatt'*...

Le camion grinça, fit un nouvel effort et disparut de l'autre côté. Les deux Zborowski traversèrent la route et vinrent les rejoindre.

— Vous avez bien fait, dit Czerw. On recommencera demain.

Lorsqu'ils revinrent le lendemain, Czerw prit Janek et le plaça au pied de la pente.

— Tu sais siffler?

— Oui.

— Le camion commencera à tourner ici. Lorsqu'il t'aura dépassé, tu regarderas à l'intérieur. S'il y a moins de six hommes, tu siffles. Compris?

---

1. Chanson de marche allemande.

— Oui.

— Répète.

Janek répéta. Czerw s'en alla et Janek se tapit dans les buissons. De nouveau, le soleil rentra dans la terre. Janek entendit le camion. Le même conducteur était au volant et le même soldat dormait à côté. Le camion tourna et commença à monter. Janek écarta les buissons et regarda. Un seul homme était assis à l'intérieur, sur une caisse. Il avait l'air de sommeiller. Janek le regarda fixement, une seconde, une autre. C'était le vieil Augustus Schröder. Le camion peinait... « Un seul homme, à l'intérieur », pensa Janek. Il fallait siffler. Il mit deux doigts dans sa bouche. A l'arrière du camion, le grand corps maigre de l'Allemand était secoué sur la caisse, son menton cognait contre sa poitrine. Il avait les bras croisés. Un seul homme... Le sifflet retentit, perçant et bref. Le camion venait d'atteindre le sommet de la crête. Janek vit deux silhouettes noires bondir de chaque côté de la route, se détacher sur le ciel rouge. Il entendit deux coups de feu, et presque aussitôt le camion s'arrêta. Il vit Augustus Schröder sauter du camion et courir en tous sens, en agitant ses longs bras pareils aux ailes d'un moulin à vent. Janek sortit alors des buissons et se mit à courir vers lui, en hurlant :

— Ne tirez pas!

Il entendit un troisième coup de feu. Lorsqu'il arriva au camion, Augustus était assis par terre, appuyé contre un pneu, et se tenait le ventre. Personne ne faisait attention à lui. Les partisans inspectaient avidement les caisses : des armes, des munitions, des explosifs... Le vieil homme avait une expression de stupeur sur son visage osseux, une expression de naïf étonnement. Il n'avait pas l'air de souffrir. Il paraissait surtout étonné. Lorsque Janek se pencha sur lui, il l'entendit répéter en allemand :

— *Was ist los? Was ist los?*

Il reconnut soudain Janek et lui sourit. Il dit en polonais d'une voix que la souffrance n'avait pas encore atteinte :

— J'ai été blessé. C'est toi qui as tiré?

— Non.

Augustus Schröder dit gravement, comme s'il se fût agi d'une chose de grande importance :

— Je te crois.

Il ajouta rapidement, sans doute pour rassurer Janek :

— Je n'ai pas mal.

Krylenko pencha la tête hors du camion :

— Ça viendra, mon vieux, dit-il avec bonhomie. Rassure-toi. Les blessures au ventre, ça ne fait jamais mal immédiatement. Mais on ne perd rien à attendre.

Il fit une grimace joyeuse.

— Tu vas voir!

— Je leur ai dit de ne pas tirer, murmura Janek.

— Je te crois.

Le visage osseux était devenu très pâle. Le ciel s'assombrissait. Les corbeaux ne croassaient plus. Czerw sauta du camion, la carabine sur la poitrine, et dit, sans un seul regard au blessé :

— On s'en va. Monte. On emmène le camion dans la forêt.

— Je reste ici un moment encore, dit Janek.

— Pour quoi faire?

— C'est... c'est...

Il voulut dire : c'est mon ami. Mais il dit :

— Je le connais.

Le visage du vieil homme devint plus blanc encore et ses lèvres se mirent à trembler.

— Comme tu voudras, dit Czerw.

Il monta à la place du conducteur et mit le moteur en route.

— Ne traîne pas trop longtemps!

— Je ne traînerai pas.

Le camion laissa derrière lui une odeur d'essence.

— La photo, demanda Augustus. Dans ma vareuse...

Janek déboutonna la capote et fouilla dans les poches. Tout de suite, il trouva la photo. Le jeune garçon en uniforme hitlérien le regardait avec sévérité.

— Donne.

Il plaça la photo dans la main du blessé. Augustus la contempla avec un sourire ironique.

— Il sera fier de moi. Ou bien il haussera les épaules et dira : il n'a fait que son devoir. Rien d'autre. *Sieg heil!*

La photo tomba dans la neige.

— Ne me laisse pas sur la route. Si un paysan me trouvait... Il m'achèverait à coups de bâton.

Janek traîna le blessé dans la broussaille, l'appuya contre un tronc de chêne.

— Mes jouets vont me manquer.

Janek fouilla dans sa poche... Le visage du blessé s'éclaira. Il parut souffrir moins. Janek remonta le ressort et le déclencha. Le bonhomme s'anima, sourit...

— *Ach, mein lieber Augustin, alles ist weg, weg, weg...*

Le bonhomme prisa.

— *Ach, mein lieber Augustin, alles ist weg!*

Le bonhomme éternua et hocha longuement la tête, avec satisfaction.

— Merci.

Janek plaça le jouet dans sa main. Les heures passaient. La nuit était silencieuse, le vent n'éveillait aucun murmure dans la forêt sans feuilles. Seul, le vieil homme gémissait faiblement dans la neige... Lorsqu'il eut cessé de gémir, Janek plaça le corps en évidence sur la route et retourna dans la forêt.

*— 'Les paysans' attached a bomb-ammunition fuel, but Augustus was noble; he got shot — + J. stayed w. him til he died.*

## 24

Trois jours après l'attaque du camion, Czerw reçut la visite de pan Jozef Konieczny. Le cabaretier arriva dans un traîneau, accompagné de quatre paysans. Malgré leurs beaux vêtements de dimanche et leurs cheveux pommadés, les paysans paraissaient très abattus.

— *Chlopcy* [1], hurla pan Jozef en sautant hors du traîneau. Avez-vous perdu la raison?

Les partisans attendaient avec intérêt. Les distractions étaient rares dans la forêt.

— Ils ont imposé à Piaski une amende de cent mille zlotys! Un demi-million à payer par cinq villages de la région : Piaski, Wieliczki, Podwodzie, Kliny, Lubawki! *Chlopcy*, regardez-nous...

D'un geste, il appela tous les regards vers sa poitrine.

— Avons-nous l'air d'avoir cent mille zlotys à jeter au feu? Faites appel à votre raison *chlopcy*. Vous ne courez aucun risque vous-mêmes : un coup de main, le camion est à vous et vous voilà cachés au

1. « Les gars. »

cœur de la forêt. Mais nous, nous sommes toujours là. Notre dos est toujours prêt à recevoir les coups! Ayez pitié de nos femmes, de nos enfants, que dis-je? de nos orphelins!

Il y eut un croassement étrange dans le groupe des partisans : Krylenko commençait à perdre patience.

— Chacun a le droit de risquer sa vie : nous sommes tous prêts à risquer la nôtre pour la cause de la liberté. Mais on n'a pas le droit de payer avec la vie des autres. Ça, ce n'est pas chrétien. Non, ce n'est pas chrétien du tout. Et savez-vous ce que les Allemands ont annoncé dans les villages?

— Mmm..., fit Czerw. Je devine...

— Au prochain brigandage sur les routes, cinq citoyens seront pendus! Pendus, *chlopcy*. Pendus, haut et court!

— Mmm..., fit Czerw, en clignant de l'œil. En cherchant un peu, dans la région, on trouverait bien cinq citoyens qui méritent d'être pendus!

— Hein? s'étonna pan Jozef. Ce n'est pas le moment de plaisanter, Czerw. *Chlopcy*, je fais appel aux chrétiens que votre mère a faits de vous! Laissez les Allemands tranquilles. Le moment de frapper n'est pas encore venu! Quand le moment sera venu, je serai, moi, le premier à frapper!

— Aucun doute là-dessus! dit avec conviction Czerw.

— Mais pour l'instant, *chlopcy*, planquez-vous! Camouflez-vous! Rentrez sous terre! Silence, pas un geste, pas un soupir. On ne bouge plus... On attend! Je suis un homme âgé et, en matière d'invasion, j'ai une expérience incomparable : croyez-moi, j'ai parmi mes ancêtres plus de grand-mères violées que n'im-

porte qui d'ici présent! Je vous dis : pas un geste,
pas un soupir! On fait le mort, on ne bouge plus!
Laissez-nous sauver la vie de nos enfants, sauvegarder
nos foyers, nos villages... Il y aura bien quelqu'un
pour les battre enfin, ces Allemands : ce jour-là, ils
verront de quel bois je me chauffe!

Il conclut brusquement :

— J'apporte des vivres... Ça vient du cœur, ça
vient du cœur!

Il remonta dans le traîneau. Le cheval se traînait
péniblement dans la neige. Les paysans se taisaient.
Devant la Kommandantur, pan Jozef sauta à terre,
assura la position du *czub* sur son front, cracha dans
ses mains et ajusta les pointes de sa moustache, puis
entra. Il fut accueilli par pan Romuald. Pan Romuald
avait l'air mystérieux et excité.

— Alors? murmura pan Jozef.

— Chut! souffla Romuald, le doigt sur la bouche.
J'ai très bon espoir pour ce soir, panie Jozefie!

— Vraiment? Vraiment?

— Aucun doute là-dessus. Le vent est favorable, le
vent est favorable! Les caisses d'œufs que vous nous
avez envoyées la semaine dernière ont fait un excellent effet!

— Êtes-vous sûr?

— Vous pouvez vous fier à moi, panie Jozefie!
J'ai du coup d'œil, j'ai du flair! Aucun doute... nous
sommes très bien disposés à votre égard!

— Cher ami, très cher ami! dit pan Jozef.

Les deux hommes se serrèrent longuement la main
en se regardant dans les yeux.

— Je n'ai jamais omis de glisser un mot en votre
faveur! assura pan Romuald. Un petit mot, de temps

151

en temps... Juste ce qu'il faut : nous n'aimons pas être ennuyés!

— Je vais vous envoyer du fromage! dit avec émotion pan Jozef. Ou bien préférez-vous du lard?

— Du lard, du lard! dit pan Romuald. Mais, d'un autre côté, par le temps qui court, le fromage...

— Je vous enverrai les deux, décida pan Jozef.

Il fut introduit dans le bureau. Le policier allemand se faisait les ongles en sifflant : *Kleine, entzückende Frau.*

— Nous sommes d'excellente humeur! souffla pan Romuald.

L'Allemand leva la tête.

— *Ach!* mon ami Herr Joseph! dit-il avec bonhomie. Romuald m'a fait part de ton invitation. Très aimable, très aimable. Bon esprit, Herr Joseph. Soucieux d'améliorer les rapports entre les autorités et la population, ha! ha! ha! Je ferai de mon mieux... Je viendrai dîner chez toi ce soir!

Lorsque pan Jozef fut sorti, le policier cligna de l'œil et fit claquer la langue, et pan Romuald partit d'un rire strident qui le reprit plusieurs fois au cours de la journée : il fermait les yeux, montrait les canines et secouait la tête dans un accès d'hilarité... Le soir, pan Jozef reçut le visiteur selon toutes les bonnes lois de l'hospitalité paysanne. Le policier mangea du pâté de lapin que pani Frania avait préparé de ses jolies mains, du jambon cru, de la volaille, du fromage de lait; il but de la vodka en grande quantité. Il prit ensuite le thé, avec un excellent gâteau au pavot. La salle à manger était pauvrement éclairée par deux bougies placées sur la table : le village n'avait pas d'électricité, et, bien qu'il eût encore une bonne

quantité de pétrole au fond de sa cave, pan Jozef
était bien trop prudent pour l'exhiber. Installé au
bord de la table, pan Romuald dévorait et traduisait,
la bouche pleine.

— Et pani Frania? demanda une fois le policier.

Le cabaretier prit un air peiné.

— Ma femme a une bronchite! déclara-t-il. Je lui
ai mis des ventouses!

Le policier buvait son thé à petites gorgées.

— Tu as des enfants? demanda-t-il.

— N-n-non! fit pan Jozef, mal à l'aise.

— *So*, dit le policier, *so*...

Il alluma un gros cigare et regarda son hôte avec
bienveillance, en plissant légèrement les yeux.

— Je verrai ce que je pourrai faire pour toi, dit-il
en exhalant la fumée.

Pan Jozef pensa qu'il s'agissait de la question de
transport de blé, qu'il avait habilement introduite
durant le repas — une excellente affaire! — et remercia.

— Ce sera avec plaisir, dit sérieusement le policier.

Pan Romuald pouffa dans sa serviette. Le policier
se servit encore un verre de vodka.

— Je ne suis plus un tout jeune homme! expliqua-
t-il. Rien de tel pour vous réveiller le sang!

Il ricana. Pan Romuald faillit s'étouffer, et pan
Jozef, qui ne se doutait de rien, ricana également
une ou deux fois, par politesse. Le policier vida son
verre, mordit le cigare et se leva lourdement.

— Je veux présenter mes hommages à pani Frania!
déclara-t-il.

Le cabaretier devint blême. Il ouvrit la bouche,
mais ne dit rien et demeura ainsi, la bouche ouverte.

— Allons, dit le policier.

Il saisit une bougie sur la table.

— Montre le chemin.

Pan Jozef se leva. Il gardait toujours la bouche ouverte, comme un poisson hors de l'eau. Au pied de l'escalier, il parvint à articuler quelques mots.

— M... ma femme est au lit! bégaya-t-il d'une voix rauque.

Le policier le poussa en avant.

— Marche!

Devant la chambre à coucher, le cabaretier s'arrêta encore. Ses genoux tremblaient. Il jeta au policier un regard de chien battu.

— Ouvre la porte!

Pan Jozef obéit. Dans l'obscurité, ils entendirent un cri... Le policier entra, leva la bougie... Pani Frania, réveillée en sursaut, les regardait, ses grands yeux bleus pleins de terreur. Ses cheveux blonds tombaient en deux flots sur sa poitrine... Elle tira la couverture jusqu'au menton. Le policier regarda pan Jozef avec dégoût.

— Pas d'enfants! grinça-t-il. *Mein Gott!* Une femme pareille et pas d'enfants.

Il cracha son cigare et l'écrasa sous sa botte. Puis il se tourna vers pan Jozef et tendit le bras...

— Tiens la bougie! ordonna-t-il.

Le lendemain matin, le cocher de pan Jozef céda aux supplications de pani Frania et la conduisit chez les partisans. Le visage livide, le corps secoué de spasmes nerveux, elle raconta l'histoire à Czerw.

— Laissez-moi rester ici!

Czerw la regardait, clignait de l'œil et rageait contre son tic, car il était sincèrement ému.

— Tu peux rester avec nous quelques jours. Où sont tes parents?

— A Murawy...

— On te conduira chez eux dès que l'affaire sera tassée.

Dans l'après-midi, pan Jozef fit une arrivée pitoyable chez les partisans. Sa moustache et son *czub* pendaient lamentablement. Il avait le visage tordu et peiné de quelqu'un qui souffre d'une rage de dents : on avait envie de lui appliquer une compresse sur la joue. Il regardait de côté. Il dit, d'une voix très faible :

— Je veux parler à ma femme.

— Va-t'en, dit simplement Czerw.

Pan Jozef se mit alors à pleurer, d'une manière tout à fait inattendue. Il s'en alla, mais revint le lendemain et le surlendemain. Pani Frania n'était plus dans la forêt : Czerw l'avait emmenée chez ses parents, à Murawy. Pendant une quinzaine, pan Jozef revint tous les jours. Chaque fois, il demandait à voir sa femme, écoutait d'un air peiné les injures et repartait, sans avoir osé regarder personne dans les yeux. Et puis, un beau jour, une plaisanterie douteuse de Krylenko donna à l'affaire un dénouement inattendu. Pan Jozef était arrivé dans la forêt et, selon une habitude maintenant bien établie, demanda à voir sa femme. Krylenko le regarda longuement, cracha et dit :

— Félicitations, aubergiste. J'ai une bonne nouvelle pour toi. Tu vas être père!

Les partisans présents à l'entrevue, et qui avaient pourtant vu des hommes souffrir et agoniser pendant des heures, furent d'accord pour dire que « jamais ils n'avaient vu un gars faire une aussi sale tête ». Pan Jozef ne parla pas. Tout son visage se creusa, seulement, se vida de son sang, et ses yeux prirent une expression d'humaine souffrance. « Il avait presque l'air d'un homme », déclara plus tard Krylenko, assez honteux du reste des suites de sa plaisanterie. Car pan Jozef leur tourna le dos et s'en alla. Mais il n'alla pas bien loin. Il alla tout juste jusqu'au premier arbre un peu isolé, un peu à l'écart, et là il enleva ses bretelles et se pendit proprement à une branche bien solide. Les partisans trouvèrent que le geste avait une certaine grandeur, et qu'après tout le cœur de pan Jozef n'avait pas été fait entièrement de lard, ainsi qu'ils le supposaient, ce qui lui valut d'être mis en terre et d'avoir au-dessus de lui une croix de bois bien plantée, comme il convient à un chrétien.

- collaborateur Jozef comes
has a got them ser long incident
saying they have to face the
repercussions.
- Germ. official + his 'friend',
Romauld go to dine w him -
Rape his wife.
- she leaves - preg.
- Jozef hangs himself.

## 25

*Krylenko
commander
≠ Czerw.*

Le camion capturé leur porta malheur. Czerw avait décidé de le mettre à l'abri jusqu'au printemps dans une scierie abandonnée, du côté de Wierki. Krylenko s'était violemment opposé à ce projet.

— Il ne peut nous servir à rien, ce camion! affirmait-il. J'ai décidé de le brûler... il y a juste assez d'essence pour faire un joli feu!

Il regardait Czerw d'un air provocant. Un matin, cependant, Czerw grimpa dans le camion et se mit au volant.

— Qui est-ce qui commande ici? s'indigna Krylenko. J'ai dit : brûlez ce camion.

— Personne, dit Czerw, personne ne commande ici.

Il mit le moteur en route.

— Nom de Dieu! jura Krylenko. J'ai dit...

Le camion démarra : l'Ukrainien eut juste le temps de bondir sur le marchepied. Le camion avançait lentement dans la neige molle, entre les pins. Les corbeaux le suivaient, en croassant : sans doute espéraient-ils que le monstre laisserait derrière lui une manne de crottin. Krylenko boudait. Czerw le regarda et cligna de l'œil.

— Tu te fous de moi? hurla le vieux.

— Mais non, dit Czerw sincèrement. Tu sais bien que c'est nerveux... un tic!

Les corbeaux croassaient : sans doute étaient-ils déçus. Ils longèrent une forêt de sapins, aux barbes blanches de neige. Soudain, un coup de feu. Le pare-brise vola en morceaux.

— Trahison! hurla Krylenko.

Le camion fit une embardée, vint s'arrêter contre un arbre.

— Czerw!

Czerw était effondré sur le volant.

— Czerw!

Krylenko le souleva, le secoua. Czerw serrait les dents. Il vivait encore. Il essaya de parler.

— Ch... ch..., râla-t-il.

Le sang commença à couler de sa bouche. Son visage devint gris. Soudain, il se redressa, sourit et cligna de l'œil.

— Czerw, nom de Dieu! Tu fais semblant, a? Tu te fous de moi, a? Tu n'as rien? Dis, Czerw?

— N... non! râla Czerw. Je te d... dis, c'est nerveux!

Il s'effondra lourdement sur le volant. Krylenko lui souleva la tête : il avait un œil large ouvert, l'autre fermé.

— Czerw!

Mais Czerw était mort. Il avait reçu une balle en pleine poitrine. Krylenko bondit hors du camion.

— Alors? hurla-t-il. Qu'est-ce que vous attendez?

Il offrit sa poitrine, dans un geste dramatique.

— Tirez, tirez donc!

Les trois hommes groupés autour du camion le

regardaient avec stupeur. Krylenko les reconnut tout de suite : c'étaient des partisans d'une forêt voisine, trois isolés. Ils écoutèrent les injures de l'Ukrainien, l'oreille basse.

— On a vu le camion de loin, avec les marques allemandes... On ne pouvait pas savoir, hein... On a juste eu le temps de viser et de tirer... *T ffou, kurwa go mac* [1]!

On ne savait pas à qui était destinée l'injure : à Czerw, au camion, au mauvais sort ou au monde en général.

— On pouvait pas savoir... Pas de chance... *Kurwa go mac*...

C'était tout ce qu'ils trouvaient à dire. Ils restèrent ainsi un moment à cracher, à jurer sourdement et à hocher la tête d'un air coupable.

— Aidez-moi à pousser le camion! demanda Krylenko, trop malheureux pour réagir.

Ils l'aidèrent. Ils placèrent le corps de Czerw à l'intérieur.

— Tiens, remarqua l'un d'eux, on dirait qu'il cligne de l'œil...

Krylenko dit tristement :

— C'est nerveux...

Il mit le camion en route. Les trois hommes le regardèrent s'éloigner.

— Sans rancune, hein? crièrent-ils.

Krylenko jura entre ses dents. De grosses larmes glissaient sur sa moustache. De temps en temps, il regardait le corps de son ami et se mettait à sangloter, avec tout l'abandon d'un enfant malheureux.

---

1. Juron polonais.

26

Pendant plusieurs jours, Janek se demanda s'il
devait annoncer la mauvaise nouvelle au vieux cordonnier de Wilno. Ce fut Krylenko qui le décida.

— Vas-y, lui dit-il une fois, brièvement, sans préciser où il fallait aller et pourquoi.

Mais Janek comprit. Il mit quelques patates sous
sa vareuse, pour la route, et partit. Il arriva à Wilno
par une véritable tempête de neige : les flocons blancs
lui collaient aux yeux, le vent lui coupait le souffle.
Il descendit dans la boutique, poussa la porte... Le
vieux cordonnier travaillait, comme toujours. Il leva
la tête, jeta à Janek un regard bref...

— Ils l'ont pris? demanda-t-il soudain d'une voix
rauque.

— Votre fils est... Il est mort.

— J'aime mieux ça, dit le vieux.

Il saisit son aiguille.

— Je m'y attendais. Tous les jours je m'y attendais, toutes les nuits. Ça ne pouvait pas finir autrement. Chaque fois que tu venais... Ça ne pouvait
pas finir autrement, ici-bas. Rien ne peut finir autrement. C'est pourquoi nous sommes ici : pour souffrir.

Il baissa la tête, se remit au travail. Janek attendit encore un moment, la casquette à la main. Mais le vieux ne lui parla pas. Il continuait à peiner sur un vieux soulier, tête baissée... Janek s'en alla. Mais il y avait trop de vent, trop de neige dans la rue : il décida d'attendre un peu, avant de retourner dans la forêt. Il entra sous une porte cochère, s'accroupit et commença à manger les patates froides, en les sortant une à une de sous sa vareuse. Il les mangeait avec leur peau et regrettait amèrement de ne pas avoir pris de sel avec lui. Brusquement, il se sentit regardé. Il continua à manger, sans se retourner — ce pouvait être un policier allemand — et chercha, en louchant et sans bouger la tête, à regarder autour de lui. Il vit un gamin d'une douzaine d'années, vêtu d'un sac : le sac avait un trou pour la tête et deux pour les bras. Au lieu de souliers, il avait enveloppé ses pieds dans des torchons : ils avaient l'air informe et de dimensions différentes. Sur la tête, il avait une casquette en assez bon état, mais trop grande pour lui. Il portait la casquette, la visière vers l'arrière, de façon à protéger sa nuque contre la neige. Le gamin ne regardait pas Janek. Apparemment, Janek n'existait même pas pour lui. Il regardait les patates. Il ne les quittait pas du regard. Elles le fascinaient. Chaque fois que Janek prenait une patate sous sa vareuse, le regard du gamin s'allumait, il suivait la patate dans son ascension vers la bouche, et, chaque fois que Janek mordait, son regard exprimait une anxiété aiguë : cette anxiété se transformait en désespoir lorsque Janek avalait la dernière bouchée. Il bougeait nerveusement, avalait sa salive et regardait la vareuse de Janek d'un air spéculatif. Y avait-il ou n'y avait-il pas d'autres patates? Là, manifestement, était la question. Janek, froidement, continuait à se délecter. Le gamin, le regard accroché aux patates, demeurait là. De temps en temps seulement, il soupirait et avalait sa salive. Puis, brusquement, il regarda Janek : pour la première fois, apparemment, il considérait l'aspect humain du problème. Il réfléchit, une seconde, puis ôta son énorme bâche, l'examina, cracha avec admiration et déclara :

— Une sacrée bâche, *kurwa pies*. Toute neuve.

Janek continua à mordre dans les patates, sans tourner la tête.

— Je l'ai fauchée à un passant. Ça, c'est une bâche!

Il vit Janek fouiller sous sa vareuse. Il le guetta, avec anxiété — peut-être ne restait-il plus de patates? —, observa, d'un air soulagé, une nouvelle patate faire son apparition et dit rapidement :

— Je la vendrais pour une douzaine de patates. Pas moins!

Janek ne répondit pas.

— Six! proposa anxieusement le gamin.

Et, voyant que son offre n'avait aucun succès, ses lèvres tremblèrent et son visage commença à se tordre. Il allait se mettre à pleurer.

— Chiale pas! dit Janek. Faut jamais chialer. C'était bon avant. Plus maintenant.

Il jeta une patate au gamin, qui la dévora instantanément. Il lui en jeta une autre.

— T'aurais dû prendre un couteau et me sauter dessus, dit Janek. C'est comme ça qu'il faut faire, maintenant. T'aurais pu avoir toutes mes patates.

— J'ai pas de couteau, dit le gamin.

— De toute façon, tu ne m'aurais pas eu, le rassura Janek, avec mépris. J'ai tout de suite senti que tu étais là. Je sens les hommes tout de suite. Dans la forêt, on apprend ça...

L'autre mangeait sa patate. Il la suçait, la léchait et la grignotait, avant de la manger. Il cherchait à la faire durer le plus longtemps possible. Il l'épluchait avec ses ongles, et, lorsqu'il avait fini la patate, il dévorait la pelure.

— Tu es de la forêt?

Janek ne dit rien. Le gamin chercha alors quelque chose pour l'impressionner. Il dit, en frottant négligemment le pavé avec son pied :

— Mon père était maître d'école.

— Mon père était médecin, dit Janek.

— Mon père, dit le gamin, il a tué un Allemand.

Il dit fièrement :

— Il a été pendu!

Il attendit avec confiance l'effet de sa déclaration.

— Bobards! dit Janek tranquillement. Bon pour mendier auprès des bonnes femmes, à la sortie de l'église... Ça ne prend pas avec moi!

Le gamin jura solennellement :

— *Jak Boga kocham*. Il a été pendu. Ils l'ont pendu devant le Grand Théâtre et ils l'ont laissé comme ça deux jours. Des tas de gens peuvent te le dire. Tu n'as qu'à demander. J'ai amené tous les copains pour voir. Ma mère est devenue folle, ils l'ont enfermée. Ton père n'a pas été pendu, n'est-ce pas?

Il supplia rapidement, cherchant à exploiter ce qu'il croyait être un succès décisif :

— Donne-moi encore une patate!

— Mon père, dit Janek avec hauteur, a tué des

centaines d'Allemands. Il n'a pas été aussi bête que
le tien pour se laisser prendre...

Il haussa les épaules.

— S'il fallait être pendu chaque fois qu'on tue un
Allemand...

Le gamin le regarda avec respect.

— Où est-il, ton père?

— Il se bat contre les Allemands.

— Où ça?

— A Stalingrad.

— Non?

— Si.

— Il est officier?

— Général!

Il eut aussitôt honte de son mensonge. Où était
son père, à présent? Comment pouvait-il en parler
avec cette légèreté? Gêné, il sortit ses dernières
patates et les lança au gamin. Celui-ci les attrapa
au vol et les mit dans sa poche.

— Pour ma femme, déclara-t-il.

— T'as une femme?

— Oui, elle travaille pour moi. Nous sommes plusieurs sur elle : Maniek Zagorski, Joziek Meka et,
naturellement, Zbych Kurzawa... Mais c'est moi
qu'elle préfère.

Il dit, avec importance :

— C'est une bonne petite. Les soldats boches lui
donnent des conserves. Elle ramène tout à la maison.
Quelquefois ils lui donnent de l'argent : elle le ramène
aussi.

Il cracha.

— On vit pas mal. On se plaint pas. C'est surtout le
tabac qui manque.

— Vous êtes nombreux?

— Oh! il y a plusieurs bandes. Moi, je marche avec Zbych Kurzawa. C'est un *byczy facet* — un type épatant! Tout le monde lui obéit et il a droit à toutes les filles. Et gonflé : hier, il a ramené trois sacs de provisions. Il a attaqué trois bonnes femmes en une demi-heure et tout seul. Il est presque aussi grand que toi. Et il aime la rigolade, il aime faire la noce. Une fois, il a trouvé quelque part un morveux juif, un *Wunderkind* [1], tu sais, qui joue du violon. Ses parents ont été fusillés, ou déportés, ou quelque chose comme ça. Zbych l'a amené chez nous, et, quand il en a envie, il lui fait jouer du violon et on danse. Moi, j'aime pas ce morveux, c'est un *zydparch*...

Il cracha.

— J'aime pas les youpins. Mais on le garde pour jouer du violon dans les rues, lorsqu'on va mendier. Et puis il est marrant. L'autre jour Zbych était de mauvais poil, il trouvait que le plancher était sale, alors, tu sais ce qu'il a fait?

— Non.

— Il a pris le Wunderkind par la peau du cou et il lui a fait lécher le plancher d'un mur à l'autre. Il fallait être Zbych pour imaginer ça.

— Oui, dit Janek, il fallait être Zbych!

— Il s'appelle Moniek quelque chose, mais tout le monde l'appelle Wunderkind. « Eh! Wunderkind, va chercher du bois! Joue du violon! Danse, chante, marche à quatre pattes. » Il fait tout ce qu'on lui dit. C'est marrant comme tout.

1. Enfant prodige.

— Très marrant, dit Janek, entre les dents. On peut le voir?

— On peut, dit le gamin, si tu as encore quelques patates...

— Je n'en ai plus sur moi. Mais peut-être pourrais-je vous apporter un sac, une autre fois?

Le gamin resta bouche bée. Sa gorge se noua. Il balbutia :

— Un sac?

— Peut-être, si nous tombons d'accord.

— Viens, dit le gamin.

Ils se mirent en route.

— Tout le monde m'appelle Pestka, déclara le morveux, chemin faisant. Et toi?

— Jan Twardowski.

Ils descendirent la Pohulanka, jusqu'à la Zawalna, tournèrent à gauche.

— C'est là, dit Pestka.

Le bâtiment avait dû être une usine. Mais les murs étaient noirs et en partie effondrés : seule, la cheminée demeurait debout, intacte, au milieu de la cour.

— Personne n'y entre jamais, dit Pestka, parce que c'est dangereux. Les murs peuvent tomber, paraît-il. Mais nous, on s'en fout.

Il montra le chemin à Janek. Ils descendirent un escalier en ruine et couvert d'ordures, jusqu'à la cave. Il faisait noir, on butait contre les pierres écroulées, l'endroit sentait la pourriture, les excréments. Ils entendirent un violon et une voix tremblante qui chantait, avec un fort accent juif :

*Siedziala na debie*
*I dlubala w zebie,*

*A ludziska glupie*
*Mysleli ze w dupie* [1]*!*

Le violon se tut et on entendit aussitôt des voix
exiger :

— Encore, encore! *Tytyne!*

— *Tytyne!* réclamèrent d'autres voix, dont plusieurs, aiguës, de fillettes.

Le violon reprit et la voix d'enfant chantonna :

*Tytyna byla chora*
*I poszla do doktora,*
*A doktor jej powiedzial*
*Ze na niej chlopiec siedzial!*

— Zbych Kurzawa est de bonne humeur, dit
Pestka craintivement.

Une bonne moitié de la cave était obstruée par des
pierres : le plafond s'était effondré en cet endroit.
De l'autre côté, il y avait un feu et une bande de
gamins et de filles, installés sur des sacs, des caisses
et des sommiers pourris. L'aîné ne devait pas avoir
plus de quinze ans.

— Zbych Kurzawa, dit Pestka, d'un air profondément respectueux.

Un visage de tuberculeux, sous une tignasse blonde,
aux narines étonnamment dilatées, comme si elles
n'avaient jamais assez d'air. Une poitrine creuse et
des épaules étroites. La bouche était crispée et les
yeux plissés méchamment.

1. Chanson des rues chantée en Pologne, sur l'air français de
« C'est mon homme », et n'ayant pas d'autre sens que leur
profonde grossièreté.

— Encore, Wunderkind! Encore, *Tytyne!*

Au milieu du groupe, un enfant d'une douzaine d'années se tenait debout. Il était laid : des cheveux rouquins, bouclés, une bouche et un nez épais et des yeux sans cils, aux paupières rouges. Il étreignait un violon. Sa bouche trembla et il se mit à chanter, en s'accompagnant sur le violon :

> *Lezala pod kaktusem,*
> *Jebala sie z hindusem...*

— Que sais-tu faire, Wunderkind? cria une des fillettes.

— Je chante, je joue du violon, je danse et je fais le beau! répondit rapidement l'enfant.

Il continua à chanter :

> *Lezala pod cyprysem,*
> *Jebala sie z tygrysem...*

Pestka s'avança et introduisit Janek. Zbych Kurzawa lui jeta un regard inquiet : on voyait qu'il détestait et craignait les garçons plus forts que lui. Pestka lui parla à l'oreille.

— Qu'est-ce que tu veux, pour tes patates? demanda Zbych.

— On en parlera tout à l'heure.

— Moi, je m'en fous, dit Zbych. J'ai assez à bouffer. C'est les autres.

Il se tourna vers le Wunderkind :

— Ferme ton claquemerde et va faire chauffer de l'eau.

L'enfant disparut aussitôt derrière le tas de pierres.

— Je peux lui parler? demanda Janek.

Zbych Kurzawa le regarda fixement.

— C'est pour ça que tu es venu, n'est-ce pas?

— Oui.

— Eh bien, vas-y. Ça ne coûte rien!

Janek trouva l'enfant penché sur un feu de bois. Il faisait bouillir l'eau et pleurait, silencieusement :

— Comment t'appelles-tu?

L'enfant sursauta, tourna vers Janek un visage terrifié.

— Wunderkind, Wunderkind, répéta-t-il rapidement, comme un automate. Je chante, je joue du violon, je danse et je fais le beau! Ne me battez pas!

— Je ne te battrai pas! Personne ne te battra plus, si tu sais jouer du violon...

Le Wunderkind lui jeta un regard incertain. Son violon était appuyé contre un mur. Janek tendit la main...

— N'y touchez pas! hurla le gosse. Zbych Kurzawa te cassera la gueule, si tu y touches.

— Je n'ai pas l'intention d'y toucher. Et je n'ai pas peur de Zbych Kurzawa.

— Ce n'est pas vrai. Tout le monde a peur de lui.

— Sais-tu jouer du violon, oui ou non?

L'enfant le regarda attentivement.

— Tu aimes la musique?

— Beaucoup.

— Alors, tu ne me battras pas. On ne peut pas aimer la musique et me battre... Tu ne diras à personne?

— A personne.

— Alors, écoute...

Il saisit le violon... Debout au milieu de la cave puante, vêtu de chiffons sales, l'enfant juif aux parents massacrés dans un ghetto réhabilitait le monde et les hommes, réhabilitait Dieu. Il jouait.

Son visage n'était plus laid, son corps maladroit n'était plus ridicule, et, dans sa main menue, l'archet était devenu une baguette enchantée. La tête rejetée en arrière à la manière des vainqueurs, les lèvres entrouvertes dans un sourire de triomphe, il jouait... Le monde était sorti du chaos. Il avait pris une forme harmonieuse et pure. Au commencement, mourut la haine, et aux premiers accords, la faim, le mépris et la laideur avaient fui, pareils à des larves obscures que la lumière aveugle et tue. Dans tous les cœurs vivait la chaleur de l'amour. Toutes les mains étaient tendues, toutes les poitrines fraternelles... De temps en temps, l'enfant s'arrêtait et jetait à Janek un regard de triomphe.

— Encore, murmurait Janek.

L'enfant continuait... Et soudain Janek eut peur, il eut peur de la mort. Une balle allemande, le froid, la faim, et il disparaîtrait avant d'avoir bu dans son âme le graal humain, créé dans la peste et dans la haine, dans les massacres et le mépris, à la sueur de leur front et au prix de leurs larmes de sang, dans la grande souffrance du corps et de l'esprit, dans la colère ou l'indifférence du ciel, le labeur incomparable de ces fourmis humaines, qui ont su, en quelques années de vie misérable, créer de la beauté pour des millénaires.

— Et ils me battent, dit soudain l'enfant, d'une voix amère... Et ils me font laver le sol avec ma langue...

— Comment t'appelles-tu? murmura Janek.

— Moniek Stern, dit l'enfant. Mon père disait que je serais un grand musicien... Comme Yacha Heifetz ou Yehudi Menuhin. Mais mon père est mort et ils me battent.

— Veux-tu venir avec moi?

— Où cela?

— Dans la forêt. Chez les partisans.

— J'irai n'importe où, pourvu que je sorte d'ici. Mais ils ne me laisseront pas sortir. Je suis leur juif, leur souffre-douleur. Sans moi, ils vont s'entre-tuer.

— On verra, dit Janek, entre les dents.

— Alors, cette flotte? cria une voix. Wunderkind, à ma botte!

C'était Zbych Kurzawa. Il regarda Janek de ses yeux plissés.

— On complote?

— J'ai un sac de patates, dit Janek.

— Ce sera deux sacs, dit Zbych. Je t'ai vu jouir, mon fils.

— Ce sera un sac ou rien du tout.

Les deux garçons se regardèrent... L'échange s'effectua le lendemain, derrière le terrain de sport d'Antokol. Zbych Kurzawa arriva à l'heure dite, suivi de Pestka. Derrière, à une bonne distance, trottait le petit musicien.

— Ici, Wunderkind! cria Zbych.

L'enfant arriva en courant.

— Le voilà, en bon état et complet, avec son violon! Pestka, tu porteras le sac!

Pestka ôta sa casquette, se gratta l'oreille.

— Tout le chemin?

— Na-tu-rel-le-ment! siffla Zbych. Et plus vite que ça!

Pestka soupira, cracha dans ses mains et se jeta le sac sur l'épaule.

— Tu aimes la forêt? demanda Janek, en marchant dans la neige entre les premiers pins.

— Je ne sais pas, dit Moniek, craintivement.

Il avait peur de déplaire.

— N'aie pas peur. Personne ne te battra maintenant. Tu peux dire ce que tu penses.

— Je ne sais pas. Je n'ai jamais été à la campagne.

Mais Moniek n'aima pas la forêt. Il eut vite fait de s'apercevoir que la nature pouvait être aussi cruelle que les hommes. Depuis trop longtemps, sa race avait rompu avec la terre, et le contact avec la forêt glacée fut trop brutal. Dès la première nuit, l'enfant se transforma en une boule humaine, malheureuse et tremblante, qui ne vivait que pour sangloter : Moniek regardait avec horreur ses mains engourdies, les doigts qui refusaient d'obéir. Il mettait ses mains aussi près du feu qu'il le pouvait, mais il n'y avait pas toujours un feu...

— Je vais perdre mes doigts! se plaignait-il constamment.

Il saisissait alors son violon et commençait à jouer, pour réveiller ses mains. Il jouait des heures durant, debout dans la neige, sous les étoiles. Quand les hommes dormaient, il s'éloignait, et l'on entendait son violon au lointain, tragique, gémir longuement dans la forêt de pins. Janek ne se lassait jamais de l'écouter. Il laissait l'enfant s'épuiser dans la neige, impitoyable et avide, comme un voleur pressé de s'emplir les poches avant qu'il soit trop tard... Souvent, il apportait de la cendre chaude ou de la braise, mais ce n'était pas de la pitié : il avait peur que le lendemain l'enfant prodige ne fonctionne plus. La réception que les partisans firent à Moniek manqua de chaleur. Krylenko mesura le petit juif du regard, se tourna vers Yankel et le félicita narquoisement, en yiddish :

— *Mazltow* [1]*!*

Après quoi, il fit comme si Moniek n'avait jamais existé; il faisait simplement attention de ne pas marcher dessus. Lorsque l'enfant jouait du violon, Krylenko prenait un air absent et se fourrait le doigt dans le nez. Mais, une nuit, Janek le surprit, caché derrière un arbre, à écouter bouche bée le petit juif qui jouait du Mozart. Se voyant découvert, il grommela :

— Je me suis levé pour pisser. A?

— Je n'ai rien dit.

Quant à Yankel Cukier, il soumit Moniek à un interrogatoire serré. Comment s'appelait-il? Quelle était la profession de son père? Quel était le nom de jeune fille de sa mère? Que faisait son grand-père? Avait-il quelque chose de commun avec le vétérinaire Stern, de Swieciany? Non? Il n'avait rien de commun avec le vétérinaire Stern, de Swieciany? Peut-être était-il alors parent du libraire Stern, de Molodeczno, ou du fourreur Stern, de Wilno, qui avait son magasin dans la Niemiecka, entre celui de Sioma Kapelusznik et Yakow Zylbertkweit? Non? Il n'était apparenté à aucun de ces Stern-là? Mmm... Curieux. Très curieux. Quels étaient les Stern auxquels il était apparenté? Les Stern de Kovno? De plus en plus curieux. Lui, Yankel, était allé plusieurs fois à Kovno, avant la guerre, et il n'avait jamais connu de Stern là-bas. Mais, par contre, il y avait connu un Cyferblat, Yacha Cyferblat, un pharmacien. Moniek connaissait-il le pharmacien Yacha Cyferblat, de Kovno? Non. Pas du tout... Mmm... Pourquoi alors

1. « Félicitations. »

les Allemands ont-ils tué ses parents? Sans raison? Mm... C'est bien possible. On tue beaucoup de gens sans raison à présent. Mais peut-être y avait-il une raison après tout? Mmm... On ne sait jamais.

— Fous-lui la paix, dit Machorka, écœuré.

Il s'approcha de Moniek et lui demanda :

— Tu crois en Dieu?

Moniek ne dit rien et prit son violon. Il joua longtemps, les yeux clos, et, lorsqu'il eut fini, Machorka dit :

— Tu es un bon petit.

Mais Moniek ne resta pas longtemps dans la forêt. Il avait beau entourer ses mains de chiffons, les tendre vers la moindre flamme et mendier de la chaleur, ses doigts mouraient rapidement. Les sons qu'il tirait de son violon étaient moins purs, et, souvent, un accord s'achevait dans un grincement confus. Il pleurait alors, le violon sur ses genoux, et son visage, déformé par le chagrin, devenait encore plus laid.

— Je perds mes doigts, sanglotait-il, je perds mes doigts...

Vers la Noël, il prit froid. Il resta couché longtemps dans le trou des partisans, roulé en boule, petit animal frissonnant et malheureux. Il délirait et balbutiait en yiddish des mots étranges que seul Yankel arrivait à comprendre. Il les traduisait gravement à Janek :

— Il appelle ses parents.

Ou bien :

— Il prie.

Une nuit, alors que les partisans dormaient depuis longtemps, l'enfant reprit conscience. Il balbutia quelques mots, et Yankel se leva.

— Il veut son violon.

L'enfant saisit le violon. Il leva l'archet, mais les forces lui manquèrent. Il étreignit alors le violon, le serra contre sa poitrine, contre sa joue... Ses lèvres touchèrent les cordes silencieuses. Il mourut ainsi, le violon serré dans ses bras.

*— Mourir (grandeur vide) dies of unhappiness*

En décembre, la nouvelle se répandit dans la forêt qu'une réunion de toutes les armées « vertes » de la région de Wilejka devait avoir lieu la nuit de Noël. Machorka allait de tanière en tanière, une carte à la main, appuyant son doigt énorme sur le lieu du rendez-vous, marqué d'une croix, et la rumeur s'éleva selon laquelle le Partisan Nadejda allait être présent à la réunion et qu'il allait parler à ceux qui lui obéissaient depuis si longtemps, avec tant de courage et tant de fidélité.

Ils sortirent de leurs trous et glissèrent comme des ombres à travers la forêt silencieuse que la neige recouvrait. Le froid était mordant et sec, l'air immobile; le vent, qui la veille encore avait soufflé de l'est, avait fini par s'épuiser, comme tant d'autres envahisseurs, dans les grands espaces enneigés; pas un frisson ne parcourait les sapins aux bras blancs; il semblait à Janek que les étoiles étaient tombées du ciel, qu'elles gisaient à ses pieds dans chaque particule de glace, et qu'il n'y avait qu'à se pencher pour les ramasser.

Du Nord vint le partisan Olesia, un jeune maître d'école qui comptait à son actif plus de vingt ennemis tués à la main : il n'avait pas d'égal dans l'art d'égorger une sentinelle sans que nul cri s'élevât; et le père Burak, l'ancien aumônier de la garnison polonaise sur la mer Baltique qui se battait encore quinze jours après que le dernier canon polonais se fut tu sur le reste du front. C'était un homme carré, lourd, aux poings puissants et à l'œil dur et précis; il pouvait lancer une grenade à cinquante mètres et la placer à l'intérieur d'un chapeau.

De l'Est vint Kublaj, prix Nobel de chimie, connu dans le monde entier par ses travaux; il était chargé d'empoisonner l'eau que buvait l'envahisseur, les aliments qu'il mangeait, et jusqu'à l'air qu'il respirait : ce fut lui qui avait placé dans les cheminées de l'État-Major de la Gestapo à Wilno des tablettes de cyanure dont les effluves tuèrent son chef, le bourreau des Polonais, Hans Selda, et douze de ses hommes.

De l'Ouest vint l'ancien champion de lutte Puciata, jadis haï par le public à cause de ses traîtrises sur le ring, rival des célèbres lutteurs polonais Sztekker et Pinecki; il avait été longtemps connu pour son penchant pour les coups interdits, les prises traîtresses, son répertoire de ruses prohibées, et, à présent, dans un ring bien différent, et où il ne s'agissait pourtant plus de jouer la comédie, il se surpassait dans le même rôle.

Du Sud vint le détachement de Czerw, à présent commandé par Krylenko, et les détachements de Dobranski et de Michajko. Il y avait là bien d'autres chefs partisans avec leurs hommes, jeunes et vieux, déjà célèbres ou encore peu connus, et qui se voyaient pour la première fois.

Certains venaient en ski, d'autres chaussés de raquettes; d'autres, enfin, marchaient péniblement dans la neige, s'enfonçant parfois jusqu'aux genoux. Ils venaient de tous les côtés de la forêt de la Wilejka, et, autour d'eux, les sapins ouvraient leurs branches enneigées, où étincelaient les étoiles et, dans cette nuit silencieuse de Noël, il semblait parfois à Janek que la forêt entière allait soudain se mettre à marcher vers une étable lointaine, les bras chargés de présents.

Lorsqu'ils furent près du lieu du rendez-vous, une lueur diffuse et étrange commença à poindre dans la nuit. Pendant une dizaine de minutes encore, marchant dans sa direction, Janek se demanda quel était cet astre nouveau qui gisait dans le ciel si près de la terre, et, lorsqu'ils débouchèrent enfin sur la clairière, il vit que cette lumière venait d'un sapin dont les branches étaient couvertes de bougies allumées; une centaine de partisans étaient déjà réunis en cercle autour de ce vivant arbre de Noël.

L'air était si calme, sans un souffle, sans un frémissement, que les flammes minuscules s'élevaient paisiblement vers les lumières plus somptueuses du ciel; et, soudain, dans le silence, retentirent les voix des corbeaux réveillés qui se mirent à répandre à travers la forêt la nouvelle de cette aube que des mains humaines avaient allumée.

Janek fouillait avidement du regard le visage des hommes qui étaient là et dont l'haleine s'élevait dans l'air glacé; le cœur battant, il cherchait à reconnaître parmi eux celui qui se cachait sous le nom légendaire du Partisan Nadejda, car il était sûr qu'il était présent cette nuit. Il était difficile de percer son secret et nombreux étaient les visages qu'il voyait qui pouvaient être ceux de son héros. Ce pouvait être le père Burak, qui se tenait debout sur ses raquettes de neige, carré et trapu, une ceinture de grenades autour des reins; ou Kublaj, le savant, avec le sourire étroit et froid qui ne quittait jamais ses lèvres, et avec sa volonté implacable d'atteindre l'oppresseur dans chaque molécule de son sang. Ou ce pouvait être le lutteur Puciata, dont l'habileté était telle qu'en deux ans de guérillas, il n'avait jamais perdu un seul homme; ou Dobranski, qui se tenait tête nue, dans son manteau de cuir noir, si jeune, et si ressemblant à tout ce qu'on pouvait imaginer d'un héros. Ou peut-être était-il le maître d'école Olesia, qui n'était armé que d'un couteau; ou Jarema, avec son visage de Mongol sous le bonnet de fourrure pointu, qui avait marché deux nuits sur ses skis pour venir au rendez-vous, et dont les hommes ressemblaient tous à des soldats allemands parce que chaque pièce de leur équipement avait été prise à un ennemi tué. Ou peut-être était-il Krylenko lui-même, si volumineux dans sa pelisse de mouton que la mitraillette qu'il tenait semblait un simple jouet dans ses mains. Ou peut-être le Partisan Nadejda était-il chacun de ces hommes et tous à la fois. Qu'il fût présent, il n'y avait guère de doute. Il y avait quelque chose, dans leurs regards, dans la volonté farouche et l'espoir qui se lisaient sur chaque visage, et jusque dans l'exaltation et presque la joie que Janek sentait dans son propre cœur, qui le rendait presque aussi perceptible que s'il se fût levé parmi eux et eût dit son nom. Et il parut à Janek que si le firmament brillait d'un tel éclat, s'il y voyait des lumières plus sereines et plus radieuses que celles de toutes les autres nuits que ses yeux avaient connues, c'était parce que la présence dans cette forêt de son héros légendaire était connue et saluée jusque dans ces lointains.

La voix du père Burak les appela à la prière : les croyants tombèrent à genoux dans la neige autour de l'arbre illuminé, les autres baissèrent la tête, et célébrèrent leur foi dans l'homme avec la même ferveur que leurs camarades mettaient à invoquer un autre infini. Les cris des corbeaux s'étaient tus; la forêt avait retrouvé son silence; les étoiles scintillaient dans la neige et dans le ciel avec le même éclat; un murmure millénaire reprenait une fois de plus son plus antique chemin.

Après la prière, Dobranski sortit des rangs et leur annonça :

— Je vais vous lire un message de notre commandant en chef.

Ils se levèrent, et l'étudiant déplia un papier et lut :

« Le commandant en chef, aux partisans de la Wilejka, 24 décembre 1942. Les Russes attaquent sur le front de la Volga, les troupes alliées avancent en Afrique du Nord; leur débarquement sur le continent européen n'est plus qu'une question de mois. Votre combat, votre courage, votre résistance acharnée sont aujourd'hui connus du monde entier; vos noms sont devenus légendaires; au plus épais des ténèbres, vous avez su donner au monde sa plus grande clarté. Je forme des vœux pour que la victoire si proche vous trouve tous unis fraternellement, et pour que vous trouviez en vous une force et un courage encore plus grands : ceux qu'il nous faudra pour vaincre sans opprimer à notre tour, et pour pardonner sans oublier. Signé : Partisan Nadejda. »

## 27

Au début de janvier, Machorka revint d'une expédition en ville, muni de renseignements intéressants : une colonne de camions — c'étaient les fameux « Opel » à chenilles, bâtis spécialement pour la neige — stationnait depuis vingt-quatre heures à côté du cimetière forestier d'Antokol. Le convoi était sévèrement gardé : Machorka avait compté une sentinelle par camion et deux mitrailleuses en position. Flairant « le grand coup », les trois frères Zborowski passèrent leurs nuits à rôder autour des camions, comme des âmes en peine autour du paradis. Mais leurs renseignements furent maigres : les gens d'Antokol ne savaient rien, sinon qu'il leur était interdit de s'approcher des camions, et la seule conclusion que les frères tirèrent de leurs observations fut que le convoi devait avoir un chargement d'explosifs ou d'essence : les soldats ne fumaient jamais près des camions et ne sortaient leur tabac que de l'autre côté de la route. L'aîné des Zborowski passa une nuit sans sommeil à se ronger les ongles et le matin vint trouver Zosia. La fillette était venue chez les partisans pour faire leur lessive.

— Zóska...

— Quoi?

Lorsqu'elle parlait à d'autres hommes que Janek, Zosia prenait un ton provocant, agressif.

— J'ai besoin de toi.

Elle le regarda.

— Non, dit-elle, pas ça... C'est fini maintenant.

— Écoute-moi, Zocha. C'est important.

— Non. Plus maintenant. Plus pour moi.

L'aîné des Zborowski la saisit par le bras.

— C'est la dernière fois. Je te le jure, Zóska, c'est la dernière fois. Tu l'as bien fait jusqu'à présent.

— Je ne savais pas ce que je faisais. Je ne sentais rien. Ça n'avait pas d'importance. Je ne donnais rien de moi. Maintenant...

Elle le regarda froidement dans ses yeux d'homme.

— Maintenant je sens. Je ne veux plus le faire avec un autre que Janek. Oh! non!

— Tu ne sentiras toujours rien avec un autre que lui, Zocha...

Elle fit « non » de la tête. Elle était penchée sur la lessive, les mains jusqu'au coude dans l'eau chaude. L'aîné des Zborowski voulut dire : « Et puis il n'en saura jamais rien », mais il s'arrêta à temps. Il savait que tous les arguments étaient mauvais, toutes les raisons fausses, et qu'il n'y avait pas d'excuses. Mais la colère monta en lui. Une colère, un mépris sans bornes, contre tous ceux qui pouvaient attacher de l'importance à autre chose que la lutte. Il gronda :

— Ces camions sont peut-être bourrés d'explosifs. Des tonnes et des tonnes d'explosifs... Demain, après-demain, ils partiront pour le front. Ils iront à Stalingrad et...

Il chercha des mots.

— Et il sera trop tard!

Il sentit une main sur son épaule. Zosia dit, doucement, de sa voix de petite fille :

— J'irai. Je veux bien. Tais-toi, Kazik, je veux bien.

Elle se mit à pleurer. L'aîné des Zborowski lui tourna le dos et s'enfuit. Il alla se jeter sur son grabat, le visage dans les mains, les mâchoires serrées. Le sang battait contre ses tempes, le sang brûlant de la honte. Son frère nettoyait un fusil sur un grabat voisin.

— Qu'est-ce qu'il y a, Kazik?

— Ta gueule. Il n'y a rien.

— Mal aux dents?

— Tais-toi, bordel de...

Il tourna soudain vers son frère un visage blanc et tordu.

— Je vais te casser la gueule. Tais-toi. Ferme ta sale gueule pleine de...

Son frère attendit un moment et demanda :

— Alors, tu l'as envoyée tout de même?

— Je suis un chien. Tu m'entends, Stefek? Un chien, un sale chien, voilà tout ce que je suis...

— Ne te tracasse pas. Un sale chien de plus ou de moins, dans le monde, qu'est-ce que ça peut bien faire?

Zosia marcha pendant plus de deux heures. Elle allait au milieu de la route, petite fourmi noire sur la neige. De loin, elle aperçut la sentinelle. Le soldat serrait son fusil entre les genoux et se frappait la poitrine des bras, pour se réchauffer. Zosia vit aussi le camion à cinquante mètres de la route : devant, il y avait une mitrailleuse, avec deux soldats aux visages cachés sous leurs passe-montagnes. La sentinelle interrompit son exercice, saisit son fusil.

— C'est défendu de passer par là. Demi-tour!

Il essaya de se faire comprendre en polonais.

— *Wzbronione... Poszla, poszla* [1]!

— Ne te fatigue pas, liebling, dit Zosia. Je parle allemand.

Elle sourit complaisamment.

— Ça fait trois ans que je marche avec les soldats allemands, alors... J'en ai appris des choses!

Le soldat se mit à rire. Il se tourna vers les camions et cria :

— Dis donc, j'ai trouvé une môme pour nous réchauffer.

L'autre sentinelle s'approcha. C'était un homme âgé, au visage sombre, dont le nez pelait de froid. Il examina Zosia, des pieds à la tête, puis cracha :

— Elles sont toutes vérolées par ici.

— Elle a l'air saine, remarqua le premier soldat. Et elle est bien jeune.

— Ça, alors, ça ne veut rien dire. En Belgique, j'ai été plombé par une garce de quinze ans, et l'autre jour Koluschke a été envoyé à l'hôpital par une morue qui n'en avait pas quatorze. Tu as une carte?

— Oui.

— Fais voir!

Zosia sortit la carte de sa poche.

— Ça a l'air en règle, dit le premier soldat, sans regarder.

1. « Défendu... Va-t'en, va-t'en! »

— Voui, dit l'aîné. Moi, je me méfie. Dans ce sale pays.

Il cracha.

— Mais, après tout, hein! on s'en fout. Si on se fait plomber, on va être renvoyés à l'arrière. C'est tout ce que je demande, moi. J'ai pas envie d'aller où l'on va.

— Et moi donc? Combien tu veux pour un *Stoss* [1]?

— J'veux pas d'argent. On peut rien acheter. Mais si vous avez des conserves...

Le plus jeune des deux soldats se mit à rire.

— Elle est pas bête, cette gosse. Des filles comme ça se débrouillent partout!

— On te donnera une boîte de conserves à nous deux.

— C'est pas beaucoup.

— Et on va demander aux copains s'ils veulent. On leur dira le prix, c'est une boîte par type.

— Bien.

— Il vaut mieux demander au sergent s'il veut en être, dit l'aîné. Il aime bien ça, et puis, avec lui dans le coup, on sera couverts.

— J'ne veux pas passer après le sergent, moi. C'est pas sûr. En Belgique...

— On passera avant.

Il se tourna vers Zosia.

— Attends là-bas, dans les buissons. On va être relevés dans une heure. On viendra te chercher. Après on ira entre les camions, il y a moins de vent.

— Bien.

... Elle attendait. Assise sur un moignon d'arbre,

1. Un coup.

elle attendait. Elle pensait à ce que l'aîné des Zborowski lui avait dit : « C'est la dernière fois. » Mais elle n'y croyait pas. Il n'y avait pas de « dernière fois » pour souffrir, et l'espoir n'était qu'une ruse de Dieu pour encourager les hommes à supporter de nouvelles souffrances. Elle attendait. Le temps passait lentement, l'air était dur et froid comme la glace elle-même, les corbeaux croassaient, le ciel était blême. Elle se demandait pourquoi, alors que les seules choses qu'elle désirait étaient d'aimer, de manger, et d'avoir bien chaud, pourquoi était-il tellement difficile d'aimer en paix, de ne pas mourir de faim, de ne pas mourir de froid? Il était plus important de connaître la réponse à cette question, pensa-t-elle, que de savoir toutes ces choses que les autres fillettes de son âge apprennent à l'école : que la terre est ronde, qu'elle tourne, comment écrit-on, sans faute, *chrzeszczy chrzaszcz w trzcinie*. Elle attendait. Elle regardait les arbres et enviait leur dure écorce; elle pensa à sa mère et découvrit qu'elle avait oublié son visage, à Janek, et sa voix retentit à ses oreilles. « A Stalingrad, les hommes se battent pour qu'il n'y ait plus de guerre. » Mais déjà elle savait que ce n'était pas vrai, que les hommes ne se battent jamais pour une idée, mais simplement contre d'autres hommes, que la force du soldat n'est pas l'indignation, mais l'indifférence, et que les vestiges des civilisations sont et seront toujours des ruines...

— La voilà! dit une voix.

Les soldats l'examinaient avec curiosité.

— Je passe le premier!

— Vérolée? J'espère bien qu'elle est vérolée! Ma

Frieda aime mieux me savoir vivant avec la vérole
que mort avec la Croix de Fer!

— Elle n'est pas mal.

— Ça, je m'en fous.

— Laissez-moi passer. Voilà ma boîte, c'est de la
viande Première classe! Ce qui est dit est dit!

— Moi, je donne deux boîtes et je passe deux fois.

— Ça sert à rien de vouloir péter plus haut que son
cul.

— Où est-ce qu'on peut aller faire ça tranquillement?

— Entre les camions.

— Il y a de la neige.

— On attend le printemps?

— Dites donc, est-ce qu'on rigole ou est-ce qu'on
baise?

— Viens avec moi, dit le premier soldat.

Elle le suivit. Les camions étaient tassés les uns
contre les autres, comme un troupeau. Le soldat ôta
sa capote et l'étendit sur la neige.

— Viens. Tu me plais, tu sais.

— Oui?

— Oui.

— Alors tu veux que je revienne?

— Oui. Reviens demain. Pas plus tard : on s'en va.

— Je pourrais revenir après-demain.

— Après-demain, on s'en va.

— Je peux venir le matin.

— On s'en va à l'aube.

— Pauvre liebling, pauvre liebling...

Elle ferma les yeux, rejeta la tête en arrière.
« Pourvu que je ne sente rien, pourvu que je ne sente
rien... » Elle sentait la terre glacée sous son dos, elle

sentait les ongles et les poings qui la meurtrissaient avec toute la haine que les hommes sans amour savent mettre dans leurs caresses. Elle entendait les cris des corbeaux, les injures à basse voix des hommes, le vent qui soufflait. Elle ne disait rien. Elle ne pleurait pas. C'était comme avoir faim, comme avoir froid, c'était comme la guerre.

Une fois elle demanda :

— Il y en a beaucoup qui attendent?

— Quatre types.

— Donne-moi une cigarette.

— Tu es folle, c'est défendu.

— Pourquoi?

— Les camions sont bourrés d'explosifs. C'est un truc nouveau, pour les bombes-fusées. Pour Stalingrad, tu comprends... Il suffit d'un rien pour tout faire sauter.

— Non?

— Je te le dis... Quand on roule avec ces camions-là, on est plus morts que vifs! Si jamais il y a une collision, on n'aura même pas le temps de pâlir...

— Oui?

— Je te le dis... On n'ose pas donner un coup de frein trop brusque!

Un des soldats ne la toucha pas. Il supplia :

— Ne dis rien aux copains...

— Je ne dirai rien.

— Merci... J'ai si honte...

Un autre lui répétait :

— Dis-moi quelque chose de gentil, caresse-moi les cheveux...

Elle sentit soudain des larmes sur son cou. Elle les essuya avec dégoût.

187

— Dis-moi quelque chose de doux...

Elle plaça les deux bras en croix, les mains contre la neige, pour sentir sa pureté froide. Après elle demanda :

— Ça doit être dangereux, ces explosifs?

— Oh! oui... C'est un sale boulot.

— Si jamais il y a une collision...

— On sauterait tous!

Le dernier, un homme âgé, avait le menton tremblant et les mains pressées.

— J'ai une petite fille, bégayait-il. J'ai attrapé une petite fille. Une toute petite fille. J'ai une...

— Dis-moi, Lukas, c'est pour aujourd'hui ou pour Pâques?

— Laissez-moi tranquille.

Elle revint le soir. L'aîné des Zborowski était étendu sur son grabat, le visage dans les mains.

— C'est moi.

Il frissonna et ne dit rien. Le feu mourait entre les pierres et la braise fumait doucement.

— Kazik.

Il se taisait toujours. Elle regarda son corps immobile, aux muscles crispés. Elle tendit la main pour toucher son épaule, mais sentit qu'au moindre contact l'homme ne pourrait plus se dominer, qu'il allait laisser éclater ses sanglots. Elle retira sa main pour l'aider à lutter. Alors elle attendit que la braise se fût éteinte pour que l'homme ne la vît plus, dans la nuit, et dit :

— Ils s'en vont après-demain, à l'aube.

Elle entendit l'aîné des Zborowski bouger, sur son grabat.

— Des explosifs, dit-elle. Quelque chose de nouveau... Il suffit d'un choc pour tout faire sauter. Ils disent : pour Stalingrad.

— Tu n'as pas oublié de demander quels sont...

— Je n'ai pas oublié. Quatre camions ne transportent que du ravitaillement. Mais on les reconnaît facilement : ils sont les seuls à avoir des remorques.

— Tu es sûre de ça?

— Sûre, murmura-t-elle, en essuyant ses larmes.

- Zozia gave to sheep w. soldiers
at Antohol, for info.
Cartes → explosives → Stalingrad

## 28

Le lendemain, pan mecenas vint trouver l'aîné des
Zborowski et offrit timidement ses services.

— Ce n'est pas un travail pour pan mecenas.

— Je vous en prie, Zborowski!

— Que pan mecenas n'insiste pas.

L'avocat lui saisit la main.

— C'est ma seule chance de me rendre digne.

— Digne? De quoi? De qui?

— D'elle.

Kazik le regarda avec surprise : le visage de pan
mecenas était maigre et terreux, ses intestins le faisaient souffrir jour et nuit. La forêt avait mis en lam-
beaux l'étoffe de sa belle pelisse : à présent, il la portait retournée, le poil vers l'extérieur : il ressemblait
ainsi à une grosse bonne bête un peu triste, lasse de
traîner toujours dehors dans la neige.

— Vraiment, pan mecenas n'a pas la tête de l'em-
ploi!

— Je sais. Je sais très bien. Je sais également que
je suis lâche : je n'en peux plus, Zborowski, compre-
nez-le. J'ai trop mal au ventre, j'ai trop faim, j'ai
trop froid. Laissez-moi faire ce travail.

— Retournez donc chez votre femme!

— Ma femme croit en moi. Vous êtes un homme jeune, Zborowski, vous ne savez pas ce que c'est, aimer une femme, lorsqu'on a trente ans de plus qu'elle... Elle croit en moi. Pour elle, je suis le vengeur, le justicier... un héros!

Il sourit tristement.

— Un héros, moi... Il suffit de me regarder, direz-vous. Mais elle est tellement jeune, tellement innocente! Elle ne m'a pas épousé par amour, mais par estime, par admiration. Je suis un homme mûr, mais elle est une petite étudiante pour qui les seules choses qui comptent sont l'âme, le caractère, les idées... Pauvre petite! Elle ne sait pas que le rêveur, l'idéaliste que j'étais, l'adolescent prêt à se faire tuer pour la liberté du monde a fait discrètement ses bagages et s'en est allé sur la pointe des pieds, comme un voleur, et qu'un gros bourgeois avide, indifférent et lâche s'est installé depuis longtemps à sa place... Laissez-moi faire ce travail, Zborowski. C'est pour elle.

Kazik regardait le visage fatigué, aux sourcils de pierrot, la pelisse au poil hérissé et qui tremblait. Ce fut plus fort que lui, il sourit.

— Quand vous aurez cinquante ans, dit doucement pan mecenas, et que vous aimerez une toute jeune femme comme je l'aime, vous comprendrez peut-être. Mais cela ne vous arrivera pas.

Il dit, avec une sorte de fierté :

— Ce n'est pas donné à tout le monde!

— Pan mecenas sait conduire un camion?

— Oui.

Kazik hésitait encore, mais Krylenko le décida. Le vieil Ukrainien posa la chose brutalement.

— Il n'est bon à rien, c'est une bouche de plus à nourrir et, de toute façon, il va crever de cette chiasse qu'il a. Il vaut mieux que ce soit lui qu'un autre!

Pan mecenas écouta les instructions avec la mine attentive d'un enfant studieux. Il répéta certains détails pour bien montrer qu'il avait compris.

— Ici, j'accélère. Ici, il y aura un sentier, à ma gauche... Les camions sont au bout. J'accélère encore, je fonce droit sur les camions. Bon. J'évite les camions à remorque : ils ne m'intéressent pas. Ils tirent... Je les laisse tirer; c'est trop tard. Bon. Bon. Alors, n'est-ce pas? je tire sur le cordon des grenades et... bon! J'ai bien compris. Vous pouvez être tranquilles.

— Que pan mecenas n'oublie pas de bloquer la direction. Comme ça, s'il est touché par une balle...

— Affreux, affreux! Échec complet! Je comprends. Je n'oublierai pas.

Les partisans étaient gênés, évitaient de regarder l'homme à la pelisse, qui ressemblait tellement à un bon gros chien mouillé. Même Krylenko cracha et dit avec dégoût :

— On a l'impression d'envoyer un gosse à l'abattoir.

On lui attacha les grenades autour du ventre. Avant de s'installer au volant, il courut vers les buissons : ses intestins le faisaient souffrir continuellement. On le fit monter dans le camion. On le regarda avec consternation. On avait envie de lui dire quelque chose, de l'encourager. Mais il n'y avait pas de mots. Il leur cria, d'un air réjoui, d'une voix d'enfant :

— Eh bien, adieu.

Une ou deux voix répondirent :

— Adieu.

Il mit le moteur en marche. Il se pencha vers l'aîné des Zborowski et murmura rapidement :

— Allez la voir. Dites-lui que c'est pour elle. Elle sera fière de moi... N'oubliez pas!

— Je n'oublierai pas.

Le camion démarra. Ils le regardèrent s'éloigner lentement sur la route blanche. Marchorka se découvrit. Ses lèvres bougeaient : il priait.

— C'est beau tout de même, un homme! dit Dobranski.

C'est ainsi que mourut pan mecenas. Les partisans quittèrent leur trou, s'enfoncèrent plus profondément encore dans la forêt et, quinze jours après l'explosion, n'osaient pas encore sortir de leur nouvelle cachette, dans les marécages gelés de la Wilejka. Les patrouilles allemandes parcoururent les bois, mais évitèrent de s'enfoncer profondément dans la forêt enneigée. Quelques otages furent exécutés à Antokol : on répéta leurs noms, pendant quelque temps, puis on les oublia. Les patrouilles rôdèrent encore quelque temps, ici et là, dans la forêt, mais la neige était épaisse, le vent coupant, le jour bref, les Allemands eurent vite fait de laisser la forêt à la bourrasque et comptèrent sur le froid pour châtier les coupables de l'attentat. Les frères Zborowski allèrent aux renseignements et annoncèrent que « ça se tassait ». Les convois allemands évitèrent désormais la forêt et passèrent plus au sud, par la route de Pinsk. Un soir, l'aîné des Zborowski sortit de la forêt et alla à Wilno. L'expédition était dangereuse : le

*blachont*

couvre-feu était imposé à la ville à quatre heures et les détachements armés guettaient à tous les coins des rues les retardataires. Mais, durant les vingt-sept nuits passées dans les marécages glacés de la Wilejka, Kazik avait souvent entendu la voix de pan mecenas supplier, dans les ténèbres : « Dites-lui que c'est pour elle... Elle sera si fière! N'oubliez pas. » Sur les pavés de Wilno, la neige craquait sous le pas lourd des patrouilles; des gerbes de lumière coupaient soudain la nuit, des cris gutturaux, impératifs, claquaient alors, pareils à des coups de feu : dans la clarté des torches, les flocons de neige tourbillonnaient un instant, comme un vol de moucherons éblouis, et retournaient aussitôt à la nuit. Kazik rasait les murs, se réfugiait dans les portes cochères au moindre bruit de pas. A grand-peine, il trouva la rue, la maison. Il monta au deuxième étage et craqua une allumette : « Mecenas Stanislaw Stachiewicz », lut-il. Il sonna. Il entendit le son d'une guitare, et une voix d'homme chanta en allemand :

> *Kleine, entzückende Frau*
> *Bitte schau in den Spiegel genau...*

Il entendit des pas rapides — quelqu'un courait pieds nus, dans l'appartement — et la porte s'ouvrit. Il vit une jeune femme en déshabillé, des cheveux blonds en bataille, une cigarette au coin des lèvres. « Pani Stachiewicz n'est pas là, pensa Kazik, et la servante s'amuse! »

— Je voudrais parler à pani Stachiewicz.

— C'est moi. Parlez vite, je suis pieds nus.

La voix d'homme chanta :

*In dem Spiegel da steht es geschrieben,*
*Du musst mich lieben,*
*Du kleine Frau...*

Puis l'Allemand cria :

— Qui est-ce, liebling?

— Je ne sais pas. Tu devrais venir voir, Fritz...
J'ai si froid!

Un sous-officier allemand sortit dans le corridor,
débraillé, sans col, une guitare sous le bras. Kazik
eut tout juste le temps de souffler :

— Pan mecenas a été tué.

La jeune femme le regarda fixement. Elle ôta la
cigarette de sa bouche, exhala la fumée par le nez.

— Non? dit-elle doucement. Quand ça?

— Il y a trois semaines.

L'Allemand s'approcha. Il avait un visage jeune
et rieur et des cheveux en brosse, tout hérissés.

— Qu'est-ce que c'est, liebling?

— Rien, dit la jeune femme. C'est pour une paire
de souliers que j'ai donnée à réparer... Bonsoir, mon
ami!

La porte se referma.

— Oh! liebling! entendit Kazik. Mes petits pieds
sont glacés!

Puis de nouveau la guitare et la voix de l'Allemand :

*Kleine, entzückende Frau...*

Il fit un effort, commença à descendre l'escalier,
les jambes molles. La voix de pan mecenas lui murmura à l'oreille : « Elle est tellement jeune, tellement innocente. Une petite étudiante pour qui les

seules choses qui comptent sont le caractère, les idées... l'âme! » Il s'agrippa à la rampe pour ne pas tomber. Il pensa : « Mon Dieu! est-ce vraiment Toi qui tires les ficelles? Comment peux-Tu, comment peux-Tu? » Il avait le vertige. Il s'assit lourdement sur l'escalier et se mit à vomir.

- 'pan mecenas' (old man, sick stomach) does a suicide mission, driving into lorries to blow them up.
- saup his young wife will be pould + the 2 brouchi brw, goes to tell her
- she's sleeping with a German soldier.
- He's sick. Futility.

## 29

Les tempêtes de neige balayaient les campagnes, les arbres tordaient leurs bras nus et noirs, et, chaque matin, Janek trouvait à leurs pieds les corps des corbeaux gelés. Dans la forêt, un feu éteint voulait dire un homme mort, les gestes des partisans étaient maladroits et brusques, et il semblait toujours à Janek que leurs pauvres membres allaient se mettre à grincer comme des rouages rouillés.

— Tout à l'heure, dit Zosia, j'ai entendu un loup hurler tout près d'ici.

Dobranski et Janek venaient de rentrer de la forêt, les bras pleins de bois mort. 'La neige fondait sur leurs vêtements, sur leurs visages...

— Il y a de quoi hurler, dit Dobranski.

Ils approchèrent du feu leurs mains mortes, aux doigts tordus.

— Ils doivent pourtant être habitués, dit Zosia. C'est leur métier, vivre dans la forêt.

— Peut-être ce loup avait-il tout simplement le cafard, sourit Dobranski. Dégoûté de la vie et des hommes... Je veux dire dégoûté de la vie et des loups.

Zosia se serra contre Janek.

— Il me faisait de la peine. Je pensais à toi.

— La seule différence, dit Janek, c'est que je ne hurle pas, moi.

Il soupira.

— Ce n'est pas l'envie qui me manque.

— Triste?

— Non. Mais je hais l'hiver. Je hais la neige. Par un temps pareil, on croirait vraiment que la terre n'avait pas été faite pour les hommes et que nous sommes ici par erreur.

— Nous sommes ici par hasard, dit Dobranski. Cela, en tout cas, est certain...

— Écoutez, dit Janek.

Au-dessus de leurs têtes, la bourrasque se battait avec les arbres.

— Les forêts, dit Dobranski, sont aussi ici par hasard. Pourtant, elles ont du courage et de la patience, depuis des millénaires. Pourquoi les hommes n'en auraient-ils pas?

— Je hais la neige.

— Tu es injuste.

Dobranski jeta quelques brindilles dans le feu, et le bois humide siffla comme un chat en colère.

— Tu es injuste pour notre amie.

Il sortit le gros cahier de sous sa vareuse.

— Pas fatigué?

— Si. Trop fatigué pour pouvoir dormir. Lis.

— Ça s'appelle : *La bonne neige.* Ça se passe...

— Aux environs de Stalingrad.

Dobranski rit.

— Tu gagnes.

Il se mit à lire :

Ils entendent un loup hurler dans la forêt. Une plainte interminable et odieuse, surtout dans cette nuit pétrifiée.

« Il crève de froid, pense le soldat Jodl. Comme nous... »

Quarante degrés au-dessous de zéro. La patrouille est perdue dans la neige russe depuis la veille au soir, et le sang des huit hommes semble charrier des glaçons. Le sergent Strasser répond à la plainte du loup par une injure. Le soldat Grünewald reçoit son haleine fétide en plein visage, avec reconnaissance : elle lui apporte un peu de chaleur.

— Des loups! dit malgré lui le caporal Liebling, d'une voix rauque.

« Des loups russes, pense le soldat Grünewald. Russes, comme ce froid qui vous ligote les membres, comme cette neige qui cherche à vous ensevelir, comme ces espaces infinis et vides. »

Il avait souvent souhaité visiter la Russie. C'est un pays agréable et romanesque, aux milliers de traîneaux lancés sur les pistes blanches, dans un grand tintement argentin de clochettes. C'est un pays tourmenté, aussi, qui cherche à noyer son excès d'âme dans une musique infiniment triste, où les seuls accents entraînants sont ceux d'une révolte brève et vite résignée, ou ceux d'un désir débordant mais jamais assouvi, un pays où seuls les rêves comptent et vous font vivre; où les grands hommes sont mesurés à la taille de leurs songes et où la réalité est chose vile et sans importance, tolérée avec un indifférent mépris. Le soldat Grünewald en sait long sur la Russie. Les tsars et les troïkas, le Kremlin et les « yeux noirs », Pouchkine, le caviar, les Soviets, la vodka... ces mots avaient toujours frappé son imagination, ils avaient toujours éveillé dans son cœur un écho étrange, un désir insurmontable et vague.

« Peut-être ai-je du sang russe », pense-t-il, avec ferveur.

Quarante degrés au-dessous de zéro. « Que suis-je venu faire ici? » se demande anxieusement le soldat Weniger.

Il est assis dans la neige, indigné et raide, les jambes écartées. Sa moustache grise pend lamentablement.

— Brr..., grelotte à côté de lui le soldat Woltke.

— L'enfer est blanc! découvre soudain l'étudiant Karminkel. Il n'y a pas de flammes, il n'y a qu'une neige éternelle. Les âmes des pécheurs expient dans un bain de glace. Et le diable a une barbe blanche, il parle russe et il ressemble au père Noël...

La patrouille n'est plus qu'un troupeau prisonnier et abruti, recroquevillé dans la nuit hostile.

« Ne pas se disperser, pense le sergent Strasser. Le commandant a sûrement envoyé des skieurs à notre recherche. »

Dans la forêt, le loup lance une nouvelle plainte, une espèce de jappement farouche et bref.

— Qu'est-ce que c'est? demande le soldat de deuxième classe Schatz.

A vrai dire, personne dans l'armée allemande ne l'a jamais appelé par ce nom. Ses camarades, ses chefs même, disent tout bonnement «l'imbécile». Quelquefois, une âme plus charitable dit : « Ce pauvre imbécile. » On sait tout de suite de qui il s'agit.

— C'est le petit chaperon rouge! bégaie rageusement le soldat Jodl. Il s'est perdu dans la forêt et il pleure. Il a peur du grand méchant loup.

Strasser se met à jurer longuement, avec cœur. Il jure pour s'animer, pour remuer le sang dans ses veines par une colère factice, pour secouer la torpeur inexorable qui le gagne.

« Non, c'est la voix de l'hiver russe, pense le soldat Grünewald, avec bienveillance, de la forêt, de la steppe russes. La voix d'une nuit interminable, du jour bref et pâle, comme un éclair de conscience entre deux sommeils. La voix d'une terre illimitée, aux fleuves larges comme des mers... »

Leurs pensées cheminent péniblement, infirmes, affaiblies, comme ils se traînaient tout à l'heure eux-mêmes, dans la neige jusqu'au ventre.

« Que suis-je venu faire ici? » se demande toujours le soldat Weniger.

Cette phrase tourne sans arrêt dans sa tête, comme un disque fou dans un phono un peu détraqué.

« Mon nom est Weniger, Karl Weniger. Je suis épicier de mon métier. Ma boutique se trouve à Gartenweg 22, à Francfort-sur-Main. J'ai toujours eu horreur des voyages. J'ai trois enfants. L'aîné va déjà à l'école. Que suis-je venu faire ici, s'il vous plaît?»

— Brr... brr... brr..., grelotte à côté de lui, avec conviction, le soldat Woltke.

Son œil est éteint. Il ne sent plus grand-chose. Il a depuis longtemps dépassé tout ce que sa nature sensible pouvait supporter en fait de souffrance. Ses nerfs sont morts. Son corps est de bois. On pourrait le peler, comme une patate : il ne sentirait rien. Aucune pensée n'arrive plus à se frayer un chemin à travers la neige qui a envahi sa tête. Car sa tête est pleine de neige. Il est incapable de dire comment elle est entrée là, mais le fait est certain : elle y est. Des tas de neige. Le soldat Woltke s'en serait étonné, dans le temps, mais, dans son état actuel, il n'est plus capable d'étonnement, ni de réaction d'aucune sorte. Son cerveau a gelé sous des tas de neige. Seules, ses dents continuent à vivre, mues par un réflexe, et émettent sans arrêt leur bruit déplaisant : « Brr... brr... »

Dans la forêt, le loup lance son cri, et la nuit en paraît soudain plus noire, le froid plus vif, et l'étudiant Karminkel ne sait plus si c'est la neige qui lui glace ainsi le cœur ou ce cri désespéré qui semble clamer d'avance la certitude de l'échec, la vanité de toute tentative, le deuil fatal de tout espoir humain.

« Le petit chaperon rouge ? » pense le soldat de deuxième classe Schatz. Ce nom, certainement, lui rappelle quelque chose... mais quoi ? « C'est un enfant ! se souvient-il brusquement. Une petite fille... J'ai entendu parler de ça... il y a longtemps ! Elle doit être perdue dans la forêt depuis un bon moment déjà... »

— Sergent ! dit-il, est-ce que je peux aller la chercher ?

— Imbécile ! murmure Strasser, avec abattement.

Mais le bon soldat Schatz n'en est plus à une injure près. Il parvient à se lever, essaie de réunir ses membres inertes en un garde-à-vous réglementaire et dit :

— Sergent, le *Manuel du Conquérant* nous rappelle qu'un bon soldat allemand doit s'intéresser affectueusement aux petits enfants, afin de se gagner l'estime et l'attachement des populations des pays conquis!

Il a encore la force de parler! pense le sergent Strasser avec admiration. Il a encore la force de lancer de grandes phrases, alors que moi, le sergent Strasser, Croix de Fer, j'ai envie de chialer! Peut-être sera-t-il le seul survivant du groupe? Peut-être reviendra-t-il se présenter demain au commandant, se mettre au garde-à-vous devant lui et dira : « Soldat de deuxième classe Schatz. J'ai l'honneur de vous rendre compte que la patrouille de huit hommes sous le commandement du sergent Strasser s'est perdue et est morte de froid. Je suis le seul survivant. »

— Assis! hurle-t-il.

Il entend soudain un ronflement et se retourne en sursaut : le soldat Jodl dort, le visage dans la neige.

— Réveillez-le!

Personne ne bouge. Les hommes ne sont plus que huit points immobiles dans l'immense solitude blanche. Strasser commence à secouer le soldat Jodl, à lui frapper la figure, à le frotter, moins pour le réchauffer que pour se réchauffer lui-même. Le soldat Jodl ouvre enfin des yeux égarés.

— Une fille! bégaie-t-il. Une belle fille russe!

Il s'était promis bien souvent, durant de longues nuits solitaires, de faire l'amour à toutes les filles russes, au hasard d'une conquête facile. Mais, dans ce pays vide, il n'en avait rencontré aucune. Et voilà, maintenant, alors qu'il trouve enfin une créature bien chaude, bien complaisante, voilà le sergent Strasser qui essaie de se l'approprier.

— Elle est à moi! hurle le soldat Jodl.

Il se débat. Les deux hommes luttent. Leurs mouvements sont bizarres, ralentis, comme s'ils se battaient au fond de la mer.

« Que suis-je venu faire ici? se demande toujours le soldat Weniger. De mon métier, je suis épicier. Je vends des Delikatessen, du sel, du poivre. Je ne vends pas de la neige! »

— Brr... brr... brr..., font faiblement les dents du soldat Woltke.

Le soldat Grünewald s'inquiète soudain de ne plus sentir son corps. Il n'arrive plus à le distinguer de la neige dans laquelle il se tient accroupi, comme si sa chair et la neige, cette bonne neige russe, s'étaient mélangées intimement, fondues en une substance hybride, infiniment froide.

« Peut-être ne suis-je qu'un bonhomme de neige élevé par les gosses dans la cour d'une école de Berlin? »

Le froid lui vole lentement son corps, seules lui demeurent la vague conscience d'être en vie et des pensées floues, embryonnaires, qui pataugent dans sa tête :

« Et au printemps des bourgeons surgissent de partout et tout ce pays devient vert. La steppe... Il fait bon et chaud au soleil. La terre noire... Les tzars... Volga, Volga... La Sainte Russie... L'internationale... »

Le ciel est semé d'étoiles, mais ce sont là des lumières hostiles, d'étincelants morceaux de glace. « Bientôt tu n'auras plus froid! » crie quelque chose dans la tête du caporal Liebling, par quarante degrés au-dessous de zéro. Près de lui, l'étudiant Karminkel se sent prodigieusement étonné. Inquiet, aussi, très inquiet. Là où, tout à l'heure, il n'y avait qu'un espace sans tache, il aperçoit maintenant M. le professeur Kurtler, trônant derrière sa chaire, dans toute la splendeur redoutable d'un jour d'examen. L'étudiant Karminkel trouve le procédé particulièrement odieux. Il a été appelé sous les drapeaux avant d'avoir commencé sa préparation au baccalauréat et il ne sait pas grand-chose. Il trouve inhumain de la part de M. le professeur Kurtler de venir le relancer ainsi au milieu de la neige russe.

« Candidat Karminkel, dit le professeur, je vous interroge en géographie. » Il se penche légèrement du haut de sa chaire et pointe sur Karminkel un doigt inquisiteur. « Voyons... que savez-vous de la Russie? » L'étudiant fait un effort, mais ne trouve que quelques vagues notions rudimentaires. « La Volga se jette dans la Caspienne, bredouille-t-il. La Russie compte cent soixante-dix millions d'habitants. » Des bouts de phrases lui reviennent seuls à la mémoire, des extraits sans queue ni tête des manuels de géographie. « Les terres noires de l'Ukraine sont parmi les plus riches du monde. La Russie s'étend de la mer Noire à l'Arctique... » Il s'arrête court, la tête vide. M. le professeur Kurtler le regarde d'un air menaçant : « C'est tout ce que vous savez sur la Russie, candidat Karminkel? » La neige commence à tomber. D'un seul coup, elle les transforme en fantômes et dérobe les étoiles. On ne voit plus rien, et tous les dangers paraissent plus proches. Le soldat Jodl regarde la fille russe, sa belle fille russe aux cheveux blancs. Assise sur la neige, la chemise retroussée, elle est en train d'enlever ses jarretières et ses bas. Elle ne paraît guère se soucier du froid mortel, secoue ses cheveux blancs et continue à tirer sur ses bas, impudique et chaude. Le soldat Jodl, un sourire égrillard aux lèvres, se hâte de la rejoindre. Il se déchausse rapidement, se déshabille, tremblant d'excitation...

— Le sacré... enfant... de garce, halète Strasser.

Le soldat Jodl est à demi nu, dans la neige. Les flocons blancs tombent, de plus en plus épais. Les deux hommes recommencent à se débattre avec des gestes de nageurs épuisés. Mais le sergent Strasser est soudain victime d'une agression. Par-derrière, quelqu'un lui fait un croc-en-jambe, lui entoure la taille d'un bras de fer et commence à lui écraser irrésistiblement la poitrine. Le sergent Strasser lâche le soldat Jodl et le laisse courir vers son destin. Il fait un effort surhumain, s'arrache à l'étreinte et pivote sur lui-même, en titubant.

— Bon Dieu !

Il voit et comprend tout. Il voit un immense bonhomme de neige, avec la bouche, le nez et les yeux faits de charbon noir. Tout à fait pareil à ces bonshommes qu'il avait construits lui-même jadis, sur les trottoirs de la Marienstrasse, mais infiniment plus grand : on ne voit même pas où il commence et où il finit. Le sergent Strasser, Croix de Fer, n'hésite pas. Il sait à présent qui a égaré sa patrouille dans la nuit. En bon Allemand, il accepte le défi. Il fonce, les poings serrés, en hurlant à la mode germanique. Mais le géant se dérobe. Il sait combien il peut être malsain de se battre avec un bon sous-officier allemand, soigneusement entraîné pour une longue guerre de conquête. Il se dérobe. Il profite de sa couleur et de sa substance pour se cacher immédiatement et attendre tranquillement un moment plus propice pour attaquer à nouveau. Les poings fermés du sergent Strasser ne rencontrent que la neige. Il la frappe à grands coups désordonnés, se roule en elle, ivre de désespoir, et l'abreuve d'injures sans nom.

« Il ne faut pas... je m'épuise... Il n'attend que cela pour me vaincre... C'est là toute sa tactique. Sa maudite tactique russe! »

Les flocons informes et impalpables tourbillonnent gaiement dans l'air calme. Le loup hurle.

« On ne peut pas laisser cette enfant là-bas... », pense le soldat de deuxième classe Schatz.

Il se lève et commence à marcher. Cela lui vient difficilement. Il n'a jamais eu tant de peine à poser un pied devant l'autre.

« C'est plus dur que de grimper en courant au clocher de la cathédrale de Köln, pense-t-il, émerveillé. Le petit chaperon rouge... Je vais la sauver. »

Le sergent Strasser lève la tête et voit soudain, dans un brouillard, le soldat de deuxième classe Schatz tituber vers la forêt, à une dizaine de mètres de lui.

— Halte! hurle-t-il.

Il veut se lever. Le soldat Schatz a beau n'être qu'un imbécile, c'est tout de même un membre de son groupe, et le sergent Strasser, devant l'Allemagne, est responsable de sa vie. Il veut se lever, mais, au même moment, quelqu'un bondit sur lui, s'installe sur son dos, cherche à le terrasser. Le sergent Strasser pivote sur lui-même et reconnaît immédiatement la masse blanche prête à l'ensevelir... « Le bonhomme! » Il se rue à l'attaque. Mais le lâche agresseur disparaît aussitôt, se camoufle dans sa blancheur natale...

L'étudiant Karminkel fait un nouvel et pénible effort.

— Alors, c'est tout ce que vous savez de la Russie? répète M. le professeur Kurtler, et sa bouche se tord dans un sourire sarcastique.

— L'Ukraine est le grenier de la Russie, bafouille l'étudiant. Les mines russes, son charbon et son fer sont enfouis dans les montagnes de l'Oural et son pétrole est dans le Caucase. Les plus grandes usines du monde se trouvent à Dniepropetrovsk... Dans la Crimée règne un éternel printemps... Le sous-sol russe est d'une richesse incomparable!

Le sourire de M. le professeur Kurtler s'élargit.

— Vous avez terminé, candidat Karminkel?

— La Volga se jette dans la Caspienne, bégaie stupidement l'étudiant.

— Eh bien, j'ai le regret de vous dire que vous avez oublié le principal, candidat Karminkel.

L'étudiant lève vers le professeur un regard effrayé et suppliant.

— Vous avez entièrement oublié de mentionner la NEIGE, candidat Karminkel.

Le soldat de deuxième classe Schatz est arrivé dans la forêt de sapins. Il en est tout heureux, car il se sent incapable de faire un pas de plus. Ses membres répondent à ses efforts avec une mollesse très peu militaire et qui frise nettement le refus d'obéissance.

— En avant, marche! leur commande sévèrement le soldat Schatz.

Mais, en dépit de leurs vingt-cinq années de bons et loyaux services, ses membres s'obstinent à garder une immobilité quasi injurieuse.

— Conseil de guerre! leur hurle résolument le soldat Schatz.

Alors, son pied droit, particulièrement discipliné

ou peut-être épouvanté par la menace, se lève lentement et se porte à soixante-quinze centimètres en
avant, longueur réglementaire du pas de route.

— C'est bien, pied droit! l'encourage le soldat Schatz. Continuez. Vous serez proposé pour la
médaille militaire.

Son esprit s'embrouille tout à fait. Il demeure là,
sans défense, épouvantail noir flanqué dans la neige.
Il sent que son souffle s'épuise, que son cœur s'arrête,
que la vie va le quitter en dépit de tous les règlements
militaires. La vie le déserte, elle fuit de son sang, de
ses poumons pétrifiés...

— Abandon de poste devant l'ennemi! essaie de
la morigéner le bon soldat Schatz. C'est très grave
ce que vous faites là, vie... »

Mais la vie continue son implacable désertion. Il
essaie de se rappeler alors pourquoi il est venu dans
la forêt. « Le petit chaperon rouge... » Dans un dernier
effort, il regarde autour de lui et il voit en effet des
yeux verts briller dans la nuit, d'un feu plein de féroce
impatience. « Le bon... soldat allemand... protège...
les petits enfants... pour s'attirer... le respect et
l'amour... des peuples conquis... » Les yeux verts
s'approchent, avec méfiance, mais la vie, sa vie
allemande, oubliant l'uniforme qu'elle portait et ses
vingt-cinq ans de fidélité et de glorieuse tradition
militaire, a déserté : elle abandonne lâchement son
poste et laisse le corps glacé et désormais insensible
du soldat de deuxième classe Schatz seul devant
l'ennemi affamé.

— Oui, dit M. le professeur Kurtler, vous avez
tout simplement oublié la NEIGE, candidat Karminkel. C'est elle qui constitue le principal trésor de la

Russie et donne à ce pays son caractère national. C'est elle qui couvre et protège toutes ses autres richesses que vous avez d'ailleurs si mal énumérées, candidat Karminkel. C'est elle qui défend son pétrole et son fer, son or et son charbon et sa terre noire, la plus riche terre du globe. C'est elle qui, depuis des siècles, refoule les conquérants partis à l'assaut de ses biens et referme sans pitié ses bras blancs sur leurs cadavres. Vous avez tout simplement oublié la NEIGE, candidat Karminkel.

— J'ai eu très peu de temps pour préparer cet examen, monsieur le professeur! » supplie l'étudiant.

M. le professeur Kurtler griffonne quelque chose dans son carnet.

— J'ai le regret de vous annoncer que vous êtes refusé à votre examen, candidat Karminkel. Mais nous allons vous donner une chance de premier ordre d'étudier la neige russe de façon plus complète. Le meilleur enseignement est l'enseignement pratique. Nous allons vous envoyer conquérir la Russie, candidat Karminkel!

— Je refuse! hurle l'étudiant, je refuse, monsieur le professeur.

Mais il est déjà trop tard, beaucoup trop tard pour l'étudiant Karminkel. Il est appelé à se présenter devant un autre examinateur, plus important, mais aussi plus accessible à la pitié que M. le professeur Kurtler. La neige continue à couvrir son corps inerte. Des flocons, par milliers, tourbillonnent gaiement autour de lui, se posent sur ses yeux vitreux et ses lèvres bleues. Il ne manque que peu de choses, une musique agréable, des chœurs tziganes, peut-être, pour rendre plus joyeuse encore cette aimable fête de flocons de neige russe... Le soldat Grünewald voulait tendre la main pour les saisir. « La bonne neige. Des flocons légers et tourbillonnants... Charmants confetti de la grande fête d'hiver... Beau pays, la Russie, monsieur... La vodka... Le Kremlin... Les enfants se jettent en traîneaux du haut des collines... Le caviar... Le son argentin des clochettes... »

Quarante degrés au-dessous de zéro. Le soldat Jodl accomplit enfin sa voluptueuse conquête. Il a rejoint sa fille russe, sa superbe créature impudique aux cheveux blancs, la tentatrice millénaire des millions de conquérants. Il gît sur le ventre, tout nu, étroitement serré dans son étreinte glaciale. Elle tient son nouveau conquérant tout contre elle et colle sur ses lèvres durcies son baiser triomphant. A côté, le soldat Weniger ne se demande plus rien et les dents du soldat Woltke ne grelottent plus. Le caporal Liebling n'a plus froid... C'est alors que le sergent Strasser décide de rappeler ses hommes à l'ordre.

— Debout! hurle-t-il, mais aucun son ne sort de ses lèvres.

Il lève alors un regard hébété et voit le bonhomme de neige dressé devant lui, le dominant de sa taille gigantesque. Mais cette fois le sergent Strasser ne se rue plus à l'assaut. En bon militaire allemand, il sait se résigner et reconnaître une défaite. Il ôte simplement sa Croix de Fer, la fixe sur la poitrine du géant, la pose sur la neige et dit :

— Tu l'as méritée mieux que moi.

Et, au même moment, le bonhomme s'abat sur lui, impitoyable, et l'âme du sergent Strasser claque les talons, se met au garde-à-vous et s'en va au pas

de l'oie à travers les espaces éternels, le bras tendu
pour saluer le Führer des âmes allemandes qui doit
l'attendre impatiemment aux portes du Walhalla des
guerriers teutons... Un sourire heureux erre sur les
lèvres du bon soldat allemand Grünewald. Il est
en ce moment l'objet d'une réception magnifique.
Doucement, il descend dans un canot léger les flots
du Don paisible. Le peuple russe — tout le peuple
russe —, les Kalmiks et les Kirghizes, et les Géor-
giens du Caucase, et les cosaques du Zaporoje, et
les durs montagnards de l'Uzbeck, et les Ukrainiens,
et les Tartares, et les paysans de Sibérie, et les Juifs,
et les Kurdes, toutes les vingt-sept nationalités sont
là et l'acclament sauvagement. A pleins bras, par
milliers et par millions, ils lui jettent des confetti,
ces fameux confetti russes, blancs et glacés, tourbillonnants... Et ils mangent des tonnes et des tonnes
de caviar, et ils boivent des tonneaux et des tonneaux de vodka à la santé de leur nouveau conquérant, et ils chantent tous d'une seule voix *Les Yeux
noirs* en son honneur. Et les tzars, tous les tzars
— et Boris Godounoff, l'usurpateur, et Ivan le Terrible, avec ses boyards, et Pierre le Grand et tous
les autres sortent en foule du Kremlin pour l'accla-
mer et rire sur son passage — et Lénine est là, aussi,
évadé de son mausolée, et tout le grand peuple russe,
les cent soixante-dix millions d'habitants sont là, et
tous ils montrent du doigt le bon soldat allemand
Grünewald — Grünewald le Conquérant, Grünewald
le Magnifique — et ils rient aux éclats, ils rient sans
fin, en se tenant les côtes et en se frappant le ventre,
ils se tordent de joie illimitée et lui jettent dans les
yeux, dans la bouche, dans la gorge, leurs jolis

confetti russes, blancs et glacés, tourbillonnants, qui le recouvrent peu à peu et l'étouffent et lui arrachent le souffle. Et sans pitié s'élève leur rire homérique... Et tout doucement coule le Don tranquille... Et doucement aussi continue la neige à tomber. Doucement, dans un silence infini et comme religieux, elle s'acquitte de sa besogne historique. Elle ensevelit les conquérants avec soin, indifférente et paisible. Sans passion, sans hâte inutile... De gros flocons, légers et implacables. La neige. La bonne neige.

— Dob tells stay of German soldiers in Russia; dying from cold, going mad.

## 30

L'abbé Burak fut surpris alors qu'il priait dans la petite chapelle de Saint-François à Wierki et fusillé sur place. Le détachement de Puciata perdit cinq hommes au cours d'un accrochage avec des auto-mitrailleuses sur la route de Podbrodzie, et Puciata lui-même gisait grièvement blessé dans une ferme. Kublaj fut abattu après une lutte acharnée, alors qu'il était en train de saboter la voie ferrée de Molodeczno. Les deux opérateurs radios, trahis par la femme d'un fermier, furent encerclés dans une grange et tous les postes clandestins de la forêt reçurent leur dernier message : « *Bonne chance, adieu, deux de moins.* »

Mais le Partisan Nadejda demeurait insaisissable. On disait qu'il avait à présent établi son quartier général à Varsovie même; qu'il préparait le soulèvement des juifs dans le ghetto de la capitale; les traîtres et les espions signalaient sa présence partout à la fois; à chaque aube nouvelle, des hommes faisaient face au peloton d'exécution avec un sourire de défi, comme animés par une secrète certitude que pour l'essentiel il ne pouvait rien leur arriver.

Dans les villages, les nouvelles les plus naïves, les plus extraordinaires circulaient :

— Il a rencontré Roosevelt et Churchill et leur a posé ses conditions. Staline a enfin trouvé à qui parler.

— Il a une arme secrète, quelque chose de formidable. Un rayon de mort : il paraît que ça agit à dix kilomètres.

— Hier, il est venu parler aux enfants à l'école de Sucharki; les gosses en ont encore les yeux qui brillent.

De mémoire d'homme on n'avait connu un hiver aussi froid. En certains endroits de la forêt, l'épaisseur de la neige atteignait quatre mètres, et les « verts » durent abandonner leurs tanières. Les détachements de Krylenko, Dobranski et Hromada se réfugièrent dans un pavillon de chasse au fond du marécage gelé de la Wilejka, sur un îlot minuscule perdu parmi les roseaux pétrifiés. Un jour — on était le 3 février 1943 — Pech arriva en courant dans leur refuge, dans un tel état d'agitation qu'ils saisirent leurs armes, convaincus que leur dernier moment était venu. Mais il venait seulement voir Krylenko pour lui parler de son fils. On murmurait que le fils de Krylenko était général de l'Armée Rouge, mais il ne fallait jamais mentionner son nom devant le vieil Ukrainien. Lorsque, par hasard ou par malice, quelqu'un abordait ce sujet scabreux, Krylenko devenait morose et disait : *Svolotch* [1]*!* entre ses dents.

— Mais sûrement, s'étonnait alors son interlocuteur, sûrement, Savieli Lvovitch, votre fils est un

1. « Salopard! »

homme de valeur, du moment que le peuple l'a jugé
digne d'un grade aussi élevé.

— *Svolotch!* répétait alors le vieux, en élevant
légèrement la voix en guise d'avertissement et en
regardant fixement son interlocuteur comme pour
l'inviter à partager les honneurs de l'insulte.

— Mais pourquoi donc, Savieli Lvovitch?

— Quel autre nom mérite un homme qui a livré
son père à l'ennemi?

— Mais sûrement, il ne vous a jamais livré à l'ennemi, Savieli Lvovitch?

— Il m'a livré à l'ennemi. *Svolotch*, j'ai dit!

— Ne vous fâchez pas, Savieli Lvovitch.

— Je ne me fâche pas, *cholera emu w bok*[1]!

— Très bien, Savieli Lvovitch, du moment que
vous le dites...

— Quel autre nom mérite un homme qui a abandonné à l'ennemi le village de son père?

— Peut-être ne pouvait-il guère agir autrement?

Là-dessus, le vieux se fâchait tout rouge, fourrait
son poing velu sous le nez de son interlocuteur, et
demandait, en remuant lentement et dangereusement
sa moustache hérissée :

— Qu'est-ce que c'est?

— Ça, c'est un poing, Savieli Lvovitch!

— Céderais-tu à l'ennemi, sans te faire tuer auparavant, le village de ton père?

— N-n-non, Savieli Lvovitch, non... Seulement...

— Seulement quoi?

— R-r-rien, Savieli Lvovitch!

— Tu ne le ferais pas, a?

1. « Que le choléra le pénètre! »

— N-n-non.

— Sûr?

— Sûr.

— Tu le jures sur la tombe de ton père?

— Mon père, Savieli Lvovitch, est en bonne santé, merci bien.

— Jure-le tout de même.

— Je le jure!

— Bien. Rappelle-toi ça, pour le cas où tu deviendrais général.

— Je me rappellerai sûrement, Savieli Lvovitch... Je peux partir, s'il vous plaît?

— Parce qu'on ne sait jamais. N'importe quel couillon devient général par le temps qui court. Ils ont bien fait un général de Mitka!

— M-m-mitka?

— C'est mon fils, que le choléra le pénètre! hurlait Krylenko, la moustache tout de suite hérissée. Je te l'ai dit vingt fois. La prochaine fois que tu l'oublies...

Mais, après une conversation de ce genre, il n'y avait généralement pas de « prochaine fois ». Au début, les partisans n'attachaient à l'histoire de Krylenko qu'une foi très limitée. Derrière son dos, on la qualifiait simplement de *budja : budja na resorach* [1]. Mais un jour, d'un air profondément dégoûté, le vieux sortit de sa poche une photo froissée, découpée dans la *Pravda*. Ceux qui savaient le russe — les vétérans des deux guerres — lurent le sous-titre : « Le plus jeune général de l'Armée Rouge, le général Dimitri Krylenko. » L'Ukrainien était de son métier cordonnier dans un village minuscule de

1. Histoire à dormir debout.

Riabinnikovo. Son fils avait fui de la maison à l'âge de douze ans, après une scène tumultueuse au cours de laquelle il fit savoir à son père qu'il désirait « étudier et devenir quelqu'un ». Pendant dix-sept ans, le vieux n'entendit plus parler de lui, mais, au début de l'invasion, les gens de Riabinnikovo vinrent lui annoncer que Mitka avait été nommé général de l'Armée Rouge et avait sa photo en première page de la *Pravda*. Le vieux fut extrêmement sarcastique. « Étudier et devenir quelqu'un, grommela-t-il, Général! », et, de dégoût, il fit à son ami le cosaque Bogoroditza, lequel avait eu le malheur de sourire, une paire de bottes qui chassa promptement le sourire du visage du malheureux. Non content de cela, le vieux se rappela son grade de caporal, datant de la révolution, et s'engagea. Le village de Riabinnikovo reçut de lui quelques lettres, dans lesquelles « il se portait bien », et apprit en même temps que le général Krylenko venait d'être décoré de l'ordre de Lénine pour la défense de Smolensk. La première entrevue du père avec son fils, après dix-sept ans de séparation, fut dramatique à souhait. Ce jour-là, le fils du cordonnier était assis devant une planche de bois de sapin qui lui servait de table de travail et étudiait une carte. « Ici... la vingtième division. Riabinnikovo! » Jusqu'à ce moment, Riabinnikovo n'avait été pour lui qu'un point quelconque du sol russe, pareil à des centaines d'autres points dont il était chargé d'assurer la défense. Mais à présent... « Le vieux! » Il haussa les épaules. « Bon terrain dur, Riabinnikovo. Une forêt de sapins au sud... les tanks passeront facilement. La vingtième division n'a pas assez d'antitanks. Cela veut dire : abandonner Riabinnikovo et se replier vers l'est. » Il prit un crayon et traça soigneusement trois flèches dans la direction du fleuve et un demi-cercle, à vingt kilomètres à l'est de Riabinnikovo.

Il prit une feuille de papier, rédigea l'ordre de repli et pensa soudain, avec une véritable terreur : « Le vieux va gueuler! » Il soupira, passa dans le bureau de son adjoint et ami le capitaine Loukine, lui donna l'ordre de repli et revint s'asseoir derrière la planche de sapin. Le planton entra dans la pièce, claqua des talons, salua. Il ouvrit la bouche, et, au même moment, on entendit un éclat de voix, une bordée d'injures, et le vieux Krylenko entra à reculons dans la pièce, pourchassé par une sentinelle irritée, baïonnette en avant.

— Père! s'exclama le général.

Mais le vieux ignora son fils et se consacra tout entier à la sentinelle.

— Tu ne vois pas les galons, a? brailla-t-il.

Il fourra sa manche sous le nez de la sentinelle.

— Ça sent bon, a? T'en auras jamais!

Il se moucha dans ses doigts et se tourna vers son fils. Le jeune Krylenko avait repris ses esprits. D'un geste, il renvoya la sentinelle et le planton. Le vieux plaça les deux mains sur les hanches, se pencha en avant et examina son œuvre de haut en bas, avec un dégoût incrédule.

— Alors, c'est vrai, Mitka? Ils t'ont fait général?

Mitka baissa les yeux et garda un silence coupable.

— Eh bien, quoi? hurla soudain le vieux. C'est comme ça que tu reçois ton père, fils de chien? Le cul sur la chaise et la bouche en derrière de poule?

Je ne t'ai pas assez battu, a? Tu crois peut-être que c'est trop tard?

Le poing énorme, fortement velu, avança, et vint se placer sous le nez du général Krylenko.

— A?

La porte de la pièce à côté s'ouvrit et le capitaine adjoint Loukine passa à l'intérieur une tête effrayée.

— C'est mon père! lui lança rapidement le jeune Krylenko, en matière d'explication.

La porte se referma discrètement. Le jeune Krylenko se tourna vers son père et commença, conciliant :

— Allons, ne gueulez pas comme ça. Vous allez ameuter tout le monde. Naturellement, je suis très heureux de vous voir...

Le cordonnier caporal Krylenko s'installa confortablement dans le fauteuil, derrière le bureau du général.

— *Nou, to-to!* bougonna-t-il.

Il regarda avec suspicion la poitrine de son fils.

— Qu'est-ce que c'est que ça? demanda-t-il sévèrement en posant son doigt sur la médaille de Lénine.

Le jeune Krylenko devint rouge de confusion. Il se sentit malheureux et abattu. Il regarda de côté d'un air coupable. « Ma parole, on dirait que je l'ai volée! »

— Ce n'est rien, se défendit-il. C'est pour Smolensk, tu sais, l'été dernier... Un machin comme ça!

— Un machin comme ça! le singea le vieux Krylenko, en sifflant de rage. Pourquoi ne pas t'accrocher la médaille de Lénine, pendant que tu y es? A? *Prokhvost* [1]!

1. « Vaurien. »

— Mais...

— Silence!

Le poing velu avança de nouveau, au-dessus de la planche de sapin.

— Enlève-moi ça tout de suite.

Le jeune Krylenko détacha rapidement sa médaille et la glissa dans sa poche.

— Ne vous énervez pas... A votre âge...

— A mon âge, je fais encore un combattant au front, tandis que toi, à vingt-neuf ans, tu ne fais qu'un gratte-papier de plus à l'arrière. A?

Il cracha, écœuré, et tendit une jambe.

— Tire-moi mes bottes!

Le jeune Krylenko s'approcha de son père, lui tourna le dos, saisit une botte et commença à tirer, pendant que l'autre venait s'appuyer sur son derrière.

— Je veux du thé, décida le vieux. Fais apporter un samovar.

Le général appela le planton. Le planton entra, claqua les talons, salua et loucha, bouche bée, vers le caporal déchaussé, confortablement installé derrière le bureau du général.

— Apportez du thé!

Le planton claqua les talons et sortit en chancelant. Le vieux Krylenko se frotta les mains et regarda la carte.

— Riabinnikovo! découvrit-il soudain, avec une joie d'enfant, en mettant sur la carte son gros doigt sale. Et ce fer à cheval, qu'est-ce que c'est?

— Ce sont nos nouvelles positions. J'ai donné l'ordre d'évacuer Riabinnikovo et de se placer...

Le jeune Krylenko s'arrêta, inquiet. La moustache du vieux se hérissa d'un seul coup et se mit à trembler

comme une forêt sous le vent. Ses yeux se plissèrent
méchamment et des sifflements saccadés, rageurs,
sortirent de son nez. Il se dressa lentement, se pencha
en avant...

— Comment?

— Il ne faut pas considérer ces choses-là d'un
point de vue trop personnel, père!

— Tu ne vas pas défendre Riabinnikovo? Notre
Riabinnikovo?

— Allons, père, allons... Soyez raisonnable. L'ennemi a ici une division blindée toute fraîche et je
n'ai pas d'antitanks...

— Pas d'antitanks? Pas d'antitanks? Qu'as-tu
fait de ceux que le peuple t'a donnés? *Propil ich,
tchto-li? Ili w karty prodoul* [1].

— Voyons, père...

— *Svolotch!* se mit soudain à hurler le vieux d'une
voix de fausset. A moi, camarades! Collez-le au mur!
Fusillez-le! Attends, attends un peu!

Il bondit avec une agilité surprenante, saisit son
fils par l'oreille, la tordit...

— Aïe! fit le général Krylenko, sans vergogne.
Lâchez-moi!

— Il a abandonné Riabinnikovo, se lamenta
le vieux. Cinquante ans que j'ai vécu là-dedans,
travaillé, sué... Pas un pied que je n'aie pas chaussé!
Notre village, abandonné à l'ennemi, sans un coup de
feu! Que va dire Stiopka Borogoditza? Et Vatrouch-
kine? Et Anna Ivanovna? Mitka Krylenko a abandonné à l'ennemi son village natal! Mon fils!

Ameutée par les cris, la sentinelle se précipita dans

1. « Tu les as vendus pour boire? Ou... perdus au jeu? »

la pièce, la baïonnette hérissée, persuadée que l'on était en train d'assassiner son général. Elle vit un vieux caporal débraillé, pieds nus, qui tordait en pleurant l'oreille du général, lequel — horreur! — ne cherchait même pas à se défendre. C'en était trop pour la sentinelle. Elle se frotta les yeux et se trotta hors de la pièce, comme si l'enfer fût vide et tous les diables à ses talons... Le jeune Krylenko parvint enfin à dégager son oreille meurtrie et à se réfugier derrière la table.

— J'ai des ordres! tenta-t-il d'expliquer. On ne fait pas la guerre comme on veut... Et je vous dis que je n'ai pas d'antitanks!

— Antitanks, antitanks! Et les baïonnettes, c'est fait pour les chiens?

— Père!

— Que le choléra t'emporte! lui répondit simplement le vieux Krylenko. Riabinnikovo, abandonné sans un coup de feu, sans un soldat pour mourir dans ses rues!

Il se tut brusquement et se redressa.

— Eh bien, je vais te faire voir, moi, Savieli Krylenko, comment un citoyen doit se battre! J'y vais, moi, à Riabinnikovo! Je le défendrai, moi, Riabinnikovo, tout seul! De ma poitrine! De mes mains! Je n'ai pas besoin de toi... *Skotina* [1].

Il retroussa ses manches et se dirigea triomphalement vers la porte.

— Père, et le thé? bredouilla timidement Mitka.

Le vieux Krylenko se tourna et cracha tranquillement à ses pieds.

1. « Animal. »

— Voilà ce que je fais dans ton thé! Ça et autre chose! Je ne tiens pas à être empoisonné! Un homme capable d'abandonner son village à l'ennemi peut tout aussi bien empoisonner son propre père!

Il sortit, et l'on entendit sa voix hurler encore des injures en s'éloignant. Le jeune Krylenko resta seul dans la pièce. Il sortit son mouchoir et s'épongea le front. « Est-ce que j'ai rêvé, ou quoi? » Il promena autour de lui un regard incertain et bondit. Au milieu de la pièce, très digne, trônait une paire de bottes presque neuves, soigneusement astiquées... « Il est parti pieds nus! » Il saisit les bottes et se rua hors de la maison. Il parcourut une centaine de mètres au grand galop, dans la neige, les bottes à la main, et interpella un soldat.

— N'avez-vous pas vu par là un caporal en colère, avec une grosse moustache et pieds nus? lança-t-il sévèrement, d'une traite.

Le malheureux soldat regarda le général Krylenko, le célèbre général Krylenko, haleter devant lui, une paire de bottes à la main, et sa bouche s'ouvrit largement et un faible cri sortit de sa gorge... Mais Mitka n'était plus là. Les bottes à la main, il courait rapidement vers une silhouette gesticulante qui s'éloignait, là-bas, dans la neige, le long du fleuve gelé... Le vieux arriva à Riabinnikovo juste à point pour rencontrer sur la place du marché les Allemands qui faisaient leur entrée dans le village du côté opposé. Krylenko devint très pâle, regarda un moment le gros major allemand debout dans son tank, puis s'approcha :

— Au nom de l'Union des Républiques Socialistes Soviétiques...

— *Was? Was?* s'inquiéta le major.

— Il vous souhaite la bienvenue, expliqua son lieutenant.

— *Ach!* la bienvenue, *gut! gut!* se réjouit le major.

Le vieux cordonnier ramassa son souffle et cracha aux pieds de l'Allemand.

— Au nom de l'Union des Républiques Socialistes Soviétiques! répéta-t-il.

— *Abführen* [1]*!* aboya le major, blême de rage.

Le vieux fut dirigé sur un stalag en Pologne avec tous les honneurs dus à son rang, c'est-à-dire dans un wagon à bestiaux. A Molodeczno, il parvint à s'échapper, marcha pendant quarante-huit heures, puis perdit connaissance et fut réveillé un matin par le plus jeune des Zborowski qui le recueillit et le soigna.

Lorsque Pech arriva dans la cachette, Krylenko était en train de s'épouiller.

— Bonne chasse! souhaita Pech.

— Merci.

— Savieli Lvovitch, commença Pech, timidement. Il s'arrêta.

— A?

— Rien, soupira Pech.

— Eh bien, tais-toi alors.

Il continua à fouiller dans son *touloup* [2] avec application, assis sur un tas de bûches.

— Savieli Lvovitch! recommença Pech.

— A?

— Ne vous fâchez pas...

Krylenko mit posément son *touloup* de côté et regarda Pech :

— Écoute, mon garçon, si tu as quelque chose à

1. « Emmenez-le. »
2. Peau de mouton.

dire, dis-le. Et n'oublie pas de t'en aller, quand tu l'auras dit.

Pech fit bouger sa pomme d'Adam et commença :

— Votre fils, Savieli Lvovitch...

— *Svolotch!* coupa immédiatement le vieil Ukrainien.

Mais Pech crut tout de même discerner une lueur d'intérêt dans son regard. Il continua rapidement :

— Bolek Zborowski a écouté les nouvelles de Moscou hier. Votre fils, Dimitri Krylenko, a reçu le titre de « Héros de l'Union Soviétique » pour la part qu'il a prise à la libération de Stalingrad.

Le visage du vieux devint plus gris encore que sa moustache.

— Ne vous fâchez pas! dit rapidement Pech.

— Tu es sûr? dit Krylenko.

— Sûr, Savieli Lvovitch, Bolek Zborowski l'a entendu lui-même, à Wilno...

— Où est-il?

— Il est dehors... Il n'osait pas venir vous le dire lui-même, mais si vous voulez...

— Va le chercher.

Pech fila comme un lièvre et revint presque aussitôt avec le plus jeune des Zborowski. Celui-ci avait l'air peu rassuré.

— Parle! hurla Krylenko. Qu'est-ce que tu attends?

— ... héros de l'Union Soviétique! s'empressa Bolek. Pour sa participation à la libération de Stalingrad.

— Tu es sûr?

— Sûr, Savieli Lvovitch! Ils ont bien dit le nom : général Dimitri Krylenko.

— Ce n'est pas ça que je te demande, bougre d'âne!

226

Ils ont bien dit : libération de Stalingrad? Ils ont bien dit : libération?

— Libération, Savieli Lvovitch! Et ils ont ajouté : le général Dim...

— *Svolotch!* coupa sèchement le vieux Krylenko. Ça ne m'intéresse pas.

— Comment ça, ça ne vous intéresse pas! s'indigna enfin Pech. Permettez-moi de m'étonner, camarade! Permettez-moi de m'étonner fortement!

— Eh bien, dit Krylenko, encourageant, vas-y, mon ami, étonne-toi fortement!

Il recula d'un pas et pencha la tête de côté, comme pour mieux admirer Pech en train de s'étonner fortement.

— Enfin, Savieli Lvovitch! hurla Pech. Votre fils a tout de même libéré Stalingrad.

— N-non. Ce n'est pas mon fils. C'est le peuple qui a libéré Stalingrad. Le peuple, tu comprends? C'est au peuple qu'il faut dire merci! Mon fils a reculé pendant des mois et des mois. Il traçait sur la carte des flèches et des cercles : voilà tout ce qu'il faisait. Puis, un jour, il s'est dit : « Ce cercle-là sera le dernier. Compris? » demanda-t-il au peuple. Et le peuple répondit : « Compris. » Qui faut-il remercier? Celui qui a tracé un petit signe sur la carte ou celui qui a arrosé la terre de son sang? A?

Il y eut un silence. Puis Pech poussa un soupir bruyant.

— Enfin, je ne suis pas venu pour discuter, mais pour vous féliciter. Et le camarade Dobranski vous invite à vous joindre à nous ce soir. On va célébrer la libération de Stalingrad. Il y aura des patates!

— Je viendrai manger, promit sèchement le vieux.

En sortant, le plus jeune des Zborowski déclara sombrement :

— Une honte... C'est vraiment pas la peine d'avoir des parents : voilà comment ils vous remercient.

Il cracha avec dégoût.

## 31

Les patates se gonflaient et craquaient gaiement sur la braise, et les hommes avaient jeté bas leurs peaux de mouton, déboutonné leurs vareuses : il faisait chaud. Ce n'était pas seulement la chaleur du feu, mais aussi l'humble et fraternelle chaleur des foules, agréable aux malheureux, mais dont les gens heureux se détournent avec dégoût. Installé aussi près que possible du feu — le fond de sa culotte fumait dangereusement — le vieux Krylenko pêchait les patates dans la braise, d'une main apparemment indifférente aux brûlures. Accroupi devant un *czajnik* d'eau bouillante, Janek préparait le « thé » : Pech lui avait communiqué sa fameuse formule... Ce fut Pech qui ouvrit la séance.

— Le camarade Dobranski! annonça-t-il, solennellement.

On applaudit. Pech décida que le moment était venu de « galvaniser » le public, comme au bon vieux temps des meetings. Il leva le poing, prit son souffle et hurla :

— Vive l'unité et la fraternité entre les peuples! Vive l'armée de la libération! Vive...

— Ta gueule, Pech, lui conseilla-t-on gentiment. Assieds-toi.

Dobranski ouvrit son cahier.

— L'idée du récit que je vais vous lire m'est venue en relisant la fameuse ballade de Pouchkine : *Woron k woronu lietit, woron woronou kritchit* [1].

— Rouslan et Lioudmila, précisa Pech, les deux premiers vers!

Il bondit :

— Vive le génie immortel du barde populaire russe. Alexandre Sergueïevitch Pouchkine! brailla-t-il.

— Couche, couche! le supplia-t-on. Pech, à la niche.

Dobranski annonça :

— Titre : *Les Environs de Stalingrad.*

Il commença à lire :

C'est l'aube. Les grenouilles nocturnes se taisent peu à peu, les dernières chauves-souris s'enfuient en désordre et le héron sort lentement des roseaux et avale son premier poisson. Les deux vieux compères de la Volga, les corbeaux centenaires Ilia Osipovitch et Akaki Akakivitch, apparaissent au-dessus du fleuve. Ils tournoient lentement, dans l'air matinal, et scrutent la surface des eaux d'un œil préoccupé.

— Toujours rien, Akaki Akakivitch?

— Toujours rien, Ilia Osipovitch. Vous avez sûrement mal entendu.

— Pourtant la fenêtre était ouverte et la voix parlait très fort, en allemand : Communiqué de l'Armée

1. « Un corbeau vole vers un autre, un corbeau dit à un autre. »

de l'Est, disait-elle. Nos troupes, sous le commandement du général baron von Ratwitz, l'homme de
La Haye, un de nos chefs les plus brillants, ont atteint
hier, en un point, la Volga!

— Par mon premier nid! jura Akaki Akakivitch,
en bavant. Vous me faites venir l'eau à la bouche!

Deux individus débraillés apparaissaient là-dessus
sur le fleuve, assis à califourchon sur deux troncs
d'arbres morts. Les deux troncs tournoient dangereusement dans les remous.

— Pitz! hurle désespérément le premier cavalier.
Il faut absolument nous approcher du rivage!

— *Zu Befehl!* répond le deuxième cavalier en
évitant de bouger.

Vient à passer par là le cadavre de l'ex-soldat
allemand Schwanke, de Sassnitz, jolie petite ville sur
la Baltique. Il a l'air vagabond et nonchalant, une
paille entre les dents, couché mollement sur le dos,
avec un regard fixe, consacré apparemment à la seule
contemplation du ciel. Mais le passage des épaves
n'échappe cependant pas à ce regard détaché des
choses de ce monde. L'ex-soldat Schwanke tournoie
sur lui-même, surpris, et vient s'accrocher solidement
au premier tronc.

— Hé! Karl Röder, de Hambourg! hurle-t-il, en
langage des morts, dans la direction des roseaux.
Regarde un peu qui je tiens là!

— Avec quoi veux-tu que je regarde? Avec mon
cul? grogne, dans le même langage, l'ex-maçon
Karl Röder, de Hambourg.

Il se détache des roseaux et commence à flotter
ici et là, à l'aveuglette.

— Si seulement je pouvais mettre la main sur les

deux sales oiseaux qui viennent de me jouer ce tour de cochon!

Ilia Osipovitch et Akaki Akakivitch le regardent d'un air particulièrement innocent.

— Par ici! guide charitablement son collègue l'ex-soldat Schwanke.

— Qui est-ce? demande le maçon Röder, avec intérêt.

— Hé! Printzel, de Mannheim! hurle Schwanke, hé! Kanninchen, de Lübeck, venez par ici! Devinez un peu qui je tiens!

— Je veux être pendu, fait avec force un individu entièrement nu, apparaissant brusquement comme un bouchon à la surface des eaux, je veux être pendu si ce n'est pas le général baron von Ratwitz lui-même, un de nos chefs les plus brillants.

— Pour ce qui est d'être pendu, fait une voix grincheuse, dans les roseaux, je crois, mon ami, que tu devras te contenter d'être noyé! Laissez-moi m'approcher un peu... Je ne vois rien sans mes lunettes! *Donnerwetter!* Si ce n'est pas le général baron von Ratwitz lui-même, je ne m'appelle pas Kanninchen!

— Tu ne t'appelles certainement plus Kanninchen! fait une voix injurieuse, parmi les roseaux, et, plus je te regarde, plus je suis sûr que même ton fils ne s'appelle pas comme ça! Pour une fois que je trouve une boue bien molle et sans écrevisses, il n'y a pas moyen de fermer l'œil... Qu'est-ce qui se passe?

Apparaissent sur l'eau les trois quarts au plus d'un ex-caporal allemand.

— Tiens, tiens! Un de nos chefs les plus brillants! Eh! vous autres, des roseaux, des sables et des branches de la rive et des rochers du fond, ce qui reste de vous, approchez!

— Ne me dites pas que c'est Adolf Hitler, piaille une voix émue de fausset, je risquerais de mourir de joie!

— Ha! ha! ha! se tord l'honorable assemblée. Ha! ha! ha!

Le général baron von Ratwitz, un de nos chefs les plus brillants, s'accroche furieusement à son tronc d'arbre mort. Il est pris dans un tourbillon. Des corps d'ex-soldats allemands tournoient autour de lui, se prennent dans les branches de sa monture.

— Pitz! hurle-t-il rageusement, vers son aide de camp, chassez-moi ces corps. Ils nous empêchent d'avancer!

— *Zu Befehl!* hurle l'Oberleutnant Pitz, blême de terreur.

— Akaki Akakivitch! fait solennellement le corbeau Ilia Osipovitch. Vous souvenez-vous de la blague à tabac que feu mon père a prélevée sur le corps d'un général français à Borodino? Je vous la parie contre votre très jolie montre en argent que ce jeune lieutenant n'aura pas le courage de plonger. Sur l'honneur!

— Sur l'honneur! relève sportivement le défi Akaki Akakivitch.

— Eh bien, *meine Herren*, déclare à l'honorable assemblée l'ex-soldat Schwanke, en contemplant le ciel de son regard le plus inexpressif. Je crois que cette fois nous le tenons. Et c'est naturellement à moi que vous le devez!

— C'est bon, Schwanke! grince l'ex-soldat Printzel, de Mannheim. Nous sommes prêts à te payer un verre de Volga!

— Ha-ha-ha-ha! se tord l'honorable assemblée à

cette plaisanterie évidemment très fine. Ha-ha-ha-ha!

— De quoi s'agit-il? demandent des voix excitées parmi les roseaux, et d'autres dépouilles d'ex-soldats de l'ex-Grande Armée allemande apparaissent de tous côtés. *Gott im Himmel!* Le général baron von Ratwitz qui a rejoint!

— Il n'a pas encore rejoint définitivement, observe l'ex-caporal Kanninchen, d'un air sous-entendu. Hum! hum!... Y a-t-il quelqu'un, dans l'honorable assemblée, qui objecte à ce que le général baron soit définitivement des nôtres?

— Personne, personne! font de toutes parts des voix enthousiastes. Au contraire, très honorés, très honorés!

Le général baron donne des coups de pied à droite et à gauche, pour dégager sa monture.

— Oh-o..., se lamente d'un air faussement peiné l'ex-soldat Schwanke. Il m'a botté le cul!

— Com-ment? Il a osé? Mais c'est un crime! C'est formellement interdit par le règlement!

— Oh! que j'ai mal! se lamente l'ex-soldat Schwanke en prenant le Ciel à témoin de son regard vitreux.

L'honorable assemblée se tord de rire et se presse de plus en plus autour du tronc d'arbre immobilisé.

— Pitz! hurle le général baron, descendez immédiatement et dégagez-moi d'ici!

— *Zu Befehl!* glapit l'Oberleutnant Pitz et, fermant les yeux, il quitte sa monture.

Ilia Osipovitch hoche la tête d'un air satisfait.

— Comme je suis heureux de ne pas avoir parié avec vous, Akaki Akakivitch, dit-il. J'aurais perdu ma belle blague à tabac.

234

— Mais vous avez parié, Ilia Osipovitch! s'exclame Akaki Akakivitch, en s'efforçant de paraître indigné. Vous avez parié sur l'honneur!

Ilia Osipovitch ferme un œil, regarde Akaki Akakivitch, et ce dernier soupire et n'insiste pas.

— *Meine Herren, meine Herren!* hurle l'ex-soldat Schwanke, l'Oberleutnant Pitz a rejoint. J'ai l'intention de charger deux d'entre vous de veiller à ce que son acte ait un caractère... hum! comment dirais-je? définitif. Quels sont les plus anciens d'entre vous?

— Moi, dit l'ex-soldat Kanninchen, je suis là depuis trois jours, et ce que je n'ai pas bu d'eau ne vaut pas la peine d'être avalé!

— Quant à moi, dit l'ex-soldat Printzel, je suis là depuis trois jours également, et j'ai sur moi vingt-quatre écrevisses entraînées qui ne demandent qu'à servir!

— Ha-ha-ha! se tord l'honorable assemblée, ce vieux Printzel, toujours le même, ne changera jamais!

— C'est bon, dit l'ex-soldat Schwanke. Printzel et Kanninchen, à mon commandement, direction Oberleutnant Pitz, en avant, marche!

Il y a un remous, et l'Oberleutnant Pitz se sent brusquement saisi par les jambes et plonge d'un seul coup, avec un « glouglouglou » des moins appétissants.

— *Prosit!* murmurent avec bienveillance les deux corbeaux Ilia Osipovitch et Akaki Akakivitch.

— *Prosit, prosit*, grince aussi à l'oreille du conquérant l'ex-soldat Printzel. Et vous verrez, *mein Herr*, vous verrez, les roseaux ne sont pas mauvais du tout, quand on les bouffe par les racines!

— Arrière! hurle alors le général baron. Ne voyez-vous pas qui je suis?

— *Zu Befehl! Zu Befehl!* hurle joyeusement l'honorable assemblée, en se pressant autour de lui.

— Je suis votre chef, celui qui vous a menés en Poiogne, en France...

— Et à la Volga! hurle en cœur l'honorable assemblée. N'oubliez pas la Volga, *mein Herr!* Or, il est quelque chose, dans l'eau de la Volga, quand vous en avez bu la dose voulue, qui ferait perdre même à un chien le respect pour son maître!

— Cadavres allemands! hurle le général baron, en sentant le tronc d'arbre s'enfoncer sous lui. Éloignez-vous! C'est un ordre!

— *Zu Befehl! Zu Befehl!* murmurent les cadavres allemands, et l'ex-général baron von Ratwitz chavire lentement, lève les bras et disparaît définitivement sous l'eau.

— Après vous, Akaki Akakivitch! murmure poliment Ilia Osipovitch, en descendant doucement.

— Je n'en ferai rien, Ilia Osipovitch... après vous!

— Eh bien, à votre santé, alors, Akaki Akakivitch, à votre santé...

— A la bonne vôtre... *Mahlzeit! Mahlzeit!*

Dobranski s'interrompit et but un peu de thé.

— C'est bon, aujourd'hui! constata-t-il. Ça n'a presque pas de goût!

Pech décida de nouveau de « galvaniser » l'assistance.

— Vive le conteur populaire de la guerre patriotique

polonaise, notre camarade Adam Dobranski! voci-
féra-t-il.

— Bravo, bravo! approuvèrent les partisans.

Là-dessus, Pech crut le moment venu de se tailler
une petite popularité personnelle.

— Vive Pech! proposa-t-il courageusement.

— Ou-ou! A bas, à bas! Va coucher! A la niche!

Très abattu, Pech montra son dos au public et se
consacra entièrement aux patates. Dobranski continua :

Quelques minutes plus tard, les deux compères se
posent un peu lourdement, peut-être, sur une des
branches de leur chêne préféré. A leur grande surprise, ils s'y trouvent bec à bec avec un corbeau
maigre et dégingandé, au cou long et flexible et au
bec étonnamment aiguisé.

— Par ma première plume! s'exclame Ilia Osipovitch. Mais c'est Karl Karlovitch, de Berlin, en chair
et en os!

— Surtout en os! *ach!* surtout en os! gémit le
corbeau, avec un accent germanique très prononcé.

Au temps des tsars, le corbeau allemand Karl
Karlovitch était venu s'installer en Russie et avait
su s'assurer à la Cour une situation de choix. Le tsar
lui-même l'avait pris en amitié. Souvent, il s'attardait
à la fenêtre du palais, et, s'il remarquait que Karl
Karlovitch n'avait pas l'air satisfait du banal crottin,
il encourageait ses familiers à descendre dans la
cour et à régaler son favori d'un morceau de choix.
Très rapidement tout le monde commença à se
disputer les faveurs de Karl Karlovitch, et c'est ainsi

que l'on vit des ministres perdre le sommeil en apprenant que le favori avait refusé de faire honneur à leur contribution : c'était là le signe infaillible d'une disgrâce imminente. Le tsar, en effet, tenait grand compte du goût et du choix de son favori, car, avait-il coutume de dire, l'oiseau avait la chance de juger son entourage dans la substance même dont celui-ci était fait.

— Et que faites-vous dans ces parages, Karl Karlovitch? croasse Ilia Osipovitch. Voyage d'agrément, sans doute? Un peu de tourisme, comme c'est gentil!

— *Ach!* soupire Karl Karlovitch. Dieu m'est témoin que j'eusse préféré visiter la Volga en d'autres temps... Cette guerre, *ach!* quel malentendu!... Tenez, il y a quelques jours, je me trouvais à une soirée au château du baron von Ribbentrop! Il faut vous expliquer, mes bons amis, que j'occupe auprès du Führer la même place que j'occupais jadis auprès du tsar... C'est vous dire que je suis invité partout. Belle fête, chez le baron, meilleure société, meilleure musique, meilleurs vins français... Mais, moi, je ne vois rien, je suis là dans un coin et je pleure, et je pleure! Et soudain, *ach!* que vois-je? Le baron von Ribbentrop qui s'approche.

« — Pourquoi pleures-tu comme ça, Karl, corbeau allemand, *ach!* pourquoi?

« — *Ach!* Joachim, dis-je, je pleure. Comment ne pas pleurer? Pauvre Russie, *ach!* pauvre Russie...

« — *Ach!* fait le baron, pau... pauvre Russie!

« Et le voilà qui pleure aussi... Quel spectacle, quel souvenir! Mais, soudain, *ach!* que vois-je? La femme et la fille du baron qui s'approchent.

« — Pourquoi pleurez-vous comme ça, *meine Herren, ach!* pourquoi?

« — *Ach!* Püppchen, *ach!* Gretchen, fait le baron. Nous pleurons. Comment ne pas pleurer? Pau... pau... pauvre Russie!

« — *Ach! ach!* fait Gretchen, et *ach! ach!* fait Püppchen, et les voilà qui se mettent à pleurer, elles aussi.

« Braves femmes, nobles cœurs! Et alors tous les invités se rapprochent et nous entourent, consternés.

« — *Ach!* pourquoi pleurez-vous comme ça, *ach!* pourquoi?

« — *Ach! ach!* répondons-nous, à travers les larmes. Pau... pauvre Russie!

« — *Ach!* pau... pauvre Russie! font les invités, et les voilà qui se mettent à pleurer, eux aussi.

« *Ach!* quel spectacle, quel souvenir! Je pleure, le baron pleure, et Püppchen pleure, et Gretchen pleure, et l'orchestre pleure, et les invités pleurent, et les laquais pleurent... Tout pleure, tout ruisselle.

« — *Ach!* me dit alors le baron, entre deux sanglots, *ach!* Karl, corbeau allemand. Tu as une grande influence sur notre Führer... Va! explique-lui. Sauve l'Allemagne... je veux dire sauve la Russie!

« Je traverse Berlin en larmes. Quel spectacle, quel souvenir! Les veuves pleurent, et les mères pleurent, et les filles pleurent, et les sœurs, les fiancées et les petits orphelins pleurent; tout pleure, tout ruisselle! Les troupes défilent en sanglotant. J'arrive au palais, on m'annonce, j'entre... *Ach!* Quel spectacle, quel souvenir! Devant la carte de Russie, le Führer est assis... et il pleure! Des larmes comme ça... »

Karl Karlovitch s'interrompt et dépose quelques crottes.

— De vraies larmes de Führer!

— *Ach!* fait Ilia Osipovitch, d'un air bienveillant. Et comment se fait-il, mon cher, que vous voilà à présent sur la Volga, loin de votre crottin natal?

— *Ach! ach!* s'emporte immédiatement Karl Karlovitch, en se tordant les ailes. Quel drame, quel souvenir... Berlin est bombardé, je suis bombardé... Le Führer, le Führer est bombardé! Mais je reste là, devant sa porte, fidèle jusqu'au bout, corbeau allemand jusqu'à la dernière plume! Et soudain, *ach!* que vois-je? La porte s'ouvre d'un seul coup et le Führer — pâle, mais résolu! — se précipite, et, derrière le Führer, Gœring se précipite, et derrière Gœring, Gœbbels se précipite, et, derrière Gœbbels, le général von Katzen-Jammer se précipite! Tous pâles, mais résolus!

« — Karl, corbeau allemand, hurlent-ils. Il y a une bombe à retardement dans la cheminée! Fais quelque chose! Sauve le Führer, Karl. »

« — Et alors, que fais-je, moi, Karl, corbeau allemand? Je mets genou à terre, et, d'une voix pleine de larmes, je dis :

« — *Ach!* pour le Führer. Vivre et mourir! »

« Ayant dit, prroutt! je saute par la fenêtre. Et alors, prroutt! le Führer saute par la fenêtre, et derrière le Führer, prroutt! Gœring saute par la fenêtre, et, derrière Gœring, proutt, proutt! Gœbbels et von Katzen-Jammer sautent par la fenêtre! Tous pâles, mais résolus! Nous voilà dans la rue. Les bombes pleuvent, comme ça, comme ça... »

240

Karl Karlovitch lâche une étonnante succession de crottes.

— Et alors, que fais-je, moi, Karl, corbeau allemand? Je mets genou à terre et, d'une voix pleine de larmes, je dis : « Pour mon Führer — vivre et mourir! »

« Ayant dit, prroutt, prroutt, prroutt! je me mets à courir. Pâle, mais résolu!

« — Bravo, Karl, noble cœur! dit le Führer, et, prroutt! il se met à courir.

« — Brave Karl, Dieu te bénisse! dit Gœring, et, prroutt! il se met à courir.

« — Brave Karl, fier chevalier! disent Gœbbels et von Katzen-Jammer, et, prroutt, prroutt! ils se mettent à courir.

« Pâles, mais résolus! Et, pour me remercier de lui avoir sauvé la vie, le Führer m'envoya sur la Volga...

« — Va, me dit-il avec émotion, va là-bas... tu auras beaucoup à manger! »

Il y a un moment de silence sur la branche, puis Akaki Akakivitch ferme un œil et prend la parole.

— Vous avez fort bien parlé, Karl Karlovitch, dit-il. Et maintenant, peut-être, avez-vous soif?

— Ma parole, dit imprudemment Karl Karlovitch, un petit verre de vodka, ça fait toujours plaisir... Que faites-vous là, *ach?*

Karl Karlovitch pousse un croassement d'effroi et cherche à libérer ses ailes, mais l'heure a sonné pour le vieux corbeau allemand. Les deux corbeaux russes le serrent dans leurs griffes. Son long cou décharné et son bec — le plus long, le plus aiguisé et le plus vorace bec du monde — plongent d'un seul coup dans la Volga. Glouglouglou! se désaltère longuement le vieux corbeau allemand, glouglouglou!... Et ses forces l'abandonnent, et ses ailes ne cherchent plus à battre, et ses griffes allemandes ne cherchent plus à saisir...

— *Prosit!* murmurent pieusement Ilia Osipovitch et Akaki Akakivitch.

Quelques minutes plus tard, les deux compères tournoient de nouveau au-dessus de l'eau. Ils inspectent les roseaux et les îles, les branches touffues de la rive et les bancs de sable, et, comme ils ne voient plus rien, ils interrogent la Volga.

— Avez-vous attrapé quelque chose d'intéressant, mère des fleuves? croassent-ils de leur voix la plus obséquieuse.

Tout le monde sait que les corbeaux sont des flagorneurs nés, et la Volga connaît les deux compères depuis plus d'un siècle. Mais aujourd'hui elle est de bon poil.

— Par ici, je tiens un de mes prétendants! mugit-elle, en saisissant dans ses bras un lieutenant dont le char abandonné brûle sur la Volga. Avez-vous déjà bu de mon eau, *mein Herr?* Elle est, paraît-il, excellente pour faciliter la digestion des conquérants...

— Croa, croa, croa! se tordent de rire rauque Ilia Osipovitch et Akaki Akakivitch. Quel esprit, mère des fleuves, comme c'est drôle, comme nous rions fort, croa, croa!

— Laissez-moi retourner vos poches, mugit la Volga. Par le vieux boucher Minine, un monocle! Vous permettez que je le garde? Ça fera rire le jeune Stalingrad!

— Oh! comme ça va le faire rire! croassent les deux compères. Oh! comme ça nous fait rire, oh!

comme c'est drôle, croa, croa, quel esprit, mère des fleuves!

— Et qu'est-ce que c'est que ça? s'étonne la Volga. Une décoration soviétique et une photo de soldat russe?

— Une décoration soviétique? s'étonne aussitôt Ilia Osipovitch, en regardant Akaki Akakivitch.

— Une photo de soldat russe? s'étonne également Akaki Akakivitch, en regardant Ilia Osipovitch.

— Je le reconnais! s'exclame la Volga. C'est Michka Boubien, de Kazan. Je me souviens de lui : il passait le plus clair de son temps assis sur ma rive, à me cracher dessus.

— Nous le connaissons, nous le connaissons! s'exclament immédiatement les deux compères. Il dénichait nos œufs et volait nos petits... Charmant garçon, très sympathique!

— Et que font, puis-je vous le demander, cette décoration et cette photo dans votre poche, *mein Herr?* murmure pensivement la Volga. Attendez, laissez-moi deviner... Ça y est, j'ai trouvé!

— Ça y est, nous avons trouvé! grincent avec une joie exagérée les deux compères, en faisant des cabrioles.

La Volga les regarde avec impatience.

— Eh bien, qu'avez-vous trouvé, vieux bandits?

— Oui, bredouille Ilia Osipovitch, qu'avez-vous trouvé, Akaki Akakivitch?

— Et vous, et vous, Ilia Osipovitch, qu'avez-vous trouvé?

Ils se regardent piteusement.

— Rien, avouent-ils humblement, nous n'avons rien trouvé du tout, mère des fleuves! Pouvez-vous avoir l'extrême bienveillance d'éclairer nos obscures cervelles de vieux oiseaux déplumés?

— J'ai trouvé, dit la Volga, et, dans ces conditions, *mein Herr*, je regrette de ne plus pouvoir vous autoriser davantage à vous accrocher à cette branche : vous avez cessé de m'amuser.

— *Nein! nein!* hurle le malheureux conquérant.

— *Ja, ja!* croassent triomphalement les deux compères, et la Volga jette son nouveau prétendant contre son fond et le tient ainsi le temps qu'il faut à un Allemand de bien boire... Et les deux compères sont déjà ailleurs. Prudemment, ils se dirigent vers quelque chose que la Volga porte avec une étrange douceur dans ses bras.

— Hum? fait Ilia Osipovitch, d'un air incertain.

— Hum! hum! l'encourage Akaki Akakivitch et, tout doucement, ils commencent à descendre... Mais la Volga pousse un tel hurlement que les deux compères bondissent vers le ciel de toute la force de leurs vieilles ailes.

— Oh! mon Dieu, j'ai failli mourir de peur! croasse Ilia Osipovitch. Quant à Akaki Akakivitch, il a les plumes hérissées de terreur jusqu'au bec.

— Allez-vous-en, mangeurs d'ordure! hurle la Volga, et, de rage, elle se couvre d'écume. Ne voyez-vous pas que c'est un soldat russe?

— Oh! mon Dieu! s'exclame Ilia Osipovitch. Quelle affreuse erreur!

— Quel tragique malentendu! surenchérit Akaki Akakivitch.

— Excusez nos vieux yeux, mère des fleuves!

— Nous ne sommes plus bons qu'à mourir!

— Ne pouvons-nous rien pour lui, mère des fleuves?

Mais la mère des fleuves leur répond, dans la riche et sonore langue russe, par une injure tellement ignoble, que les deux compères se regardent avec effroi, rentrent la tête dans les plumes et fuient vers la forêt...

— Ça ne fait rien, bégaie Ilia Osipovitch, en secouant ses plumes hérissées, je n'aurais jamais cru que la mère Volga pouvait tenir un langage pareil!

— Je veux dormir et oublier, murmure Akaki Akakivitch, écœuré. Par mon nid natal! voilà ce qu'elle a appris à fréquenter les bateliers et les cosaques.

— Ne t'en fais pas, mon petit Vasionok-Vasienka, murmure tendrement la Volga, en portant le corps blond dans ses bras maternels. Il est des cimetières plus tristes que celui de la Volga. Je t'emmènerai vers un coin tranquille où nul n'est encore venu, ni homme ni bête, dans les roseaux frais d'une île que je sais — et tu deviendras onde, roseau et sable doux et île toi-même, mon Vasionok, ce qui, après tout, est bien plus agréable que de servir d'engrais à un champ de patates ou d'oignons...

Et elle lui chante doucement la vieille berceuse des mères cosaques :

> *Spi mladienitz moï priekrasny*
> *Baïouchki - baïou...*
> *Ticho smotrit miesietz jasny*
> *W kolybiel twoyou* [1]... »

1. Dors mon enfant joli,
   Dors.
   La lune regarde doucement
   Dans ton berceau...

Plus tard, lorsque, pour calmer leurs têtes enflammées, ils firent quelques pas ensemble sur la passerelle, dans la nuit bleue, au-dessus du marécage gelé, sous un ciel qui brillait de mille éclats victorieux, Janek demanda à Dobranski :

— Tu aimes les Russes, toi?

— J'aime tous les peuples, dit Dobranski, mais je n'aime aucune nation. Je suis patriote, je ne suis pas nationaliste.

— Quelle est la différence?

— Le patriotisme, c'est l'amour des siens. Le nationalisme, c'est la haine des autres. Les Russes, les Américains, tout ça... Il y a une grande fraternité qui se prépare dans le monde, les Allemands nous auront valu au moins ça...

# 32

Après Stalingrad, ils vécurent pendant quelques semaines dans une ivresse heureuse, et la faim leur paraissait moins tenace, le froid moins mordant. Mais, vers la fin de février, leurs vivres s'épuisèrent définitivement. Janek dut distribuer ses dernières patates, et ils furent bientôt réduits à fouiller dans la neige, de leurs mains insensibles, à la recherche d'une châtaigne, d'un gland, d'une pomme de pin. Les trois frères Zborowski passaient leurs nuits à rôder dans les villages, mendiaient, suppliaient, menaçaient : ils revenaient toujours les mains vides, et, plusieurs fois les paysans, affamés eux-mêmes, les rouèrent de coups. Déjà plusieurs isolés se rendaient aux Allemands, les plus désespérés sortaient de la forêt et attaquaient les patrouilles allemandes sur les routes pour se faire tuer... Mais bientôt la rumeur se répandit que le Partisan Nadejda avait été vu dans la forêt : leur commandant en chef était venu prendre part personnellement à leur combat. Ils étaient convaincus que la nouvelle était vraie, car c'était bien dans la manière de l'homme. Il avait l'habitude de paraître brusquement là où les conditions de lutte étaient les plus difficiles, et venait presque toujours se mêler aux combattants lorsque l'espoir et le courage paraissaient sur le point de les quitter.

— Machorka jure qu'il l'a vu sur la voie ferrée, à l'endroit exact où Kublaj a livré son dernier combat, leur annonça Hromada. Et il l'a vu ensuite dans la chapelle de Saint-François, à Vierki, debout devant l'autel, là où ils ont abattu le père Burak. Et écoutez-moi ça : il portait l'uniforme de général polonais — oui, en plein jour!

Dobranski sourit.

— Je ne sais si Machorka l'a vraiment vu, ou s'il ment comme d'habitude, dit-il. Mais je sais qu'il est là, parmi nous, cela au moins est vrai.

Janek tenait Zosia dans ses bras. Ils étaient assis à côté du feu, sous une peau de mouton qui avait appartenu à Tadek Chmura. Il regarda l'étudiant avec un peu d'ironie : il commençait à comprendre qui était leur chef légendaire. Et il savait à présent où il se cachait.

— Je l'ai vu moi-même, annonça-t-il calmement.

Hromada resta bouche bée.

— Quoi? où? où l'as-tu vu?

— Ici. Je l'ai vu ici. D'ailleurs, je le vois en ce moment. Il est à côté de toi.

Hromada fronça ses sourcils épais.

— Tu es un peu trop jeune pour te moquer des anciens, grommela-t-il.

Mais Dobranski parut très frappé. Il regarda Janek longuement, et puis se pencha, passa le bras autour de ses épaules, et le secoua affectueusement, sans dire un mot.

Cent kilos de patates, miraculeusement capturées, aidèrent le petit groupe de partisans à triompher de l'hiver. Ce soir-là, les frères Zborowski descendirent dans la cachette, les mains vides, comme d'habitude.

— A Piaski, on a tué pan Romuald, annoncèrent-ils. Une colonne de représailles est arrivée ce matin dans le village.

— Ça va faire encore de la fumée! grommela Krylenko.

— Il paraît que Sopla a vendu les coupables. Les Allemands avaient offert cent kilos de patates comme récompense...

Le matin, une tempête de neige avait balayé la région, et, dans la soirée, dans les rues de Piaski, on avait de la neige jusqu'aux genoux : les chenillettes allemandes avaient l'air impuissant des gros bourdons tombés sur le dos, et le tank du Hauptmann Stoltz, commandant de la colonne, s'enlisa au milieu de la place de la Mairie et refusa de bouger. Stoltz sortit du tank — dans son œil, le monocle avait l'air d'un morceau de glace —, jura et gagna à pied ses quartiers. Il eut ensuite de nombreux entretiens avec les gens les plus en vue du village. Mais, en dépit des menaces et des jurons dont ces entretiens furent ponctués, les visages des villageois demeurèrent aussi blancs et vides que le *no man's land* enneigé où Herr Hauptmann Stoltz venait de laisser son tank. Seul le bref entretien avec le menuisier Sopla se révéla concluant. Dès le premier coup d'œil, Stoltz avait eu une impression favorable : le visage de Sopla n'était point vide d'expression comme celui de ses prédécesseurs : ce visage était fatigué, résigné et pâle.

— Sale temps, avait commencé par déclarer Stoltz, d'un air menaçant.

Sopla, tout de suite, se répandit en excuses. Le menton tremblant, il assura Herr Hauptmann que si la tempête de neige coïncidait avec l'arrivée de la colonne allemande dans le village, ce fait n'avait rien de prémédité, et qu'en tout cas, lui, Sopla, n'y était pour rien. Lui, Sopla, était bien trop préoccupé par ses enfants et sa femme, qui n'avaient rien mangé depuis quarante-huit heures, pour s'amuser à dresser des obstacles sur la route du Herr Hauptmann. Stoltz jugea cette entrée en matière pleine de promesses, entra dans une violente colère, parla d'insolence, de sabotage, de provocation, et, finalement, sans trop savoir comment, le malheureux Sopla promit de faire briller le soleil, d'interdire à la neige de tomber et s'offrit même, dans un excès de zèle, d'arrêter personnellement la bourrasque et de la livrer à Herr Hauptmann, pieds et poings liés. En bon stratège, Stoltz exploita rapidement ce succès initial, et, une demi-heure plus tard, deux soldats allemands portèrent dans la maison de Sopla un sac de cent kilos de patates. Vers huit heures, alors que la neige durcissait dans les rues, une patrouille allemande sortit de la nuit. Les soldats marchaient au pas cadencé. La neige craquait sous leurs pas, et Sopla, qui courait devant la patrouille, en rasant les murs, et qui n'avait même pas eu le temps de goûter aux patates qu'il était en train de payer, trouvait que cela faisait un bruit de mâchoires qui broient. Il n'avait qu'une idée en tête : finir sa besogne au plus vite et rentrer chez lui manger un bon plat de patates fumantes. « Kubus ne m'en voudra pas, pensait-il avec une conviction absolue, née de la faim. C'est un ami sûr et intelligent. Il comprendra. » La patrouille était sous les ordres du brigadier Klepke, de Hanovre. « Un temps à ne pas mettre le nez dehors, même pour déserter », pensait ce militaire, avec une rage sans nom, due en partie à un an de campagne sans congé.

— C'est là, annonça soudain Sopla, d'une voix étranglée.

Klepke leva sa torche : au-dessus de la devanture, il y avait un écriteau : J. Piotruszkiewicz *Paczki, ciastka, woda-sodowa* [1].

— Alors? demanda Klepke. Qu'est-ce que tu attends?

Le visage de Sopla, noirâtre et creusé par la faim et l'anxiété, comme une patate informe, grimaça.

— Le réveiller comme ça... Pour rien...

— Ce n'est pas pour rien, observa judicieusement le brigadier, c'est pour lui coller une balle dans la peau.

Il approcha de la porte et frappa. Ils attendirent un moment, puis une voix endormie cria :

— Qui est là?

— C'est un ami! répondit piteusement Sopla. Ouvre-moi, Kubus!

La porte s'ouvrit largement. Les soldats entrèrent et Sopla trotta derrière eux. Piotruszkiewicz était en chemise de nuit, par-dessus son pantalon, dont les bretelles tombaient par terre. Il avait un visage poupon et triste.

— *Atchoum!* éternua-t-il.

----

1. Pâtisserie, eau gazeuse.

Sopla ferma rapidement la porte et expliqua au brigadier :

— Il est très faible des poumons. Lorsqu'il était enfant, il était toujours malade. Sa pauvre mère a eu beaucoup de peine à l'élever. Il aurait dû vivre à la montagne.

— Quelquefois, la montagne fait du bien, reconnut Klepke.

Sopla s'approcha de son ami.

— Tu ne m'en veux pas, Kubus?

— Non. Cent kilos de patates, c'est une bonne excuse...

— Comment le sais-tu?

— Tout le monde le sait au village.

Sopla s'écroula sur un tabouret et se mit à pleurer.

— Allons, allons, du courage! l'exhorta le pâtissier.

— Je ne connaissais pas les vrais coupables! sanglota Sopla. Je ne pouvais pas désigner n'importe qui : on se serait vengé sur moi, sur ma famille... Alors, j'ai cherché quelqu'un sur qui je puisse compter, un ami sûr, à toute épreuve...

— Je te suis obligé, dit Piotruszkiewicz. En revanche, peux-tu faire quelque chose pour moi?

— Tout, dit simplement Sopla.

— Ces patates... Pourrais-tu en envoyer quelques kilos à ma femme?

— Je les lui porterai demain matin moi-même! promit Sopla.

Le brigadier Klepke donna des ordres. Les deux amis s'embrassèrent.

— Merci pour les patates! dit Piotruszkiewicz.

Sopla ouvrit la bouche, mais ne put parler.

— Allons, l'encouragea le pâtissier. Sois un homme, Sopla!

Il alla chercher dans la commode une bouteille et quelques verres.

— Bois un coup.

Sopla but.

— Prenez un verre également, offrit Piotruszkiewicz aux soldats.

— Vous êtes bien honnête, remercia Klepke.

Il leva son verre.

— A votre santé!

— A la bonne vôtre.

Ils trinquèrent.

— Eh bien, dit Klepke, si vous permettez...

— Certainement, s'inclina Piotruszkiewicz. Au moins n'aurai-je plus faim!

Sopla, défait et chancelant, leur tourna le dos et se boucha les oreilles. Piotruszkiewicz reçut la salve en pleine poitrine. Il fit une pirouette, tomba et demeura immobile. Les soldats sortirent rapidement, le brigadier le dernier; il emportait la bouteille. Sopla les suivit. Il sentait qu'il aurait dû rester, pour réconforter la veuve de son ami, mais il préférait le faire le lendemain, en apportant les patates. « La pauvre femme sera tellement heureuse! » pensa-t-il. Ils se retrouvèrent dans la rue, Sopla marchait rapidement, pressé d'en finir, rêvant du bon plat qui l'attendait à la maison : la chair tendre, blanche, parfumée... Enivré par cette image, il n'hésita plus, et, lorsque la torche du brigadier découvrit l'écriteau : « Tailleur Z. Magdalinski. Coupe de première classe. Coups de fer à la minute. Prix modiques », il frappa d'un poing résolu. Personne ne répondit. Il

frappa encore. Le brigadier Klepke regardait l'écriteau d'un air pensif, comme s'il se demandait si oui
ou non, pour un prix modique, il allait faire repasser
son pantalon : mais il ne savait pas le polonais.
Exaspérés par le froid, les soldats commencèrent à
enfoncer la porte à coups de crosse. Aussitôt, une
voix de femme, toute proche — sans doute la femme
était-elle tapie depuis un bon moment derrière la
porte —, cria :

— Eh bien?

— Je vous présente mes respects, pani Marta, dit
Sopla. Nous venons voir votre mari.

— Mon mari n'est pas là.

— Assez de discussions! hurla Klepke, en allemand. Ouvrez la porte!

La porte s'ouvrit. Un grand silence se fit, pendant
lequel les soldats ouvraient les yeux et se dressaient
sur la pointe des pieds pour mieux voir. La femme
portait un peignoir de coton, et, dessous, était entièrement nue.

Elle ne paraissait pas avoir froid : au contraire,
sur leurs visages glacés, les hommes sentaient la
chaleur qui montait d'elle. Ce qu'on ne voyait pas
de son corps n'était pas difficile à deviner, et ce
qu'on voyait ne donnait pas envie de fermer les
yeux. Pani Marta était grande, brune, avec de grands
yeux verts et mauvais de chat et une bouche comme
écrasée de baisers et tout humide.

— *Mein Gott!* dit à voix basse, mais distincte-
ment, le plus jeune des soldats allemands.

— Regarde de côté! ordonna sévèrement le plus
âgé, qui connaissait ses parents et leur avait promis
de veiller un peu sur le petit.

— Silence! ordonna soudain le brigadier d'une étonnante voix de fausset.

Il toussa.

— Silence! se reprit-il. Où est votre mari?

— Il n'est pas là.

La femme se tourna vers Sopla.

— Judas! souffla-t-elle.

Sopla voulut répliquer, mais, au même moment, on entendit un craquement dans l'arrière-boutique.

— Qu'est-ce que c'est? demanda Klepke.

— Est-ce que je sais, moi? dit la femme. Le chat peut-être.

Elle se mit dans l'embrasure de la porte. Klepke la repoussa. Elle résista, et, dans son effort, découvrit un sein au téton rose et dressé, qu'elle ne fit aucun effort pour cacher. Le plus jeune des soldats et le téton se regardèrent : le soldat fut le premier à baisser les yeux.

— *Ach!* fit-il, sourdement.

— Regarde de côté, malheureux! ordonna l'aîné. Cache ça, sorcière!

— Je ne suis pas comme ta femme, siffla pani Marta, je n'ai pas honte de ce que j'ai à montrer!

— En avant! ordonna Klepke.

Ils la repoussèrent et se ruèrent dans l'arrière-boutique. L'endroit était presque entièrement envahi par un lit, large et défait, aux draps entortillés autour des oreillers, les couvertures en tas, les édredons par terre. La pièce était vide.

— Je vous dis que c'est le chat! cria pani Marta.

On entendit, en effet, un miaulement très doux.

— Poussi, poussi, poussi! fit le plus jeune des soldats, qui aimait les bêtes. Il doit être sous le lit...

Il se pencha et passa une main sous le lit. Son visage exprima soudain un ahurissement sans nom.

— *Ach!* fit-il faiblement.

Le brigadier Klepke regarda rapidement sous le lit.

— Sors de là!

Lentement et à contrecœur, un homme sortit de sous le lit. Il était gras et âgé. Il n'était pas beau à voir. Il avait la chair de poule.

— Le petit chat, hein? grinça Klepke.

— Je sais très bien imiter le chat! dit l'homme d'un air vexé.

Klepke donna des ordres. Les hommes empoignèrent leurs fusils.

— Attendez! cria soudain Sopla. Cet homme n'est pas le tailleur Magdalinski!

— *Mein Gott!* fit le plus jeune des soldats, en regardant l'étranger avec respect.

Il y eut un silence.

— Mais alors, qui est-ce? demanda Klepke.

— Je ne sais pas. Il n'est même pas du village. Je ne l'ai jamais vu auparavant.

L'homme avait mis une couverture autour de lui. Il s'adressa au brigadier. Il parlait un très bon allemand.

— Mon nom est Schmiedt. Je suis de descendance allemande. Je travaille pour l'autorité militaire ici...

— Ici? hurla le plus jeune des soldats, avec terreur.

— N'écoute pas! ordonna le vieux. Bouche-toi les oreilles!

— Je veux dire : à Wilno. J'ai un contrat de transport avec l'armée. Je suis très bien vu de vos chefs, brigadier, et, si j'ai un conseil à vous donner, c'est de vous retirer. L'homme que vous cherchez n'est pas là.

— Où est-il?

Schmiedt haussa les épaules.

— Est-ce que je sais? Je m'occupe de sa femme et non de lui. Il doit traîner dans la forêt, avec les partisans. C'est un bandit.

Il y eut un nouveau silence. Puis Sopla se mit à hurler. Depuis un moment déjà il tremblait de rage. Il souffrait pour son ami Magdalinski. Ainsi le tailleur était chez les partisans, servant son pays. Et, pendant ce temps, sa femme le trompait honteusement avec un agent de l'ennemi. La bassesse, la vilenie d'une pareille conduite étouffait Sopla. *VIRONY*.

— Chienne inassouvie! hurla-t-il. Femme sans...

Mais pani Marta lui arracha la parole.

— Je n'ai pas honte! siffla-t-elle. Cet homme me donne à manger! C'est plus que mon mari ne peut dire! C'est plus que tu ne peux dire, toi aussi, Sopla. Si ta femme avait vingt ans de moins, elle ferait comme moi!

Sopla recula peureusement. Et les Allemands, le brigadier Klepke le premier, commencèrent à ricaner, puis à rire, puis à se tordre. Pani Marta, pendant un moment, les regarda avec mépris. Puis la colère la prit.

— De qui riez-vous? hurla-t-elle. De vous-mêmes? Vous êtes bien mariés, les uns et les autres? Vous avez bien laissé des femmes ou des fiancées, en Allemagne? Eh bien, elles font comme moi, vos femmes! Oui, mes agneaux! Les unes parce qu'elles s'embêtent; les autres parce qu'elles aiment ça, ou parce que ça met du beurre dans leurs épinards!

Le rire du brigadier Klepke mourut le premier. Il avait laissé une jeune femme à Hanovre, une toute jeune femme. Il avait bien reçu des lettres au début de leur séparation. Mais, à présent, elles se faisaient rares. Et, surtout, leur ton avait changé. Elle ne réclamait plus le retour de *mein Süsser*, comme elle le faisait au début. Elle ne se plaignait plus de la solitude. Cela avait beaucoup frappé le brigadier Klepke et glissé le serpent du doute dans son esprit. D'habitude, il évitait d'y penser, mais, à présent, cette femme... Les autres mariés du détachement se livraient à des méditations analogues. Ils regardaient Schmiedt avec hostilité. Ils ressentaient une sorte de sympathie pour le tailleur Magdalinski. C'était un ennemi, certes, un partisan, mais ils sentaient s'établir entre eux et lui une sorte de fraternité : la fraternité des hommes trompés par leurs femmes alors qu'ils sont au front.

— Alors? dit pani Marta. On ne rit plus?

Les hommes se regardèrent. Ils ne dirent rien, ne se posèrent aucune question, mais tous, au même moment, ils surent ce qu'ils allaient faire. Leur accord fut muet et instantané. Même le vainqueur Klepke et le lamentable vaincu, Sopla, se regardèrent et se comprirent, sans échanger un mot.

— Es-tu sûr que cet homme n'est pas le tailleur Magdalinski?

— Je n'en sais trop rien, dit Sopla. Il y a longtemps que je ne l'ai plus vu, Magdalinski. C'est peut-être lui. Ce n'est peut-être pas lui. Je n'en sais rien.

— Regarde-le bien.

— Je le regarde bien, dit Sopla en regardant soigneusement de côté.

Schmiedt parut inquiet.

— Qu'est-ce que c'est que cette comédie? J'ai mes papiers en règle. Ils sont dans mon veston. Je peux vous les montrer.

— Reste où tu es! ordonna Klepke.

Il pensait à sa femme. Il y a un an, lorsqu'ils se quittaient, elle pleurait. Ils venaient de se marier. Ils avaient passé deux semaines ensemble. Il se souvenait de son corps chaud, de ses caresses brûlantes. Ce que, longtemps, il avait réussi à chasser de son esprit l'inonda maintenant de son évidence : sa femme était incapable de vivre seule pendant plus d'un an. Elle avait pris un amant. Elle avait un amant, qui la caressait tous les soirs, alors que lui, Klepke, usait sa vie, ses forces, dans cette neige maudite... Elle avait un homme, un embusqué, sans doute, un des profiteurs de cette guerre. A qui profite-t-elle, cette guerre? Pas à ceux qui partent : ceux-là se font tuer, ou bien, s'ils reviennent, ils trouvent leurs foyers détruits. Non, elle profite à ceux qui restent. Aux hommes pareils à ce Schmiedt, qui vous prend votre jeune femme alors que vous êtes loin... Il ordonna :

— Préparez-vous!

Schmiedt devint très pâle.

— Mes papiers sont en règle. Je vous invite à regarder mes documents, brigadier. Cela vous épargnera des ennuis. J'ai des amis haut placés. Je suis membre du parti. Vous parlez à un sujet allemand, brigadier. Ne l'oubliez pas...

— Pourquoi ne pas débarrasser le monde d'un sujet allemand? pensa soudain Sopla.

Il fit un pas en avant et déclara :

— C'est Magdalinski! Je le reconnais à présent!

Dans la rue, Klepke donna une bourrade amicale à Sopla et lui souhaita bonne nuit. Il paraissait d'excellente humeur.

— Membre du parti? grommela-t-il. Membre du parti, voyez-moi ça... *Gute Nacht, Herr Sopla!*

Il emmena sa patrouille. Sopla rentra chez lui. Il dit à sa femme :

— Vite. Je meurs de faim.

— C'est prêt.

Au même instant, on frappa à la porte.

— Je croyais en avoir fini, dit Sopla.

Il ouvrit la porte. Les trois frères Zborowski entrèrent rapidement, suivis de Janek.

— Bonsoir.

Les lèvres de Sopla bougèrent, mais aucun son ne sortit de sa bouche.

— Bonsoir, dit sa femme.

Ses mains serraient nerveusement le bout de son tablier. Janek regardait ses mains. Elles étaient fatiguées et rouges, usées par la lessive. Elles étaient plus vieilles et plus ridées que le visage. Elles semblaient avoir une vie à part, et leurs doigts tordus exprimaient encore plus de souffrance muette que le visage et les yeux.

— Je n'ai pas peur, dit Sopla. J'en ai trop bavé...

Sa femme se dirigea vers l'armoire. Elle ouvrit et commença à sortir les vêtements de dimanche de son mari.

— Seulement je voudrais manger avant.

— Où est le sac? demanda l'aîné des Zborowski.

Janek regarda les mains. Il vit les doigts s'étreindre, s'agripper dans un geste millénaire, vieux comme la douleur.

— Vous ne pouvez pas faire ça, dit la femme. J'ai des enfants. Vous ne pouvez pas tuer leur père et prendre le sac aussi.

— Nous n'allons pas le tuer. Nous voulons seulement le sac.

— Tuez-le plutôt, tuez-le!

— Stefa, supplia Sopla, Stefa...

— Tuez-le, hurlait-elle, tuez-le!...

Ils étaient déjà dehors, ils marchaient dans la neige, pliés sous leur charge précieuse, et ils entendaient encore la voix qui hurlait :

— Tuez-le!

Et la voix suppliante de Sopla :

— Stefa, Stefa...

Et il parut soudain à Janek que le monde des hommes n'était qu'un sac immense, dans lequel se débattait une masse informe de patates aveugles et rêveuses : l'humanité.

## 33

La forêt engloutie dans une blancheur glacée, où les sapins disparaissaient parfois jusqu'au sommet, et où le silence avait une épaisseur de fin du monde, continuait néanmoins à recueillir les nouvelles de tous les fronts clandestins où se poursuivait le même combat acharné; de Grèce, de Yougoslavie, de Norvège, de France, leur venaient mille souffles de vie, mille battements d'un espoir tenace et souterrain; les partisans retrouvaient dans ces signaux, venus de pays qui leur paraissaient souvent aussi éloignés que les astres dont ils ne connaissaient que les noms, l'écho de leur propre résolution, de leur propre et tenace refus de désespérer : on eût dit que le Partisan Nadejda était partout à la fois. Il y avait longtemps que Janek ne se demandait plus qui il était. Il souriait maintenant lorsqu'il entendait quelque camarade en parler avec gravité autour du feu, évoquant les exploits légendaires de celui qui les commandait.

— Il paraît qu'il a encore bombardé Berlin la nuit dernière : il ne reste plus pierre sur pierre.

Ils tiraient sur leurs pipes avec satisfaction.

— En Yougoslavie, il rend les Allemands fous

furieux. Il est vrai qu'avec toutes ces montagnes, là-bas, c'est plus facile qu'ici, en pays plat.

— Il fait du bon travail ici aussi.

— C'est maintenant certain : c'est lui qui est à la tête des juifs, à Varsovie. Il paraît que le ghetto s'est soulevé, et qu'ils se battent comme des lions.

— L'idée nous est venue, il y a deux ans environ, expliqua Dobranski, en marchant avec Janek dans la nuit. C'était une époque particulièrement terrible : presque tous nos chefs étaient tombés au combat ou avaient été arrêtés par les Allemands. Pour nous redonner du courage et pour désorienter l'ennemi, nous avons inventé le Partisan Nadejda — un chef immortel, invincible, qu'aucune main ennemie ne pouvait saisir et que rien ne pouvait arrêter. C'était un mythe que nous inventions ainsi, comme on chante dans la nuit pour se donner du courage, mais le jour vint rapidement où il acquit soudain une existence réelle et physique, et où il devint réellement présent parmi nous. Chacun semblait vraiment obéir aux ordres de quelque chose d'immortel, de quelque chose qu'aucune police, aucune armée d'occupation, aucune puissance matérielle ne pouvait atteindre et ébranler.

Et chaque fois que Janek écoutait de la musique ou lorsque Dobranski, ouvrant son cahier d'écolier, leur lisait une de ses histoires où résonnait l'écho du courage humain, une sorte de gaieté, presque d'insouciance, s'emparait de lui, comme si le souffle de l'immortalité venait de l'effleurer. Lorsqu'il tenait Zosia dans ses bras et pressait sa joue contre la sienne, lorsqu'il montait la garde dans la forêt engloutie, attendant l'aube, seul, tremblant, effrayé, une gre-

nade à la main et la nuit sur ses épaules, le partisan
légendaire se dressait soudain à ses côtés, passait
le bras autour de ses épaules, et Janek sentait autour
de lui la présence d'une certitude absolue, celle de
l'invincibilité humaine. Il savait à présent que son
père ne lui avait pas menti, et que rien d'important
ne mourait jamais.

Les Allemands eux-mêmes avaient fini par comprendre qui était cet invincible ennemi dont ils ne
parvenaient pas à s'emparer; ils savaient où il se
cachait, et combien vains étaient tous leurs efforts
pour le tuer, pour l'arracher des millions de cœurs
qu'il animait. Des ordres sévères, qui furent plus
tard cités au cours du procès de Nuremberg, furent
donnés de Berlin par Hitler lui-même, à tous les
états-majors de la Gestapo en Pologne : toutes les
tentatives d'identifier et d'arrêter le soi-disant Partisan Nadejda devaient cesser immédiatement, « car
il n'existe aucun agent ennemi de ce nom ». Nulle
référence ne devait plus être faite dans la corres-
pondance officielle à « ce personnage mythique inventé
par l'ennemi pour les besoins de propagande et de
guerre psychologique ». Les frères Zborowski purent
obtenir une copie de ces ordres grâce à un agent
double qui essayait à présent de rentrer dans les
bonnes grâces des partisans, et Dobranski leur en
donna lecture, traduisant la circulaire page par page,
parmi des éclats de rire et des cris moqueurs : il leur
paraissait du plus haut comique de voir ces efforts
de la bureaucratie policière affolée pour nier l'existence de quelque chose qui vivait en eux si puis-
samment, qui emplissait leurs poumons et chantait
dans chaque molécule de leur sang.

Et cependant, alors qu'il assistait à cette lecture avec les autres partisans et qu'il les écoutait se gausser de ces tentatives comiques des oppresseurs qui cherchaient à accomplir l'impossible, Janek se sentit soudain pris de tristesse et presque désespéré : pour la première fois, il savait à présent avec certitude que son père était mort. Zosia saisit l'ombre de cette tristesse sur son visage, et lui pressa timidement la main, et Janek lui dit d'une voix dont l'amertume n'avait plus d'âge, et qui portait la marque de son éducation précoce et d'une expérience humaine qui l'avait marqué d'une maturité d'où les illusions étaient exclues :

— Dobranski devrait ajouter quelques mots à sa traduction. Lorsqu'ils affirment que rien d'important ne meurt jamais, tout ce que cela veut dire, c'est qu'un homme est mort, ou qu'on est sur le point d'être tué.

— Tu es en colère. Il ne faut pas.

— Je ne suis pas en colère, Zosia, mais j'ai fini tout de même par apprendre : ça a fini par rentrer. Ils nous ont mis à une bonne école, et j'ai toujours été un bon élève. On a reçu une fameuse éducation. Tu te souviens de Tadek Chmura? Il appelait cela notre « éducation européenne ». Je n'avais pas compris, à l'époque : j'étais trop jeune. Et puis il savait qu'il allait mourir, alors, il mettait de l'ironie partout. Mais maintenant, j'ai compris. Il avait raison. Cette éducation européenne dont il parlait si moqueusement, c'est lorsqu'ils fusillent votre père, ou lorsque toi-même tu tues quelqu'un au nom de quelque chose d'important, ou lorsque tu crèves de faim, ou lorsque tu rases une ville. Je te dis, on a été à la

DEEPLY IRONIC

265

bonne école, toi et moi, on a vraiment été éduqués.

Zosia retira doucement sa main.

— Tu ne m'aimes plus.

— Comment peux-tu dire ça? Pourquoi?

— Parce que tu es malheureux. Lorsque tu aimes quelqu'un, rien ne peut te rendre malheureux. Tu vois, moi aussi, j'ai appris quelque chose.

Janek avait à présent quinze ans. Lorsqu'il marchait avec les « verts » à travers la forêt engloutie, une mitraillette à la main, ou lorsqu'il portait sur son dos, vers quelque poste avancé, des bâtons de dynamite dissimulés parmi des branches, lorsqu'il regardait pensivement la capsule de cyanure qu'il cachait sur lui comme tous les partisans, il sentait qu'il ne resterait vraiment que bien peu de chose à apprendre, et que, malgré son jeune âge, il était un homme instruit. Il attendait avidement une occasion de prouver qu'il avait appris sa leçon, et qu'il était l'égal de ceux dont il partageait la vie et les dangers, mais qui continuaient à le traiter parfois avec un peu de supériorité, comme s'il était encore un enfant. Et le pouls de la liberté, ce battement souterrain et secret qui montait, de plus en plus fort, de plus en plus perceptible, de tous les coins de l'Europe et dont les échos parvenaient jusque dans cette forêt perdue, le faisait rêver d'exploits héroïques, de prouesses viriles qui rendraient le Partisan Nadejda fier de sa plus jeune recrue.

Un détachement de dix *feldgraus* occupait une masure au bord de la Wilejka; c'était un des nombreux postes de contrôle et de surveillance établis par l'ennemi autour de la forêt dans son vain effort de la sceller et d'isoler les partisans du monde extérieur. Une glace épaisse recouvrait le fleuve, et les *feldgraus* avaient déblayé la neige et installé une patinoire où on les voyait souvent s'ébattre gaiement parmi les éclats de rire et les cris de joie.

Janek établit son plan minutieusement, sans en parler aux partisans. Il se mit à traverser le fleuve plusieurs fois par semaine, portant des fagots sur son dos. Il sortait de la forêt clandestinement, à un kilomètre en aval du poste, remontait le fleuve, se présentait au contrôle comme s'il venait de Wierki, et demandait la permission d'aller ramasser du bois de chauffage sur l'autre rive, où la forêt commençait. Un peu plus tard, il retraversait le fleuve, plié sous son fardeau de branches, qu'il laissait parfois tomber de ses épaules au bord de la patinoire, comme pour souffler un moment, et regardait les ébats sportifs des *feldgraus* d'un air envieux. Les soldats finirent par inviter le garçon à venir s'amuser avec eux. Ils lui prêtèrent des patins, et se montrèrent très gentils avec lui, l'invitant à l'intérieur du poste et lui offrant du café et du chocolat.

Les *feldgraus* se sentaient isolés du monde et s'ennuyaient; très vite, ils adoptèrent le petit Polonais qui ne leur manifestait aucune hostilité et se laissait apprivoiser si facilement. Ils lui montraient des photos de leurs femmes, de leurs enfants, de leurs fiancées et de leurs chiens. Parfois, alors qu'il se tenait parmi eux, écoutant leurs rires, regardant leurs jeunes visages et mangeant leurs rations, Janek se sentait pris de remords et son cœur se serrait; et il lui fallait faire un effort d'imagination pour se rappeler que ces jeunes gens étaient des ennemis mortels.

Un jour, il glissa quelques baguettes de dynamite parmi les branches, chargea le bois sur les épaules et s'engagea sur le fleuve gelé. Il faisait très froid, les *feldgraus* étaient à l'intérieur du poste, sans doute tapis autour du feu; la cheminée fumait gaiement. Un seul soldat était sur la piste, apprenant à patiner. Il y réussissait fort mal, tombait tout le temps au milieu du cercle de glace, et riait de bon cœur de sa maladresse.

Les *feldgraus* accueillirent Janek en vieil ami; les soldats buvaient du café, jouaient aux cartes, dormaient. Il jeta ses fagots dans un coin, but la tasse de café brûlant qu'ils lui offrirent, mangea une tablette de chocolat, puis leur emprunta une paire de patins. Il n'avait pas peur et c'est à peine si son cœur battait plus vite que d'habitude. Ce qui le préoccupait, c'était l'idée de toutes les bonnes choses qu'il voyait et qui allaient sans doute être détruites avec le reste : toutes ces tablettes de chocolat, le café, le sucre, les boîtes de conserves. Il aurait tellement voulu récupérer ces rations et les offrir à Zosia, surtout le chocolat.

Il déclencha le détonateur dans sa poche, le glissa parmi les branches et les bâtons de dynamite, et s'en fut patiner. Il essaya de s'éloigner le plus possible du poste, mais la glace autour de la patinoire était irrégulière et bosselée et il dut demeurer dangereusement près de la maison dont la cheminée continuait à fumer tranquillement. Le *feldgrau* faisait de grands efforts pour demeurer debout sur ses patins, mais chaque fois qu'il faisait un mouvement, il tombait aussitôt, jurant et riant. Il ne devait pas y avoir plus de cinquante mètres entre eux et la maison.

Le temps passait lentement et Janek commençait déjà à penser que le mécanisme du détonateur n'avait pas fonctionné, lorsque l'explosion se produisit enfin. Il reçut un coup à la poitrine et fut projeté en arrière, mais se releva immédiatement.

Le *feldgrau* avait été, lui aussi, renversé par le souffle, et à présent, il était assis sur la glace, la bouche béante, les yeux agrandis et fixes, regardant avec une expression d'ahurissement complet les ruines d'où montaient des nuages de fumée noire. C'était un garçon solide, bâti en athlète, très blond, aux joues roses et aux yeux bleus. Il tenta de se relever mais n'y parvint pas et tomba à deux reprises avant de réussir à se mettre debout sur ses patins. Il tenta alors, avec des mouvements de noyé, d'avancer sur ses patins vers la berge, tomba et se releva une fois de plus, et ce fut alors qu'il aperçut le revolver dans la main de Janek. Il demeura pétrifié, le visage convulsé par des expressions contradictoires, où le refus de croire ce que ses yeux voyaient faisait lentement place à l'horreur et à un désespoir de bête coincée; ses yeux quittèrent enfin l'arme, et il essaya de fuir, mais s'écroula aussitôt. Janek était très à l'aise sur ses patins; il commença à décrire un cercle autour du *feldgrau*, en tenant dans sa main le revolver que son père lui avait donné. C'était un browning de petit calibre, et il lui fallait donc venir tout près pour bien viser. Heureusement, le *feldgrau* était incapable de se défendre ou de fuir; pendant que Janek tournait lentement en rond autour de lui, se rapprochant à chaque tour, il demeura assis, en tournant sur son derrière, pour essayer de lui faire face; il fit ensuite un nouvel effort pour se lever, pour courir, mais tomba sur le dos, les bras en croix, les jambes écartées, comme un insecte renversé. Après cela, il parut se résigner, se redressa et demeura assis, attendant le coup de feu, en regardant tristement le revolver dans la main de Janek. Lorsque Janek décrivit son dernier cercle, venant, cette fois, tout près, à deux mètres à peine de lui, le jeune soldat baissa simplement la tête et attendit. Il ne portait pas sa vareuse militaire, seulement un épais pull-over et un foulard aux couleurs gaies, et il n'avait pas du tout l'air d'un soldat, alors qu'il était assis là, sur son derrière, baissant la tête, ses cheveux très blonds dans la lumière, tenant ses mains jointes autour de ses genoux. Lorsque Janek s'arrêta enfin et leva son arme, il eut soudain l'impression qu'il allait tuer un simple sportif en difficulté sur une patinoire. Mais il le fit tout de même, sans hésiter.

Il courut ensuite sur ses patins jusqu'à la berge, les enleva et se mit à fouiller dans les ruines de la maison. Le Ciel lui fut clément : il trouva tout le chocolat intact — une centaine de tablettes —, un sac de sucre. Il put récupérer du café et presque toutes les boîtes de conserves, surtout celles de poisson fumé. Il traversa le fleuve plusieurs fois, enterrant dans la neige, sous les premiers arbres, tout ce qu'il ne pouvait prendre avec lui. Il chargea ensuite un sac plein sur ses épaules et s'engagea dans les profondeurs de la forêt blanche et silencieuse où, seuls, les cris des corbeaux s'élevaient parfois. Il sentit qu'il avait enfin cessé d'être un enfant; qu'il était devenu vraiment un homme, un partisan habile et résolu, qui savait mener à bien une tâche patriotique et tuer comme les meilleurs des combattants pour la liberté. Mais ce sentiment d'exaltation et de joie virile ne dura pas.

Il lui fallut cinq heures de marche pour atteindre l'endroit dans les marécages où les groupes de Krylenko, de Dobranski et de Hromada se cachaient. Sans doute sous l'effet de l'épuisement, ou par simple réaction à la tension nerveuse, quelque chose, soudain, se cassa en lui et, après leur avoir rendu compte en détail de son exploit, et jeté le sac de provisions aux pieds des partisans, au lieu de répondre à leurs questions excitées et de se réjouir de leurs tapes amicales et de leurs hochements de tête admiratifs, il se mit à pleurer pour la première fois depuis qu'il avait rejoint les maquisards; son cœur s'emplit d'une rancune étrange; il les regarda fixement à travers ses larmes, et ses yeux étaient presque méchants. Devant leurs questions étonnées, il ne put que secouer la tête, et lorsqu'ils devinrent enfin silencieux et le laissèrent seul, il prit Zosia par le bras et l'entraîna dehors.

Ils marchèrent lentement sur la passerelle de bois au-dessus du marécage gelé, et s'arrêtèrent à côté du canot pris dans la glace parmi les roseaux pétrifiés et, de tout ce qu'il voulait dire, de tout ce qu'il voulait crier, de toute l'indignation qui l'étreignait, il ne resta que cette phrase dite d'une voix tremblante, d'une voix d'enfant :

— Je veux être un musicien, un grand compositeur. Je voudrais jouer et écouter de la musique toute ma vie — toute ma vie...

Il regarda le monde glacé autour de lui où rien ne bougeait, et où tout paraissait condamné à demeurer sans changer, sans éclore, sans revivre, sans bourgeonner, sans renaître, jusqu'à la nuit des temps; où tout était condamné à être comme au jour du premier crime, condamné à tuer et à mourir; où l'horizon était un passé toujours recommencé; où l'avenir n'était qu'une arme nouvelle; où les victoires ne signifiaient que des combats nouveaux; où l'amour était une poudre dans les yeux; où la haine enserrait les cœurs comme la glace emprisonnait ce canot, avec ses rames ouvertes comme des bras impuissants; et la petite main de Zosia dans la sienne n'était plus qu'un fragment minuscule et glacé d'une froidure universelle. Elle mit ses bras autour de son cou, s'appuya contre lui et se mit à pleurer, elle aussi, non parce que quelque tristesse irrémédiable du monde eût touché son cœur, mais parce qu'il paraissait si triste et si perdu, et qu'elle ne savait pas comment l'aider.

Seul, Dobranski comprenait ce qui se passait dans le cœur de l'adolescent. Le lendemain matin, comme ils marchaient ensemble à travers les roseaux pour relever les partisans qui montaient la garde aux confins du marécage, il lui dit :

— Ce sera fini bientôt. Peut-être le printemps prochain. Et alors, je te jure, plus de haine, plus de tuerie. Tu verras. La paix, la construction d'un monde nouveau... Tu verras.

— Il était assis sur la glace, dit Janek, avec ses patins et son écharpe si gaie autour du cou — et c'est sûrement sa mère ou sa fiancée qui la lui a tricotée —, il n'était pas plus vieux que toi. Il ne m'a même pas regardé. Il acceptait, il avait simplement baissé la tête et il attendait le coup. J'ai bien visé, et j'ai tiré.

— Tu ne pouvais rien faire d'autre, Janek. C'est

leur faute. Ce sont eux qui ont déclenché ces horreurs.

— Il y a toujours quelqu'un pour les déclencher, dit Janek avec colère. Tadek Chmura avait raison. En Europe on a les plus vieilles cathédrales, les plus vieilles et les plus célèbres Universités, les plus grandes librairies et c'est là qu'on reçoit la meilleure éducation — de tous les coins du monde, il paraît, on vient en Europe pour s'instruire. Mais à la fin, tout ce que cette fameuse éducation européenne vous apprend, c'est comment trouver le courage et de bonnes raisons, bien valables, bien propres, pour tuer un homme qui ne vous a rien fait, et qui est assis là, sur la glace, avec ses patins, en baissant la tête, et en attendant que ça vienne.

— Tu as beaucoup appris, dit Dobranski, tristement.

Il s'arrêta dans la neige qui leur atteignait les genoux et, levant la tête, il se mit à parler. Il se mit à parler de la liberté et de l'amitié, du progrès, de la paix et de la fraternité, de l'amour universel; il parlait des peuples unis dans le labeur et dans un effort unanime pour découvrir enfin le sens et le secret du monde; il parlait de culture, d'art, de musique, des écoles, des Universités, des cathédrales, des livres et de beauté... En fait, il parut soudain à Janek que Dobranski ne parlait pas, mais qu'il chantait. Il se tenait là, debout dans la neige, son manteau de cuir noir entrouvert sur sa vareuse militaire, avec son baudrier, avec ses épaules étroites, et les yeux brillant d'un tel espoir et d'une telle joie que tout son beau visage en était éclairé; les bras levés, gesticulant sans cesse, avec une telle animation que, par contraste, l'immobilité frigide des arbres glacés qui les entourait paraissait à Janek empreinte d'une presque moqueuse hostilité. Il ne parlait pas; il chantait. Il chantait, et toute la force et la beauté des chants immortels de l'humanité vibraient dans sa voix inspirée. — Il n'y aura jamais plus de guerre, les Américains et les Russes allaient unir fraternellement leurs efforts pour bâtir un monde nouveau et heureux, un monde d'où la crainte et la peur seraient à jamais bannies. Toute l'Europe sera libre et unie; il y aura une renaissance spirituelle plus féconde et plus constructive que tout ce dont, dans ses heures les plus inspirées, l'homme ait jamais rêvé...

Combien de rossignols, pensait Janek, ont ainsi chanté à travers les âges, dans la nuit? Combien de rossignols humains, confiants et inspirés, sont morts avec cette éternelle et merveilleuse chanson sur les lèvres? Combien d'autres mourront encore, dans la froidure et dans la souffrance, dans le mépris, la haine et la solitude, avant que la promesse de leur enivrante voix soit enfin tenue? Combien de siècles encore? Combien de naissances, combien de morts? Combien de prières et de rêves, combien de rossignols? Combien de larmes et de chansons, combien de voix dans la nuit? Combien de rossignols?

Janek n'avait que quinze ans, dix ans de moins que son ami, mais un élan chaud, protecteur, presque paternel le porta soudain vers l'étudiant, et il se garda bien de paraître ironique, il se garda bien de prendre un air supérieur et renseigné. Il essaya de ne pas sourire, de ne pas hausser les épaules, de ne pas demander amèrement : combien de rossignols?

Il posa sa main sur l'épaule de l'étudiant et lui dit doucement : « Viens. Ils nous attendent, et ils doivent commencer à s'impatienter. »

# ÉPILOGUE

*Janek*

Le sous-lieutenant Twardowski, de l'armée polonaise, fait signe au chauffeur.

— Arrêtez-vous là. Je ferai le reste du chemin à
pied.

La forêt bouge et murmure dans la lumière. Il est
difficile de se défendre contre les souvenirs, de ne pas
chercher dans le frisson des feuilles le signe de quelque
mystérieuse émotion, de ne pas se sentir reconnu et
accueilli avec joie. La voix de l'aîné des frères Zborowski s'élève soudain au-dessus du murmure : « La
liberté est fille des forêts. C'est là qu'elle revient
toujours se cacher, lorsque ça va mal. »

— Faut-il vous attendre ici, mon lieutenant?

— Non, j'en ai pour longtemps. Allez déjeuner,
revenez dans deux heures.

Ce sont les derniers jours de Janek sous l'uniforme : dans un mois, il doit commencer ses études à
l'Académie de musique de Varsovie. Il est bon
d'entendre un soldat polonais vous dire : « Mon
lieutenant », il est bon de pouvoir marcher à découvert
sur une route d'où la trace des pas ennemis a depuis
longtemps disparu. Il est bon, surtout, de sentir

dans sa poche le petit volume précieux, comme une promesse tenue. Les arbres sont tous là : ils ne meurent pas facilement. Ceux qui étaient jeunes ont grandi comme lui-même; Janek reconnaît chaque sapin, chaque buisson; sur les dures écorces, les rides sont celles des visages des amis qui ont vieilli. Voici le grand chêne, avec ses branches paternelles, et son tronc puissant contre lequel un adolescent effrayé venait se serrer. Il n'a pas changé, lui non plus, et les branches murmurent les mêmes mots dans le langage des chênes. Mais Janek n'est plus assez jeune pour les comprendre. Les chênes ont sûrement, eux aussi, leurs légendes héroïques, leurs belles chansons, leurs contes de nourrice, pleins d'espoir et de promesses dorées, et lorsqu'ils sont abattus, peut-être croient-ils, eux aussi, qu'ils meurent pour une cause immortelle et juste et songent en tombant à quelque forêt entièrement heureuse qui s'élèvera un jour là où ils sont tombés. Si le cœur de l'homme n'existait pas, il n'y aurait pas de désespoir sur la terre.

Voici l'endroit où, au premier bruit lointain des canons de la libération, ils avaient attaqué un poste allemand. Janek presse le pas et détourne la tête. Mais il est des fantômes que même la lumière du jour n'arrive pas à chasser... Le sergent allemand, blessé dans la bagarre, gît au milieu de la route, et Stanczyck, le fou, s'agite et bourdonne autour de lui, comme une mouche folle. Il a un couteau à la main, et les trois frères Zborowski ont besoin de toutes leurs forces pour l'empêcher d'accomplir sa besogne horrible.

— Toutes les deux! Toutes les deux! hurle la voix désespérée dans la forêt.

L'Allemand a les mains sur sa plaie, mais son visage n'exprime que la terreur. Il supplie, d'une voix rauque :

— *Menschenkinder, Menschenkinder! Bitte, lassen Sie ihn nicht... Menschenkinder* [1] !

— Toutes les deux! hurle Stanczyck. Laissez-moi! Pris de pitié, Janek saisit son revolver.

— *Ja*, bégaie l'Allemand, *gut! gut!... schnell, bitte!*

Il se souviendra toute sa vie du sourire de soulagement accroché aux lèvres du mort. La forêt se fait plus épaisse, sa voix plus profonde; les branches touchent son visage avec amitié. Peut-être les pins vont-ils s'écarter, soudain, et Czerw apparaîtra devant lui et lui clignera de l'œil, ou bien entendra-t-il la voix moqueuse du vieux Krylenko :

— Tu peux venir avec nous, visage pâle! Sois le bienvenu dans notre igloo!

— Wigwam, murmure malgré lui le lieutenant Jan Twardowski.

— Quoi?

— Wigwam chez les Peaux Rouges. Igloo, c'est chez les Esquimaux.

Mais Czerw est mort, et le vieil Ukrainien est retourné à Riabinnikovo, où la population, son vieil ami le cosaque Bogoroditza en tête, lui fit un accueil chaleureux. « Bienvenue au père du vainqueur de Stalingrad! » disaient les banderoles, portées par les enfants du village, et, si jamais vous veniez dans la boutique du cordonnier Savieli Lvovitch Krylenko, il vous expliquerait volontiers comment, grâce à ses

---

1. « Hommes, hommes... Empêchez-le, hommes! »

conseils paternels et à sa vieille expérience, son fils
Dimitri avait pu libérer la cité héroïque...

Janek s'arrête. Voici sa cachette. Il voit le visage
grave de son père et il entend sa voix.

— Prends patience, Old Shatterhand. Sur la Volga,
à Stalingrad, des hommes se battent pour nous.

— Pour nous?

— Oui. Pour toi et pour moi, et pour des millions
d'autres hommes.

Quelque chose bouge dans les buissons. Ce n'est
qu'un écureuil, mais il faut peu de chose pour faire
fuir un fantôme.

— Bonne chance, Old Shatterhand, murmure la
voix lointaine.

Janek regarde la cachette. La forêt a bien pris soin
d'elle. La mousse et les herbes folles ont recouvert
l'endroit où son fils est né. Il pense à cette nuit
chaude d'août et il entend les plaintes de Zosia. Il
voit son visage couvert de sueur, ses yeux de petit
animal traqué. Machorka est là : les manches retrous-
sées, le paysan s'affaire autour du feu, met de l'eau
à chauffer et prépare le linge : c'est un linge tout
neuf, Machorka l'a volé dans une ferme au risque
de sa vie, le matin même.

— On entend le canon, dit-il. C'est un bon signe...
Il naîtra libre!

Janek sent la main de Zosia se tordre dans la sienne.

— Va-t'en, ordonne Machorka. J'irai te chercher
quand ce sera fini.

Janek sort de la cachette et écoute le canon ami
tonner dans le lointain. Et, soudain, le cri tremblant
qui monte de sous la terre, la faible plainte, la première protestation... « Déjà! » pense-t-il, avec une

infinie tendresse... Mais tout cela est le passé, la vieille porte rouillée ne grincera plus jamais sur ses gonds, son fils est à Wilno, avec sa mère, et c'est un garçon de trois ans, solide sur pattes. Et le trou est comblé, comme il convient à une tombe.

— Allons, Old Shatterhand, ne pleure pas.

— Je ne pleure pas, dit le lieutenant Twardowski, en essuyant ses larmes. Mais c'était mon meilleur ami.

Les larmes ne font pas fuir les fantômes, elles les appellent. Janek voit Dobranski étendu dans l'herbe, au bord de la Wilejka, et il entend le canon, de l'autre côté du fleuve.

— Ne parle pas. Ménage tes forces. Ils sont à dix kilomètres d'ici. Ils ont des médecins, des ambulances. Ils te sauveront.

— Janek.

— Ne parle pas, je t'en prie.

— Ils ont bien visé, les salauds.

— Oui. Ils sont très forts pour viser. Ça fait mal?

— Oui.

— Écoute le canon. Ils seront là d'un moment à l'autre. Ils te soigneront. Tu n'auras plus mal.

— Je ne serai plus là.

— Tais-toi. Tu seras là. Ton destin est d'être là, pour les accueillir.

— Non. C'est dommage. C'est comme voir une main amie et ne pas pouvoir la serrer.

— Tu n'aurais pas dû sortir. Personne n'est sorti. Ni les Zborowski ni Yankel. Il n'y avait plus que quelques heures à attendre. Et nous avons attendu trois ans.

— J'ai voulu serrer la main tendue...

— Ne parle pas, je t'en prie. Ménage tes forces.

— Il y a... beaucoup... de canons... qui tonnent...
Il n'y a que ça...

— Bientôt il y aura autre chose.

— C'est vrai. Il y aura de la musique et des livres,
du pain pour tous et de la chaleur fraternelle... Plus
de guerres. Plus de haine...

— C'est ça.

Les yeux souriaient, à présent. Ils regardaient le
ciel.

— Un monde nouveau... Uni dans le travail, dans
la joie...

Les épaules que Janek tenait dans ses bras étaient
si étroites et sous la pauvre vareuse le cœur devait
battre à peine, mais il ne semblait pas y avoir de
limite à la force et à la beauté de la voix. Le rossignol
chantait encore :

— Je crois... Ce sera différent, cette fois... On ne
recommencera plus jamais... Nous allons vers la
lumière...

... Combien de rossignols? Combien de chansons
encore, combien de belles chansons?

Un obus passa en sifflant au-dessus de la forêt. Le
visage de l'étudiant était tout blanc, mais les yeux et
les lèvres souriaient toujours.

— Janek...

— Je suis là.

— Nous avons... gagné...

— C'est ça.

— Ce ne sera pas... une victoire... comme les
autres...

— Bien sûr.

— Rien d'important ne meurt...

— Oui, je sais, je connais...

Il allait dire : je connais la chanson. Mais il dit seulement :

— Il ne suffit pas de savoir.

— Rien d'important ne meurt... Seuls... les hommes... et les papillons...

... Sur la terre, de longues colonnes de fourmis trottent entre les cailloux. Des millions de fourmis minuscules et affairées, et chacune croit à la grandeur de sa tâche, à l'importance suprême du brin d'herbe qu'elle traîne si péniblement...

— Janek.

— Je suis là. Je ne t'ai pas quitté.

— Je n'ai pas eu le temps de finir mon livre.

— Tu le finiras.

— Non. Je te demande de le finir pour moi.

— Tu le finiras toi-même.

— Promets-moi...

— Je te promets.

— Parle-leur de la faim et du grand froid, de l'espoir et de l'amour...

— Je leur en parlerai.

— Je voudrais qu'ils soient fiers de nous et qu'ils aient honte...

— Ils seront fiers d'eux et ils auront honte de nous.

— Essaie... Il faut qu'ils sachent... Il ne faut pas qu'ils oublient... Dis-leur...

— Je leur dirai tout.

Le lieutenant Twardowski prend dans sa poche le petit volume et le dépose par terre, sur le chemin des fourmis. Mais il faudrait bien autre chose pour forcer les fourmis à se détourner de la route millénaire. Elles grimpent sur l'obstacle et trottent, indifférentes et

pressées, sur les mots amers tracés sur le papier en
grandes lettres noires : ÉDUCATION EUROPÉENNE.
Elles traînent avec obstination leurs brindilles ridicules. Il faudrait bien autre chose qu'un livre pour
les forcer à s'écarter de leur Voie, la Voie que des
millions d'autres fourmis avaient suivie avant elles,
que des millions d'autres fourmis encore avaient
tracée. Depuis combien de millénaires peinent-elles
ainsi, et combien de millénaires lui faudra-t-il peiner
encore, à cette race ridicule, tragique et inlassable?
Combien de nouvelles cathédrales vont-elles bâtir
pour adorer le Dieu qui leur donna des reins aussi
frêles et une charge aussi lourde? A quoi sert-il de
lutter et de prier, d'espérer et de croire? Le monde
où souffrent et meurent les hommes est le même
que celui où souffrent et meurent les fourmis : un
monde cruel et incompréhensible, où la seule chose
qui compte est de porter toujours plus loin une brin-
dille absurde, un fétu de paille, toujours plus loin,
à la sueur de son front et au prix de ses larmes de
sang, toujours plus loin! sans jamais s'arrêter pour
souffler ou pour demander pourquoi... « Les hommes
et les papillons... »

# DU MÊME AUTEUR

*Aux Éditions Gallimard*

LE GRAND VESTIAIRE, *roman.*

LES COULEURS DU JOUR, *roman.*

LES RACINES DU CIEL, *roman.*

TULIPE, *récit.*

LA PROMESSE DE L'AUBE, *roman.*

JOHNNIE CŒUR, *théâtre.*

GLOIRE À NOS ILLUSTRES PIONNIERS, *nouvelles.*

LADY L., *roman.*

FRÈRE OCÉAN :

    I. POUR SGANARELLE, *essai.*

    II. LA DANSE DE GENGIS COHN, *roman.*

    III. LA TÊTE COUPABLE, *roman.*

LA COMÉDIE AMÉRICAINE :

    I. LES MANGEURS D'ÉTOILES, *roman.*

    II. ADIEU GARY COOPER, *roman.*

CHIEN BLANC, *roman.*

LES TRÉSORS DE LA MER ROUGE, *récit.*

EUROPA, *roman.*

LES ENCHANTEURS, *roman.*

LA NUIT SERA CALME, *récit.*

LES TÊTES DE STÉPHANIE, *roman.*

AU-DELÀ DE CETTE LIMITE VOTRE TICKET N'EST
  PLUS VALABLE, *roman.*

CLAIR DE FEMME, *roman.*

CHARGE D'ÂME, *roman.*

LA BONNE MOITIÉ, *théâtre.*

LES CLOWNS LYRIQUES, *roman.*

LES CERFS-VOLANTS, *roman.*

VIE ET MORT D'ÉMILE AJAR

*Sous le pseudonyme de* Fosco Sinibaldi :

L'HOMME À LA COLOMBE, *roman.*

*Au Mercure de France sous le pseudonyme d'*Émile Ajar :

GROS CÂLIN, *roman.*

LA VIE DEVANT SOI, *roman.*

PSEUDO, *récit.*

L'ANGOISSE DU ROI SALOMON, *roman.*

*Cet ouvrage a été composé
et achevé d'imprimer par l'Imprimerie Floch
à Mayenne le 20 décembre 1989.
Dépôt légal : décembre 1989.
1ᵉʳ dépôt légal dans la même collection : novembre 1972.
Numéro d'imprimeur : 28779.*

ISBN 2-07-036203-5 / Imprimé en France.

when want to say — each other,
use se. (reflex)

p10 "d'une pierre deux coups —
to kill 2 birds w. 1 stone.

p64, p85          p140
  p70  p10        p144 - pregnancy

ivres = drunk

détendu = relaxed.

ça m'est égal = I don't care

111 - "faites comme chez vous."
   - make yrself at home!

---

p89 - EE      160        273
  90 - P. resis  169,70    274
   91  "       185        281
   96 Pais. Lib  191.
  102          197
P 104          199 - Russia
  105          201
  111          202
  115          214
  116          246
  117          247
  118          258
  124-5        261
  127-33       262
  134-5        263
  148          264
  150          265
               267

48038